Arno Strobel/Nina Scheweling

SPY – Das Lissabon-Experiment

W0345334

Von Arno Strobel sind im *Loewe Verlag* bisher erschienen:

Abgründig
Schlusstakt

SPY – Highspeed London
SPY – Hotspot Kinshasa
SPY – Operation Himalaja
SPY – L.A. Action
SPY – Das Lissabon-Experiment

ARNO STROBEL · NINA SCHEWELING

SPY

DAS LISSABON-EXPERIMENT

BAND 5

Loewe

FSC
www.fsc.org
MIX
Papier aus verantwortungsvollen Quellen
FSC® C014496

978-3-7432-1131-5
1. Auflage 2021
© 2021 Loewe Verlag GmbH, Bindlach
Dieses Werk wurde vermittelt durch die Literarische Agentur
Thomas Schlück GmbH, 30161 Hannover
Umschlagfotos: © shutterstock.com: Gergely Zsolnai; © shutterstock.com: S-F
Umschlaggestaltung: Michael Dietrich
Printed in the EU

www.loewe-verlag.de

PROLOG

Sie tariert ihre Weste ein wenig nach, während ihr Blick über den steinigen Untergrund streift. Die unendlich vielen kleinen Höhlen und Vertiefungen bieten optimale Versteckmöglichkeiten für Kleinfische, Seeigel, Garnelen und Krabben. Um diese Jahreszeit kann man hier durchaus auch großen Rochen begegnen, das weiß sie, aber es sind weder die kleinen noch die großen majestätischen Fische, wonach sie sucht.

Ein Schwall Luftblasen trudelt um sie herum nach oben und nimmt ihr für einen Moment die Sicht. Sie stammen von Juan, der zwei Meter unter ihr eine größere dunkle Vertiefung im Fels untersucht hat und nun kopfschüttelnd zu ihr heraufblickt.

Sie nickt und greift an ihren Tauchgürtel, an dem neben den kleinen Bleigewichten drei Probenfläschchen befestigt sind, zieht das hinterste hervor und verschließt es mit dem seitlich an einem Faden hängenden Deckel, womit das darin enthaltene Wasser nicht mehr entweichen kann. Sie betrachtet die fette 3, die mit einem schwarzen Stift aufgemalt ist, und steckt das Fläschchen dann wieder in den Gürtel.

Ein Blick auf das Manometer zeigt ihr, dass es Zeit wird,

den Tauchgang abzubrechen. Sie befinden sich seit einer halben Stunde in etwa dreißig Metern Tiefe, was bedeutet, dass sie vor dem Auftauchen einen etwa zehnminütigen Dekompressionsstopp einlegen müssen.

Mit einigen festen Flossenschlägen ist sie neben Juan, tippt ihm auf die Schulter und deutet nach oben, woraufhin Juan verstehend nickt und ebenfalls einen Blick auf sein Manometer wirft.

Eine Viertelstunde später zieht sie sich das Atemgerät aus dem Mund und winkt zum Boot hinüber, das sich kurz darauf in Bewegung setzt und auf sie zuhält.

»Ich kapier das nicht!«, ruft sie Juan zu, der neben ihr Wasser tritt, und spuckt prustend Wasser aus. »Irgendwo da unten muss doch was sein.«

»Ich weiß nicht …«, entgegnet Juan. »Wenn da wirklich Fässer verklappt worden wären, dann hätten wir was finden müssen.«

»Nicht unbedingt. Aber wenn wir gleich die Werte von da unten sehen, wissen wir mehr.«

Nachdem sie über die schmale Leiter an Bord geklettert sind, schaut Marco sie fragend an. »Und?«

Sie schüttelt den Kopf. »Nichts. Hilf mir mal.«

Marco hilft erst ihr und dann Juan, die Ausrüstungen auszuziehen, und bringt die Flaschen in die Ausrüstungskammer, während Marta die Wasserproben vom Gürtel löst und ihren Nassanzug über ein Seil hängt.

Als Marco zurückkommt, bringt er einen kleinen Geigerzähler mit und hält ihn Marta entgegen.

»Danke«, sagt sie und ergreift das Gerät. Nachdem sie die Probefläschchen aufgeschraubt hat, testet sie wortlos nacheinander ihren Inhalt. »Leicht erhöhte Werte, genau wie an der Oberfläche.«

»Also wohl keine radioaktiven Fässer«, bemerkt Marco.

»Nein, wohl nicht.« Marta legt den Geigerzähler zur Seite und blickt über die Reling zu der kleinen Hügelgruppe der wilden Inseln, die sich am Horizont abzeichnen.

»Aber irgendeine Schweinerei ist da im Gange, und ich werde herausfinden, welches Ferkel dafür verantwortlich ist, darauf könnt ihr euch verlassen.«

1

Ein stahlblauer Himmel spannte sich bis zum Horizont. Kein Wölkchen war zu sehen, und das Sonnenlicht brach sich glitzernd auf den Wellen. Nick verschränkte die Hände hinter dem Kopf, schloss die Augen und ließ sich vom sanften Schaukeln des Bootes einlullen. Eine laue Brise streifte sein Gesicht. Irgendwo über ihm kreischten ein paar Möwen, und ab und an brachen sich Wellen mit einem leisen Platschen am Bug. Darüber hinaus herrschte Stille. Vollkommene, friedliche, ungestörte Stille.

Automatisch rechnete Nick damit, Brunos Stimme in seinem Ohr zu hören. Sein CBPI hatte ein Talent dafür, Momente der Entspannung durch sein Geplapper zunichtezumachen. Nick vermutete darin einen Nebeneffekt von Brunos Emotionschip – irgendjemand musste ihn so programmiert haben, dass er längeres Schweigen als unangenehm klassifizierte. Doch der Einzige, der die Ruhe zu stören vermochte, war sein Vater, der am anderen Ende des Segelbootes saß und in einen knapp tausend Seiten langen historischen Roman vertieft war.

Ben und Nick hatten vereinbart, ihre *Computer Based Personal Interfaces* während ihres Urlaubs auf Standby zu schalten, und bisher bereute Nick diese Entscheidung keine Sekunde.

Er warf einen Blick auf das GPS-Gerät, kontrollierte ihren Kurs und bewegte das Steuerrad um zwei Grad Richtung Backbord. Sein Vater schaute kurz von seinem Buch auf. Als Nick einen Daumen in die Höhe reckte, lächelte Ben und versank wieder in den Schlachten und Ränkespielen des mittelalterlichen Englands.

Entgegen ihrer sonstigen Gewohnheit, in ihrem Urlaub entlegene Länder zu besuchen oder waghalsigen Hobbys nachzugehen, hatten sie sich in diesem Sommer erstaunlich schnell darauf geeinigt, nichts zu tun. Sie würden zwei Wochen lang an der Küste Portugals entlangsegeln, schwimmen, in der Sonne liegen und sich durch einen beachtlichen Stapel aus Büchern und Comics arbeiten. Auch diese Entscheidung hatte Nick noch nicht bereut. Er hielt die Nase in den Wind und sog die salzige Meeresluft ein. Den ganzen Tag faulenzen, lesen und Musik hören. Sich ab und zu im Wasser abkühlen. Sonst nichts. Er lächelte zufrieden. Das hatte er sich verdient.

Zwei Stunden später erreichten sie Lissabon. Sie wollten einige Tage in der portugiesischen Hauptstadt verbringen, ihre Vorräte auffüllen und die Stadt als Ausgangspunkt für Tagesausflüge zu abgelegenen Tauchspots und einsamen Buchten nutzen, bevor sie weiter an der Küste hinauf bis nach Porto segelten. Geschickt lenkte Nick das Boot in die Flussmündung des Tejo, und kurz darauf fuhren sie unter der riesigen »Brücke des 25. April« hindurch, die Nick stark an die Golden Gate Bridge in San Francisco erinnerte.

Ben hatte sich neben ihn ans Steuer gestellt und ließ den Blick gedankenversunken über die roten Ziegeldächer schweifen, die sich von der Bucht bis hinauf in die umliegenden Hügel erstreckten. »Lissabon ist eine wunderschöne Stadt«, sagte er. »Sie wird dir gefallen.«

»Du warst schon einmal hier?«, fragte Nick überrascht. »Das wusste ich gar nicht.«

»Ja, vor ein paar Jahren. Leider hatte ich kaum Zeit für Sightseeing, diesmal muss ich unbedingt eine Tour mit einem Tuk Tuk machen.«

»Du meinst diese kleinen Autorikschas? Ist das nicht typischer Touri-Kram?«

»Stimmt«, bestätigte Ben und lächelte verschmitzt. »Das sind wir ja schließlich auch: typische Touris. Oder nicht?«

Nick erwiderte das Lächeln. Dann konzentrierte er sich wieder auf den Bootsverkehr, der deutlich zunahm, je näher sie der Stadt kamen. Frachtschiffe, Segelboote und Jachten befuhren den breiten Fluss, und an einem Kreuzfahrtterminal manövrierte gerade ein riesiges Schiff an die Anlegestelle.

»Warum warst du damals in Lissabon?«, fragte er, während er nach dem Jachthafen Ausschau hielt, an dem sie anlegen wollten. Es gab unzählige kleinere Häfen entlang des Tejo, und sie hatten sich für einen in Innenstadtnähe entschieden, um keine unnötige Zeit mit Bus- oder Taxifahrten zu verschwenden. »Hattest du einen Einsatz?«

Ben nickte. »Es ging um internationalen Waffenschmuggel im ganz großen Stil. Wir hatten die Hintermänner ausfindig gemacht, konnten ihnen aber nichts nachweisen. Die Sache hat ziemlich hohe Wellen geschlagen, deswegen haben wir die Operation als diplomatische Krise zwischen Portugal und dem Mittleren Osten getarnt. Ich bin als Unterhändler aufgetreten, der angeblich zwischen den beiden Parteien vermittelt hat.«

»Hast du sie erwischt? Die Hintermänner?«

»Natürlich. Und das Handelsembargo habe ich ebenfalls verhindert.«

»Das Handelsembargo, das es offiziell nie gegeben hat.«

»Das wusste ja niemand«, erwiderte Ben ungerührt, musste dann aber doch lächeln.

Nick dachte an die Jahre zurück, in denen auch er seinen Vater für einen hochrangigen Diplomaten gehalten hatte, der ununterbrochen in der Welt umherreiste und kaum Zeit mit seinem Sohn verbringen konnte. Völlig unvorstellbar, dass die Diplomatentätigkeit nur als Tarnung diente und Ben in Wahrheit als Agent des BND unterwegs war. Zum Glück hatte sich sein Vater nun aus dem aktiven Dienst zurückgezogen und einen Job als Lehrer an der Schule angenommen, wo Nick zum Junior-Agenten ausgebildet wurde. Seitdem sahen sie sich fast jeden Tag.

Ihre Marina kam in Sicht, und Nick steuerte das Segelboot in die schlauchartige Einfahrt hinein, die rechts und links von Schleppern gesäumt wurde. Nach einigen Metern erweiterte sich das Hafenbecken und gab den Blick auf unzählige Boote der verschiedensten Art frei – Segelboote, Motorboote, luxuriöse Jachten und in die Jahre gekommene Fischerboote. Langsam fuhren sie an den belegten Anlegeplätzen vorbei, bis Ben an der südlichen Hafenmauer einen freien Platz erspähte und Nick fachmännisch einwies. Kurz darauf hatten sie ihr Boot an einem der Pontons auf dem Steg vertäut und gesichert.

Neugierig sah Nick sich im Hafen um, doch außer den friedlich vor sich hin schaukelnden Booten gab es nicht viel zu entdecken. Sie hatten Lissabon um die Mittagszeit erreicht, und die kleine Marina lag wie ausgestorben da.

»Die machen alle Siesta«, sagte Ben.

»Kein Wunder bei der Hitze«, erwiderte Nick. Ohne die frische Brise, die ihnen auf dem offenen Meer stetig um die Nase geweht war, spürte er zum ersten Mal, wie unbarmherzig die Sonne auf sie niederbrannte. »Ich bin dafür, dass wir uns den hiesigen Gepflogenheiten anpassen.«

Ben trat zu Nick und legte ihm einen Arm um die Schulter. »Ich finde es bewundernswert, wie unvoreingenommen du dich auf fremde Kulturen einlässt, mein Sohn. Ich bin stolz auf dich.« Ben und Nick grinsten sich an, dann wandten sie sich zu der kleinen Treppe um, die unter Deck führte, und zogen sich jeder in seine Kabine zurück.

Doch als Nick kurz darauf in seiner Koje lag und aus dem Bullauge ins Hafenbecken hinausschaute, merkte er, wie es in seinem Magen zu kribbeln begann. Ein Blick auf die Uhr verriet, dass er noch zwei Stunden Zeit hatte, bis er sich auf den Weg zu seiner Verabredung machen musste. Plötzlich war er sich gar nicht mehr so sicher, ob das mit der Siesta eine gute Idee gewesen war. Das untätige Herumliegen verschaffte ihm viel zu viel Gelegenheit, darüber nachzudenken, wie nervös ihn der Gedanke an den bevorstehenden Nachmittag machte.

2

Nick warf einen letzten Blick in den Spiegel und fuhr sich noch einmal durch die Haare, sodass sie locker zur Seite fielen. Oder doch lieber wild verstrubbeln?

Ein Räuspern ließ ihn herumfahren. Ben lehnte mit verschränkten Armen am Türrahmen und betrachtete ihn amüsiert. »Musst du nicht langsam los?«

»Äh ... ja. Natürlich.« Nick sah hektisch auf die Uhr, quetschte sich an Ben vorbei und lief die wenigen Stufen hinauf an Deck. »Bis später.«

»Nick?«

»Ja?«

Er drehte sich um. Sein Vater hatte immer noch diesen unverschämt amüsierten Ausdruck im Gesicht, und zu allem Überfluss zwinkerte er ihm nun auch noch zu. »Viel Spaß.«

»Danke«, murmelte Nick und wandte sich rasch um, bevor Ben merkte, dass er rot geworden war.

Eine halbe Stunde und einen schweißtreibenden Fußmarsch später erreichte er den *Praça do Comércio*, einen weitläufigen Platz direkt am Fluss, der von prachtvollen, säulengeschmückten Gebäuden eingefasst wurde. Nick ging bis zu

Nick einen besonders großen Schokoladensplitter zerkaute, dachte er belustigt, dass niemand, der sie zufällig belauschte, auf die Idee kommen würde, dass sich hier zwei Agenten des Mossad und des BND gegenübersaßen. Sie tauschten Empfehlungen für neue Serien aus, stellten fest, dass sie eine Leidenschaft für Mangas teilten, und diskutierten hitzig über ihren jeweiligen Musikgeschmack, der unterschiedlicher nicht hätte sein können – Nick mochte Hip-Hop und R 'n' B, Becca spanische Rockmusik –, um sich schließlich darauf zu einigen, dass sie sich über Musik niemals einig werden würden. Als Nick Becca beiläufig nach ihrem Freund fragte und Becca ebenso beiläufig mitteilte, dass sie nicht mehr zusammen waren, versuchte Nick, sich nichts anmerken zu lassen, und wechselte schnell das Thema. In Wahrheit scheuchte die Nachricht jedoch einen riesigen Schwarm Schmetterlinge auf, der wie wild in seinem Magen herumflatterte.

Als Nick schließlich widerstrebend darauf hinwies, dass er mit Ben zum Essen verabredet war und er sich langsam auf den Rückweg machen musste, bot Becca an, ihn bis zum Hafen zu begleiten. Doch als sie zwanzig Minuten später am Boot ankamen, war es leer. Auf dem kleinen Tisch unter Deck fand Nick einen Zettel, auf den sein Vater in sauberer Handschrift geschrieben hatte: »Mache einen Spaziergang. Bin spätestens um neunzehn Uhr zurück. B« Schulterzuckend präsentierte er den Zettel Becca, die auf dem Steg gewartet hatte.

»Ist dein Dad so oldschool, dass er dir lieber einen Zettel

schreibt, anstatt eine SMS zu schicken?«, fragte Becca erstaunt.

Nick lachte. »Ben ist das totale Gegenteil von oldschool. Aber wir haben uns einen heiligen Eid geschworen, dass wir im Urlaub unsere Handys und Interfaces ausgeschaltet lassen.«

»Ich verstehe. Also auch kein Bruno?«, hakte Becca nach. Sie wusste von Nicks CBPI und dessen etwas vorlauter Art, auch wenn sie ihn natürlich nie »persönlich« kennengelernt hatte.

»Auch kein Bruno«, bestätigte Nick. »Und ich überlege ernsthaft, ihn gar nicht mehr einzuschalten.«

»Glaub ich dir nicht. Du würdest ihn furchtbar vermissen.«

Nick seufzte. »Wahrscheinlich schon. Ganz schön armselig, oder?«

»Ach was. Die Welt ist voll von Leuten, die glauben, nicht ohne ihr Handy leben zu können.«

»Die werden von ihrem Handy aber nicht jeden Morgen über den aktuellen Ruhepuls und die Länge der verschiedenen Schlafphasen informiert, bekommen keine Predigt gehalten, wenn ihr Essen den empfohlenen Tageskalorienwert überschreitet, und werden auch nicht zu jeder sich bietenden Gelegenheit angebettelt, nur noch eine allerletzte, superkurze Partie Schach mit ihm zu spielen. Ich bin inzwischen so gut, dass ich dich innerhalb von fünf Zügen schachmatt setzen könnte. Dabei mag ich das Spiel nicht mal besonders.«

Becca lachte. »So schlimm?«

»Du hast keine Vorstellung.«

Da weder Nick noch Becca es eilig hatten, sich voneinander zu verabschieden, spazierten sie über den Pier am Wasser entlang. Stählerne Poller ragten in regelmäßigen Abständen aus dem aufgeplatzten Teer heraus, am Rand lagen ausrangierte Fischernetze und alte Holzkisten, und getrocknete Pfützen aus Schlick verströmten einen leicht modrigen Geruch.

Ein älterer Mann kam ihnen entgegen, der trotz der frühen Uhrzeit bereits betrunken zu sein schien. Er schwankte hin und her, starrte aus glasigen Augen geradeaus und schien dabei stetig vor sich hin zu murmeln. Kurz bevor er Nick und Becca erreicht hatte, stolperte er über ein Tau und schlug der Länge nach auf den Boden.

Becca war als Erste bei ihm. »Sind Sie verletzt?«, fragte sie ihn auf Portugiesisch.

Der Mann rappelte sich langsam auf, ohne sein Gemurmel zu unterbrechen.

»Die spinn'n«, brabbelte er vor sich hin. »Nordpol, sag'n sie. Verrückt. Total verrückt. Merk'n gar nicht, dass sich alle über sie lustig mach'n.«

Becca und Nick ignorierten das Geplapper und halfen dem Mann auf die Füße. Nick schlug der Geruch von billigem Alkohol entgegen, aber davon abgesehen schien der Alte unverletzt zu sein. Ohne die beiden Jugendlichen weiter zu beachten, setzte er seinen Weg fort. Nick und Becca sahen sich an und zuckten mit den Schultern. Sie wollten gerade weitergehen, als der Mann plötzlich laut auflachte.

»Ha. Als könnte 'n Schiff einfach verschwind'n.«

Becca blieb wie angewurzelt stehen. »Warte mal kurz«, sagte sie und lief dem Mann hinterher. »Was haben Sie gerade gesagt?«

Der Alte sah sie verständnislos an.

»Sie haben von einem Schiff gesprochen, das verschwunden ist«, half Becca ihm auf die Sprünge.

»Ach«, sagte der Mann und winkte ab. »Die woll'n sich bloß wichtig mach'n.«

»Von wem sprechen Sie?«, fragte Becca höflich. Nick wunderte sich, warum sie solches Interesse zeigte. Sie konnte das Geplapper dieses Trunkenboldes doch nicht ernsthaft für bare Münze nehmen.

Der Mann beugte sich so nah zu Becca, dass sein Gesicht nur wenige Zentimeter von ihrem entfernt war. »Javier, Ed und Vicente. Drüben in der *Taberna do Tubarão*.« Er deutete ans Ende der Mole, wo sich einige Bars und Kneipen befanden. »Fall bloß nicht auf die rein, Schätzchen. Sauf'n den ganzen Tag irgend'n Fusel und mach'n sich wichtig.« Er richtete sich wieder auf und schwankte leicht hin und her. Nachdem er das Gleichgewicht wiedergefunden hatte, wandte er sich um und torkelte wortlos davon.

»Mir scheint, dass er sich ebenfalls kräftig an dem billigen Fusel bedient hat«, meinte Nick grinsend.

»Mag schon sein«, erwiderte Becca. »Aber vielleicht lohnt es sich trotzdem, mal in der Bar vorbeizuschauen.«

»Ernsthaft?« Nick sah sie entgeistert an.

»Hab ich noch nie erwähnt, dass ich verrückte Geschichten liebe?« In Beccas Augen blitzte es unternehmungslustig auf. »Komm schon, wo ist deine Abenteuerlust geblieben? Eine zwielichtige Hafenkneipe, grimmige Seebären, vielleicht das ein oder andere Messer, das geworfen wird ...«

Nick sah sie zweifelnd an, merkte aber, wie seine Gegenwehr angesichts ihres strahlenden Lächelns ins Wanken geriet. »Ich bin in einem Relax-Urlaub, schon vergessen?«, versuchte er es dennoch. »Ich glaube nicht, dass unter den Umständen der Besuch von zwielichtigen Hafenkneipen erlaubt ist.«

»Ganz lahme Ausrede«, entgegnete Becca lachend und zog ihn mit sich. »Ich pass auf dich auf. Versprochen.«

3

»*Taberna do Tubarão*«, las Nick auf dem rostigen Schild über der Tür. »Haifischbar. Na bravo.«

Die Bar lag zwischen einem Fischrestaurant und einem Lagerhaus und sah schon von außen aus wie aus einem schlechten Film. Kleine, dreckverkrustete Fenster, splitternde Fensterrahmen, abblätternder Putz. Die Tür quietschte in den Angeln und war so niedrig, dass Nick instinktiv den Kopf einzog. Zwei Stufen führten in den Innenraum hinab, und wie sich herausstellte, war das mit der zwielichtigen Hafenspelunke gar nicht so weit von der Realität entfernt. Nachdem sich Nicks Augen an das Dämmerlicht gewöhnt hatten, sah er sich unauffällig um: Die Wände waren vollgestopft mit vergilbten Bildern und Fotografien, alten Rettungsringen, Schiffsglocken und sogar einem kleinen Schiffsanker. Auf einem Brett standen Flaschenschiffe und Schiffslaternen, und unter der Decke war ein großes Fischernetz gespannt, von dem lange Staubfäden hinabhingen. Die Tische aus abgewetztem dunklem Holz waren zur Hälfte besetzt, aber die meisten Gäste saßen allein oder zu zweit und starrten schweigend in ihre Gläser. Als Nick und Becca den Raum betraten, sahen einige von ihnen auf, doch obwohl die Agenten den Altersdurchschnitt beträchtlich senkten, nahm niemand groß Notiz von den beiden.

Der Wirt – ein hünenhafter Kerl, dessen tätowierte Oberarme so dick waren wie Nicks Oberschenkel – polierte gerade Whiskeygläser. Im Gegensatz zu seinen Gästen musterte er Nick und Becca misstrauisch, als diese zu ihm an die Theke traten.

»Bier könnt ihr haben, Schnaps erst ab achtzehn«, brummte er missmutig.

»*Olá*«, sagte Becca, ohne auf seine Bemerkung einzugehen. »Wir sind auf der Suche nach drei Seeleuten, die sich angeblich öfter hier aufhalten. Javier, Ed und Vicente heißen sie, wenn ich mich richtig erinnere.«

Das Misstrauen im Blick des Wirtes wuchs. Er legte Glas und Abtrockentuch zur Seite und verschränkte die Arme, wodurch sein Bizeps noch beeindruckender zum Vorschein trat. »Was wollt ihr von ihnen?«

Becca ließ sich von dem drohenden Gebaren nicht beirren. »Wir haben von der Geschichte mit dem verschwundenen Schiff gehört, und jetzt würden wir sie zu gern aus erster Hand erfahren. Ich habe eine Schwäche für alte Seemannslegenden.«

Sie schenkte dem Wirt das gleiche strahlende Lächeln wie Nick ein paar Minuten zuvor, und auch bei ihm verfehlte es seine Wirkung nicht. Nach kurzem Zögern deutete er ans andere Ende der Theke, wo drei Fischer stumm nebeneinandersaßen und sich an halb leeren Biergläsern festhielten.

Becca bedankte sich und trat zu den Männern, die sie argwöhnisch musterten. Als sie jedoch von der Begegnung mit dem alten Mann berichtete und höflich fragte, ob sie bereit wären, die Geschichte von dem verschwundenen Schiff zu erzählen, hellten sich ihre Gesichter auf.

»Der alte Sergio hat es euch erzählt?«, fragte erstaunt einer der drei, ein kleiner, hagerer Glatzkopf. »Und uns beschimpft er immer, sobald wir davon anfangen.«

»Er hat ein bisschen was angedeutet«, antwortete Becca ausweichend. »Ich bin übrigens Becca, und das ist Nick.«

»Ich bin Ed. Das ist Vicente, und der da drüben ist Javier. Nehmt ihm nicht übel, dass er nicht mit euch spricht. Er hat seit fünf Jahren kein Wort mehr gesagt.«

Vicente hustete röchelnd und murrte dann: »Sergio ist nicht der Einzige, der uns für Spinner hält. Niemand glaubt uns die Geschichte.«

»Stimmt es denn?«, fragte Becca. »Ist euer Schiff wirklich verschwunden?«

Ed und Vicente warfen sich einen schwer zu deutenden Blick zu und schwiegen.

Becca spürte, dass ein wenig Überredungskunst vonnöten war, und rief kurz entschlossen in Richtung Wirt: »Drei Bier, bitte!«

Kurz darauf tauschte der Wirt die halb leeren Gläser gegen volle aus. Ed, Vicente und Javier nahmen fast zeitgleich einen tiefen Schluck des Gebräus, was auszureichen schien, um ihre Zungen zu lösen. Während Javier weiterhin stumpf vor sich hin starrte, wischte sich Ed den Schaum von der Oberlippe und begann zu erzählen:

»Fünf Jahre ist das jetzt her. Wir fahren frühmorgens mit unserem Kutter raus bis zur *Palheiro de Terra*, eine der Wilden Inseln. Ist 'ne weite Fahrt, aber es lohnt sich. Alles ist wie immer. Ich bringe gerade die Netze aus, als ich plötzlich sehe, wie Javier hinterm Steuer zusammenbricht und Vicente sich an der Reling festkrallt, als wär ihm schwindlig. Dabei ist gar kein Seegang. Zwei Sekunden später wird mir schwarz vor Augen. Als ich wieder zu mir komme, zitter ich am ganzen Leib. Ich kapier gar nicht, was los ist. Aber ich merke, dass was anders ist als vorher. Die Luft fühlt sich falsch an, viel zu kalt, und riecht auch anders. Ich seh, wie Vicente sich aufrappelt. Dann such ich Javier. Der steht wieder am Steuer und starrt raus aufs Meer, in die Richtung, in die wir fahren. Ich dreh mich um, und dann glaub ich endgültig, dass ich den Verstand verloren habe. Ein paar Meter vor uns ragt ein riesiger Eisberg aus dem Wasser. Ein Eisberg! Vor der portugiesischen Küste! Wir sind alle so verdattert, dass wir dastehen wie festgewachsen. Dann fangen Vicente und ich an zu schreien und Javier reißt wie wild das Ruder rum. Ich glaub nicht, dass wir es geschafft hätten, dem Berg auszuweichen. Auf einmal wird mir wieder schwarz vor Augen, und ein paar Sekunden später schippern wir wieder in unseren alten Gewässern herum. Kein Eisberg, keine Kälte. Alles wie immer.«

Ed nahm einen tiefen Schluck aus seinem Glas und verfiel in Schweigen. Der Wirt, der während der Erzählung auf der Arbeitsfläche herumgewischt hatte, warf den Lappen in die Spüle und sagte zu Becca und Nick: »Ihr solltet nicht alles glauben, was ihr hört. Die drei Spezialisten hier sind bekannt dafür, gern mal einen über den Durst zu trinken. Wahrscheinlich haben sie am Abend vorher ordentlich getankt und waren immer noch voll wie die Haubitzen, als sie zum Fischen rausgefahren sind. Da kann man sich schnell mal einen Eisberg zusammenfantasieren.«

Vicente fuhr so heftig auf, dass ein Schwall Bier aus seinem Glas schwappte. »Zusammenfantasieren, hm?« Er hustete röchelnd und fragte: »Und wie erklärst du dir den Heilbutt?«

Der Wirt winkte ab und ging zum anderen Ende der Theke, wo ein Gast Nachschub verlangte.

»Heilbutt?«, fragte Nick.

»Allerdings«, bestätigte Vicente. »Nach dem Vorfall sind wir sofort zum Hafen zurückgefahren. Kurz vor der Anlegestelle ist uns aufgefallen, dass Ed ja bereits einen Teil der Netze ausgebracht hatte. Als wir sie einholten, waren sie leer – bis auf einen stattlichen Heilbutt.«

»Und?«, fragte Nick verständnislos. Von Fischen hatte er zugegebenermaßen überhaupt keine Ahnung.

»Und?«, äffte Vicente ihn nach. Er musste so lachen, dass er einen heftigen Hustenanfall bekam und nicht weitersprechen konnte.

»In den Gewässern vor Portugal gibt es keinen Heilbutt«, erklärte Ed an seiner Stelle. »Dem ist es hier viel zu warm.«

»Und wo kommt er normalerweise vor?«, hakte Nick nach.

Ed sah Nick durchdringend an. »Im Nordatlantik zum Beispiel. Island, Grönland. Überall dort, wo es so kalt ist, dass auch Eisberge im Wasser schwimmen.«

Nick brauchte einen Augenblick, bis er verstand. »Sie glauben, dass Sie mitsamt Ihrem Schiff in den Nordatlantik teleportiert worden sind? Und wieder zurück?«

Ed und Vicente sahen sich an und zuckten dann mit den Schultern. »Genau. Welche Erklärung sollte es sonst dafür geben?«

Nick musste sich ein Grinsen verkneifen. Den drei Männern war die ganze Sache offenbar bitterernst, da wollte er nicht respektlos erscheinen. Wider Erwarten amüsierte ihn die Situation, auch wenn die Geschichte natürlich Quatsch war. Becca hingegen schien jegliches Interesse verloren zu haben.

Vicente leerte sein Bierglas mit wenigen Schlucken und stellte es mit einem lauten Knall auf die Theke. »Keine Ahnung, wie das damals genau passiert ist. Oder warum. Auf jeden Fall ist es nicht mit rechten Dingen zugegangen. Ed sind ein paar Tage später sämtliche Haare ausgefallen. Ich hab diesen grässlichen Husten bekommen, der nicht mehr weggeht. Und Javier hat seit dem Vorfall kein einziges Wort mehr gesprochen.«

»Das tut mir leid«, sagte Nick diplomatisch.

Becca sah demonstrativ auf die Uhr. »Wir sollten los. Es ist schon nach sieben.«

»Schon klar«, sagte Ed traurig. »Ihr glaubt uns kein Wort. Genau wie alle anderen.«

Sie verabschiedeten sich von den drei Männern, die jetzt wieder in dumpfes Schweigen verfallen waren. Becca legte dem Wirt noch einige Münzen für das Bier auf den Tresen, und kurz darauf traten sie aus der niedrigen Tür ins Freie hinaus.

»Danke«, sagte Nick. »Das war in der Tat eine nette kleine Abwechslung.«

Becca schnaubte. »Mag sein. Aber die Geschichte war der totale Blödsinn.«

»Seemannsgarn eben. Was hast du denn erwartet?«

Sie schlenderten zurück zum Jachthafen.

»Sollen wir uns noch mal treffen, solange ihr in der Stadt seid?«, fragte Becca.

Nicks Herz schlug einen kleinen Salto vor Freude. »Das wär toll.«

»Wir können ja schreiben.«

»Okay. Allerdings darf Ben auf keinen Fall mitkriegen, dass ich mein Handy wieder einschalte. Der heilige Eid, du erinnerst dich.«

»Ach ja.« Becca grinste. »Wäre nicht das erste Mal, dass Kinder ihre Eltern austricksen, wenn's um den vereinbarten Handykonsum geht.«

Nick lachte. »Stimmt. Und der Zweck heiligt bekanntlich die Mittel.«

Sie hatten das Boot erreicht. Zeit, sich zu verabschieden.

Nick wurde verlegen. Sollte er sie umarmen? Vielleicht sogar einen Kuss auf die Wange geben? Oder war das zu vorschnell?

Zu seiner Überraschung schien Becca ebenso unsicher zu sein wie er. Nachdem sie sich einen peinlichen, endlos erscheinenden Augenblick lang unschlüssig gegenübergestanden hatten, sah Becca plötzlich irritiert auf einen Punkt dicht neben ihm. Mit Schrecken stellte er fest, dass sie seine Hand betrachtete, die er unbewusst für ein High five erhoben hatte. Nick wäre am liebsten im Boden versunken. Was war denn bitte schön mit seinem Hirn los? Sicherung durchgebrannt? Auf Standby, wie Bruno?

Ehe er die Hand runternehmen konnte, hatte Becca bereits eingeschlagen. »Also dann – mach's gut«, sagte sie. Dann drehte sie sich um und war kurz darauf zwischen den Booten verschwunden.

Nick hätte sich am liebsten in den Hintern gebissen. Wie konnte man nur so dämlich sein?! *Superagent* hatte Becca ihn heute Nachmittag genannt ... ha, ha. Was sie einem an der Agentenschule wirklich beibringen sollten, war, wie man sich von der coolsten Frau der Welt verabschiedete, ohne sich völlig zum Affen zu machen.

4

Als der Kellner die dampfenden Teller vor ihnen abstellte, merkte Nick erst, wie hungrig er war. Die Riesenportion Eis, die er zusammen mit Becca verdrückt hatte, war immerhin schon ein paar Stunden her.

Sie saßen an einem der wenigen Tische vor einer Taverne am Rande der Alfama, dem ältesten Viertel Lissabons, das besonders durch seine verwinkelten, steilen Sträßchen von sich reden machte. Es war bereits dunkel, doch die gusseisernen Laternen vor dem Restaurant tauchten die unmittelbare Umgebung in ein gemütliches Licht.

Während sie sich ihr Essen schmecken ließen, erzählte Nick von den Fischern, die behaupteten, zum Nordpol und wieder zurück teleportiert worden zu sein. Ben amüsierte sich ebenfalls königlich.

»Und als Beweis für ihre Geschichte diente ihnen ein Heilbutt«, endete Nick.

»Was sie wohl mit ihm gemacht haben?«, sinnierte Ben.

»Wenn sie schlau waren, dann haben sie ihn gegessen«, erwiderte Nick lakonisch.

Ben lachte. »Die Geschichte erinnert mich ein bisschen an das Philadelphia-Experiment«, warf er ein.

»Sagt mir nichts«, erwiderte Nick. »Was ist das?«

»Eine Legende – also im Grunde auch nichts anderes als das, was diese drei Fischer zum Besten gegeben haben.« Ben nahm einen Schluck Rotwein und fuhr dann fort: »In den 1940er-Jahren hat ein Mann namens Carl Allen behauptet, dass vor seinen Augen ein Schiff der US-Marine aus dem Hafen in Philadelphia verschwunden ist. Angeblich ist es zu einem Stützpunkt im dreihundert Kilometer entfernten Norfolk teleportiert worden, nur um dann ein paar Minuten später wieder in Philadelphia aufzutauchen.«

»Aha«, machte Nick. »Und was sagen die anderen Augenzeugen dazu?«

»Es gibt keine. Allen ist der Einzige, der davon berichtet hat.«

»Ernsthaft? Und er hat tatsächlich geglaubt, dass ihm irgendjemand diese Geschichte abkauft?«

»Es kommt noch besser. Laut Allen hat die Besatzung des Schiffes großen Schaden genommen: Einige erlitten schwere Verbrennungen, manche waren sogar mit Teilen des Schiffes verschmolzen, andere waren geistig verwirrt oder blieben spurlos verschwunden. Deswegen, so Allen, hätte die Navy den Vorfall konsequent vertuscht. Sämtliche Zeugen und Crewmitglieder wurden einer Gehirnwäsche unterzogen, Unterlagen und Papiere wurden gefälscht oder vernichtet.«

»Darauf ist doch hoffentlich niemand reingefallen, oder?«

»Hast du eine Ahnung! Überleg mal, welchen Kultstatus die Area 51 in Nevada genießt. Hältst du Allens Geschichte für so viel unwahrscheinlicher als die Theorie, dass die USA seit Jahrzehnten die Landung von Außerirdischen vertuschen?«

»Auch wieder wahr«, gab Nick zu.

»So eine Geschichte fällt bei Verschwörungstheoretikern auf fruchtbaren Boden. Es ranken sich unzählige Mythen um das Philadelphia-Experiment. Es wurde sogar ein Film darüber gedreht.«

»Wahnsinn, was die Leute alles glauben – oder glauben wollen«, sagte Nick kopfschüttelnd. »Allen war also der Meinung, dass die Navy ein Schiff durch die Gegend teleportiert hat. Was hat denn die Navy selbst zu den Theorien gesagt?«

»Sie hat alles dementiert und den Legenden ihren Lauf gelassen.«

»Ich kapier nicht, warum so jemand wie Allen das macht. Wollte er Aufmerksamkeit erregen? Oder war er einfach bekloppt?«

»Keine Ahnung. Von allem etwas vielleicht. Ich schätze, der war in Wahrheit ein ganz armer Tropf. So wie deine drei Fischer von heute Nachmittag.«

Nick spießte gedankenverloren eine gegrillte Sardine von seinem Teller auf und betrachtete sie nachdenklich, bevor er sie in den Mund steckte und genüsslich kaute. »Aber jetzt mal ehrlich«, sagte er mit halb vollem Mund, »in solchen Legenden steckt doch immer ein Fünkchen Wahrheit. Vielleicht hat die Navy tatsächlich an irgendwas herumexperimentiert. Einer Tarnkappentechnologie zum Beispiel. Und als Allen das Schiff plötzlich nicht mehr oder zumindest nicht mehr so deutlich gesehen hat, ist die Fantasie mit ihm durchgegangen.«

»Kompletter Humbug«, widersprach Ben. Er sah kurz auf, weil irgendetwas am Ende der Gasse seine Aufmerksamkeit erregt hatte. Dann wandte er sich wieder Nick zu. »Die Navy hatte keinen Grund, mit Tarnkappentechnik zu experimentieren. Die militärischen Gegner setzten damals gar kein Radar ein. Die Technologie war zu diesem Zeitpunkt noch nicht leistungsfähig genug.«

»Ein Grund mehr, damit zu experimentieren, oder nicht?«, hakte Nick nach.

Ben schien erneut von irgendetwas am Ende der Gasse abgelenkt zu werden und ging nicht weiter auf Nicks Kommentar ein. Nick sah sich um, konnte aber nichts Auffälliges erkennen. »Was ist los?«, fragte er.

Sein Vater winkte ab. »Ach, nichts.«

Doch als Ben während der nächsten Minuten immer wieder verstohlen die Gasse hinter Nick beobachtete und sich dabei immer tiefere Falten in seine Stirn gruben, wurde es Nick zu bunt. »Jetzt sag schon. Was ist denn dahinten?«

Ben zögerte. »Wahrscheinlich gar nichts«, seufzte er. »Alte Agentenkrankheit – sobald irgendwo zwei SUVs geparkt sind, werde ich misstrauisch. Tut mir leid. Ich höre damit auf. Schließlich haben wir Urlaub.«

Nick sah sich erneut um, und jetzt erkannte er, was die Aufmerksamkeit seines Vaters erregt hatte: Etwa zwanzig Meter entfernt parkte ein schwarzer Geländewagen, und am Ende der Gasse stand ein ganz ähnliches Fahrzeug. Natürlich konnte das Zufall sein, aber wenn man genauer hinsah, fiel auf, dass in beiden Fällen die Nummernschilder dreckverschmiert und kaum zu erkennen waren. Außerdem bildete Nick sich ein, dass hinter dem Steuer des vorderen SUVs in unregelmäßigen Abständen ein orangefarbener Punkt aufglühte, als würde jemand im Auto warten und dabei eine Zigarette rauchen.

In diesem Moment öffnete sich die Eingangstür eines der Häuser entlang der Gasse. Ein Mann um die vierzig trat heraus. Als er genau zwischen den beiden SUVs war, starteten die Fahrzeuge die Motoren und blendeten die Scheinwerfer auf. Der Mann blieb stehen und hob eine Hand an die Augen, um sich vor dem grellen Licht zu schützen.

Ben stand so ruckartig auf, dass sein Stuhl polternd nach hinten umfiel. »Da stimmt was nicht!«

Auch Nick erhob sich. Doch ehe er wirklich begriffen hatte, was gerade geschah, waren zwei Gestalten aus einem der Fahrzeuge gesprungen und hatten den Mann auf den Rücksitz des Wagens gezogen. Die SUVs fuhren mit quietschenden Reifen los und waren kurz darauf hinter der nächsten Ecke verschwunden.

5

Fassungslos starrte Nick den SUVs hinterher.

»Komm schon!«, rief Ben und rannte los. »Und aktivier dein Interface!«

Hatte sein Vater allen Ernstes vor, zu Fuß zwei 200 PS-starke Geländewagen zu verfolgen? Das war doch von vornherein zum Scheitern verurteilt. Trotzdem gehorchte Nick und beeilte sich, Ben einzuholen, der bereits einen beachtlichen Vorsprung hatte. Im Laufen hob er das Handgelenk mit dem silbernen Armband und murmelte: »Bruno, Standby Ende.« Einen Sekundenbruchteil später sagte eine computergenerierte, monotone Stimme in seinem Ohr: »Bitte nennen Sie das Passwort.«

»Nader 187-359«, erwiderte Nick, ohne zu zögern. Es knackte kurz, dann plapperte eine vertraute Stimme drauflos: »Hach, das ist aber nett, dass ich auch mal wieder ...«

»Jetzt nicht, Bruno!«, stieß Nick aus. Sie hatten inzwischen das Ende der Gasse erreicht, doch anstatt nach rechts abzubiegen, wie es die Autos der Entführer getan hatten, zog Ben ihn geradeaus zu einer schmalen Treppe, die zwischen zwei Häusern hindurch nach unten führte und nach etwa dreißig Stufen auf eine weitere Straße mündete. Wie aufs Stichwort brausten genau in dem Moment die beiden SUVs am unteren Ende der Treppe vorbei.

Nick verstand. Die Alfama lag an einem Berg und bestand hauptsächlich aus verwinkelten Sträßchen, kleinen Gassen und einer Menge Treppen, die die einzelnen »Ebenen« für die Fußgänger miteinander verbanden. Über diese Abkürzungen konnten sie den Fahrzeugen vielleicht den Weg abschneiden. Doch das labyrinthische Netz aus Abbiegungen, Querungen, Seitenstraßen und Treppen machte es schier unmöglich vorherzusehen, welchen Weg die Wagen nehmen würden. Um eine Chance zu haben, die Wagen einzuholen, mussten sie sich trennen.

Ben schien den gleichen Gedanken gehabt zu haben wie Nick, denn er deutete auf eine weitere Treppe auf der gegenüberliegenden Straßenseite. »Du läufst da lang, ich folge ihnen.«

Er wandte sich nach links, rannte los – und war eine Sekunde später wie vom Erdboden verschwunden. Nick sah sehnsüchtig die leere Straße entlang. Er hatte das *Springen* von seinem Vater geerbt, aber im Gegensatz zu Ben war er nicht in der Lage, diese Fähigkeit bewusst einzusetzen. Es musste schon eine ganze Reihe von Faktoren zusammenkommen – hauptsächlich Adrenalin und Schmerz –, damit er *springen* konnte.

Seufzend wandte Nick sich um und rannte, immer zwei Stufen auf einmal nehmend, die Treppe hinunter. »Bruno, ich brauch deinen Scanner.«

»Ach, redet man wieder mit mir? Zuerst werde ich in

Zwangsurlaub geschickt, dann wieder aktiviert, bekomme aber den Mund verboten, und jetzt auf einmal ...«

»Mutmaßliche Entführung, Tatfahrzeuge sind zwei schwarze Geländewagen. Bei den engen Straßenverhältnissen sind sie garantiert noch nicht weit gekommen. Kannst du sie orten?«

»Ich brauch noch ein paar Sekunden, bis alle Systeme wieder hochgefahren sind.«

»Beeil dich. Sonst entwischen sie uns.«

»Schalt mich das nächste Mal nicht auf Standby, dann dauert's auch nicht so lang.«

Nick war am Ende der Treppe angekommen und wandte sich automatisch nach links.

»Nein, nach rechts!«, befahl Bruno.

»Aber sie sind in die andere Richtung gefahren.«

»Soll ich dir jetzt helfen oder nicht?«, entgegnete Bruno.

»Hast du sie geortet?«

»Ich glaube schon.«

»Du glaubst?«

»Ich kann zwar den Fahrzeugtyp nicht genau bestimmen, aber sie sind zu zweit und haben einen Affenzahn drauf.«

»Na schön.« Widerstrebend wandte Nick sich nach rechts. Zu allem Überfluss führte die Straße in dieser Richtung wieder bergauf und damit tiefer hinein in das Labyrinth aus Sträßchen und Treppen.

»In zehn Metern nach links durch die kleine Gasse. Wenn du dich beeilst, kannst du ihnen auf der Straße am anderen Ende den Weg abschneiden.«

»Das ist doch Quatsch«, brummte Nick. »Warum sollten sie plötzlich in die entgegengesetzte Richtung fahren?«

»Sie mussten umdrehen. Ein Lieferwagen hat die Straße blockiert.«

Nick bog nach links in die schmale Gasse ein. Als er sie etwa zur Hälfte durchquert hatte, sah er zwei schwarze Geländewagen am anderen Ende vorbeirasen. Er stürmte aus der Gasse hinaus, sah aber nur noch die Rücklichter aufleuchten, bevor die SUVs hinter einer Kurve verschwanden.

»Verdammt!«, fluchte Nick keuchend.

»Du bist nicht schnell genug«, kommentierte Bruno. »Los, weiter. Sobald sie die Hauptstraße erreichen, haben wir keine Chance mehr.«

In den nächsten Minuten dirigierte Bruno ihn im Zickzack durch die Gässchen und Sträßchen der Alfama. Nick hatte vollkommen die Orientierung verloren, vertraute aber darauf, dass sein Interface wusste, was es tat. Er sah die Wagen zwar nicht mehr, hörte aber ab und zu das Aufheulen der Motoren. Es musste ungeheuer frustrierend sein, mit diesen schnellen Autos durch die verwinkelten Gassen zu zockeln.

»Wo ist eigentlich Ben?«, fragte er schnaufend, während er eine weitere Treppe hinunterrannte.

»In die falsche Richtung gelaufen. Er konnte ja nicht damit rechnen, dass die Wagen umdrehen mussten. Wahrscheinlich waren sie danach außerhalb der Reichweite seines Scanners.«

»Also verfolge ich die Typen gerade allein?«

»Jep. Da vorne links.«

»Hier?«, fragte Nick ungläubig, als sich vor ihm ein derart schmaler Durchgang zwischen zwei Häusern auftat, dass er sich nicht einmal sicher war, ob er überhaupt durchpasste.

»Ja, hier.«

Der Gang verengte sich zur Mitte hin so sehr, dass Nick sich seitlich hindurchquetschen musste. Doch gerade als er befürchtete, stecken zu bleiben – und er war weiß Gott nicht besonders füllig oder muskulös –, weitete sich der Gang wieder. Nick rannte auf die Straße hinaus und wäre fast vor einen der SUVs gelaufen, die jetzt in vollem Tempo angerast kamen. Die beiden Wagen fuhren an ihm vorbei, ohne dass Nick irgendetwas hätte unternehmen können. Er musste sie irgendwie zum Anhalten zwingen.

»Verdammt, verdammt, verdammt!«, fluchte er.

»Ich sag's ja. Du bist einfach nicht schnell genug«, sagte Bruno ungerührt.

Die schwarzen Wagen bogen in eine scharfe Rechtskurve. Hektisch sah Nick sich um. Nur noch wenige Abbiegungen, dann hatten die Fahrzeuge die Hauptstraße erreicht.

»Bruno?«, fragte er drängend.

»Du könntest die Treppe auf der anderen Straßenseite nehmen. Aber du wirst nicht rechtzeitig da sein. Ich wiederhole mich nur ungern: Du bist nicht schnell genug.«

Nick ignorierte den Einwand, sprintete los und flog förmlich die Treppe hinab. Von rechts näherte sich bereits der erste SUV. Verflixt! Bruno hatte recht – das schaffte er nicht mehr. Nick nahm all seine Kraft zusammen und sprang die restlichen Stufen hinunter auf die Straße. Er versuchte, die Landung so gut wie möglich abzufedern, doch sein rechter Fuß hielt dem Aufprall nicht stand und knickte um. Er stolperte, und ein fieser Schmerz zuckte durch seinen Knöchel. Nick biss die Zähne zusammen und humpelte weiter.

Der Verkehrslärm der nahen Hauptstraße war verstummt, und die beiden SUVs, die bis auf ein paar Meter herangekommen waren, schienen auf Schrittgeschwindigkeit hinuntergedrosselt zu haben. Doch es waren nicht die Dinge um ihn herum, die plötzlich langsamer liefen. Er war es, der sich um ein Vielfaches schneller bewegte als seine Umgebung. Er war *gesprungen*.

Nach wenigen Sekunden hatte Nick die SUVs eingeholt. Trotz des *Sprungs* blieb ihm nicht mehr viel Zeit. Zwar konnte er gemütlich neben den Wagen herlaufen, doch auch in diesem Schneckentempo hatten die SUVs die nur wenige Meter entfernte Kreuzung zur Hauptstraße bald erreicht. Nick trat an die Hintertür des SUVs, in den der Mann gezerrt worden war, und versuchte vergeblich, sie zu öffnen. Wahrscheinlich hatte sich die Tür beim Anfahren automatisch verriegelt.

Nick blickte sich um und suchte etwas, womit er die Straße blockieren und die Wagen zum Anhalten zwingen konnte. Mülltonnen zum Beispiel. Doch außer einem Fahrzeug, das sich auf der Gegenfahrbahn näherte, war nichts zu sehen, und vermutlich wäre ihm zu einer solchen Aktion sowieso nicht genug Zeit geblieben.

Rasch suchte Nick an den Autos nach irgendwelchen

Merkmalen, mit denen man sie bei einer Fahndung besser identifizieren konnte. Die Heckscheiben waren getönt, sodass er nicht ins Innere sehen konnte. Das Fahrzeugmodell, ein Jeep Grand Cherokee, war ziemlich gängig, würde ihm also auch nicht weiterhelfen. Langsam gingen ihm die Optionen aus.

Nick lief auf die Straße und warf einen Blick durch das Fahrerfenster. Zu seiner Überraschung saß eine Frau hinter dem Steuer. In der Dunkelheit konnte er zwar keine Einzelheiten erkennen, glaubte aber, einen dunklen Hijab auszumachen, der das Gesicht der Frau einrahmte.

Er sah sich um. Das Auto auf der Gegenfahrbahn war gefährlich nah herangekommen. Er musste runter von der Straße. Wenn ihn das Auto erfasste und der *Sprung* zufällig in dem Moment endete, würde er den Rest seines Urlaubes im Krankenhaus verbringen. Wenn er Glück hatte.

Als hätte er es heraufbeschworen, kehrten die Geräusche zurück. Mit einem Hechtsprung an den Straßenrand brachte sich Nick in Sicherheit und entging dabei der Motorhaube des Wagens nur um Zentimeter. Der Fahrer schien von alldem nichts bemerkt zu haben, denn er fuhr unbeirrt weiter. Auch die SUVs rasten an ihm vorbei, bogen, ohne anzuhalten, auf die Hauptstraße ab, provozierten ein kleines Hupkonzert und waren kurz darauf verschwunden.

Nick rappelte sich auf und atmete einmal tief durch. Er hatte es versucht. Aber heute hatten die Verbrecher eindeutig die besseren Karten gehabt.

Eine Viertelstunde später erreichte Nick die Taverne. Er

hatte ziemlich weit zurückhumpeln müssen – und das auch noch stetig bergauf. Sein Knöchel nahm ihm diese Belastung übel, doch er schien nicht ernsthaft verletzt zu sein.

Vor dem Hauseingang, aus dem der Mann gekommen war, parkten einige Streifenwagen. Obwohl es gar nichts mehr zu sehen gab, hatten sich dort Schaulustige versammelt, die von zwei Polizisten befragt wurden. Wahrscheinlich waren sie auf der Suche nach Zeugen.

Nick entdeckte seinen Vater vor der Taverne, wo er sich mit einem weiteren Polizisten unterhielt. Als Ben auf Nick aufmerksam wurde, winkte er ihn heran und warf ihm dabei einen fragenden Blick zu. Nick schüttelte den Kopf.

Ben deutete von Nick zu dem Polizisten. »*Comissário* Perez, das ist mein Sohn Nick. Er hatte ebenfalls kein Glück bei der Verfolgung.«

Der Kommissar starrte Nick fassungslos an. »Ich bitte Sie – das ist ja noch ein halbes Kind!«, empörte er sich. »Ich frage Sie noch einmal, Señor: Wie kommen Sie dazu, mutmaßlich bewaffnete Entführer zu verfolgen? Und dann auch noch zusammen mit ihrem halbwüchsigen Sohn? Das ist Sache der Polizei. Sie hätten sich in ernsthafte Gefahr bringen können.«

Als Ben in die Innentasche seines Jacketts griff, zuckte die Hand des Beamten reflexartig zu der Waffe, die er in einem Holster am Gürtel trug. Ben hielt beschwichtigend die freie Hand hoch und zog dann ganz langsam seine Brieftasche hervor. »Hier, mein Ausweis«, sagte er und reichte ihn Perez.

Der Polizist studierte den Ausweis stirnrunzelnd. »BND?«, fragte er ungläubig.

»Ganz recht. Mein Sohn ist noch in der Ausbildung, wird sie aber demnächst abschließen. Sie können das gern überprüfen.«

Perez zögerte. »Hatte die Entführung etwas mit einem Fall von Ihnen zu tun?«, fragte er schließlich.

Ben lächelte. »Ganz im Gegenteil. Mein Sohn und ich machen Urlaub und haben in der Taverne zu Abend gegessen. Es war reiner Zufall, dass wir zum Zeitpunkt der Entführung hier waren.«

»Und trotzdem verfolgen Sie die Entführer? Zu Fuß?«

Ben zuckte mit den Schultern. »Berufskrankheit, nehme ich an. Leider sind sie uns entwischt. Hast du noch irgendetwas herausgefunden?«, fragte er an Nick gewandt.

Nick schüttelte den Kopf. »Nichts von Bedeutung. Ich konnte lediglich erkennen, dass am Steuer eines Fahrzeugs eine Frau saß, vermutlich arabischer Herkunft. Die SUVs sind auf die Hauptstraße Richtung Westen abgebogen. Dort habe ich sie verloren.«

Perez notierte sich etwas in ein Notizheft. »Die Luftüberwachung ist informiert. Aber ich befürchte, dass die im Dunkeln keine Chance haben, die Wagen auszumachen.« Er sah mit gezücktem Stift zu ihnen auf. »Würden Sie mir noch einmal Ihren Ausweis geben? Ich müsste Ihre Personalien aufnehmen. Fürs Protokoll.«

»Es wäre mir sehr recht, wenn Sie unsere Namen aus der Angelegenheit heraushalten würden«, erwiderte Ben. »Wie gesagt, unsere Anwesenheit hier war reiner Zufall, und ich möchte vermeiden, dass wir oder unsere Behörde in die ganze Sache hineingezogen werden.«

Obwohl es Comissário Perez sichtlich gegen den Strich ging und er noch eine Weile versuchte, Ben zu überreden, ließ er sich schließlich darauf ein, die Namen von Nick und Ben nicht im Protokoll zu erwähnen. Er verabschiedete sich und ging zu seinen Kollegen, die ihre Zeugenbefragungen ebenfalls abgeschlossen hatten.

»Alles in Ordnung?«, fragte Ben und deutete auf Nicks Fuß.

»Ja, ja, ich bin bloß umgeknickt«, erwiderte Nick. »Mensch, ich war so nah dran.« Er hielt Daumen und Zeigefinger nur wenige Millimeter voneinander entfernt hoch. »Aber ich hatte keine Möglichkeit, sie aufzuhalten.«

»Mach dir bloß keine Vorwürfe. Wir haben es versucht.«

»Weiß man denn, wer entführt wurde? Und warum?«

»Soweit ich mitbekommen habe, war es einer der Mieter aus dem Haus dort. Aber warum, weiß ich nicht. Und wir fragen auch besser nicht nach, wenn wir wirklich aus der Sache herausgehalten werden wollen.«

Sie beschlossen, dass sie für heute genug Action gehabt hatten, und machten sich auf den Weg zurück zum Hafen. Zu Brunos größter Empörung schaltete Nick ihn wieder auf Standby. Morgen wollten sie in aller Frühe zu ihrem Tauchtrip aufbrechen – und dort würden hoffentlich keine unangenehmen Überraschungen mehr auf sie warten.

6

Das Segelboot glitt aus dem Hafenbecken hinaus auf den Fluss und nahm Kurs auf das offene Meer. Nick stand neben seinem Vater, der heute das Steuer übernommen hatte, und ließ sich den Fahrtwind um die Nase wehen. Die Sonne strahlte von einem wolkenlosen Himmel, und es versprach, ein perfekter Sommertag zu werden.

Die Höhlen befanden sich etwa eine Stunde nördlich von Lissabon an einer Felsküste. Das Tauchen dort war mit großem Risiko verbunden und setzte einige Erfahrung voraus, doch Nick hatte während seiner Ausbildung sämtliche erforderlichen Tauschscheine erworben und freute sich riesig auf den bevorstehenden Tauchgang. In Grotten und Höhlen zu tauchen, war für ihn etwas Besonderes – wenn er durch enge Felsengänge schwamm oder in verborgene Felsspalten schlüpfte, kam er sich immer vor wie ein Schatzsucher in einem Abenteuerroman.

Einige Hundert Meter vor ihnen bog ein Kreuzfahrtschiff in den Tejo ein und nahm Kurs auf den Lissabonner Hafen. Die Stadt war ein beliebter Ausgangsort für Kreuzfahrten aller Art und wurde regelmäßig von verschiedenen Gesellschaften angelaufen. Mit einer gewissen Ehrfurcht betrachtete Nick das riesige Schiff, das mit jedem Meter, den es sich näherte, höher in den Himmel zu wachsen schien. Von ihrem kleinen Segelboot aus wirkte es fast so, als würde ein Hochhaus auf sie zuschwimmen, und er war froh, dass sie ausreichend Abstand zu dem Koloss hatten. Wahrscheinlich würde der Kreuzfahrtriese sie ohne viel Aufhebens niederwalzen, wenn sie aus Versehen in seine Fahrrinne gerieten.

In diesem Moment tauchte ein Motorboot auf, das in hohem Tempo von der anderen Meerseite aus in den Tejo einbog. Ganz schön rasant, dachte Nick und ging davon aus, dass der Fahrer nun scharf einschlagen würde, um nicht die Fahrrinne des riesigen Schiffes zu kreuzen. Doch das tat er nicht. Im Gegenteil. Stirnrunzelnd beobachtete Nick, wie sich das Motorboot auf direkten Konfrontationskurs begab – als würde der Fahrer das riesige Schiff neben sich überhaupt nicht wahrnehmen.

Ben hatte die Situation ebenfalls bemerkt. »Was macht der denn da?«, rief er. »Abdrehen, verdammt noch mal! Dreh ab!«

Ein ohrenbetäubendes tiefes Dröhnen ertönte. Das Kreuzfahrtschiff hupte. Doch auch darauf reagierte das kleine Boot nicht. Es beschleunigte weiter und war jetzt nur noch wenige Meter von dem steil aufragenden Bug entfernt. Nick hielt den Atem an. Hoffentlich ging das gut!

Das Motorboot kreuzte so dicht vor dem Kreuzfahrtschiff, das es beinahe von dessen Bugwelle erfasst wurde. Zu Nicks Entsetzen fuhr es jedoch nicht weiter, sondern drehte eine elegante Kurve und steuerte zurück in Richtung Kreuzfahrtschiff, um erneut dessen Kurs zu queren. Wieder erklang das tiefe Dröhnen, doch auch jetzt wich das Motorboot nicht aus.

»Spinnt der?«, schrie Ben.

Das fragte Nick sich ebenfalls. Was war bloß mit dem Fahrer los? Hatte er die Kontrolle über das Boot verloren? Oder war er lebensmüde und auf der Suche nach einer besonders spektakulären Art, seinem Leben ein Ende zu bereiten? Wenn er so weitermachte, hatte er dieses Ziel jedenfalls bald erreicht.

Ben schien den gleichen Gedanken gehabt zu haben, denn er startete den Hilfsmotor, mit dem ihr Segelboot ausgestattet war, und gab Gas.

Als sie näher kamen, erkannte Nick hinter dem Steuer des Motorbootes eine junge Frau. Während sie erneut vor dem riesigen Schiff kreuzte, schrie sie lauthals etwas zu den Schaulustigen hinauf, die von einem der Decks auf sie heruntersahen, und gestikulierte wild in ihre Richtung. Auf die Entfernung vermochte Nick kaum etwas zu erkennen, aber es sah fast so aus, als würde sie ihnen den Mittelfinger entgegenstrecken.

»Was hast du vor?«, schrie er in Richtung seines Vaters.

»Diese Irre aufhalten, bevor sie sich umbringt«, knurrte Ben und drückte den Gashebel weiter nach vorn.

Nick fragte sich, wie Ben das anstellen wollte. Zwar konnte das Segelboot mit dem Hilfsmotor schneller manövrieren als ohne, trotzdem war es lange nicht so wendig und flink wie das kleine Motorboot.

Ben steuerte in einem 45°-Winkel auf das Kreuzfahrtschiff zu. Von rechts näherte sich die Frau, die gerade gewendet hatte und nun wieder auf das Schiff zuhielt. Nick begriff. Sein Vater wollte ihr den Weg abschneiden und das Boot zum Abdrehen zwingen. Um sich rechtzeitig zwischen die beiden ungleichen Fahrzeuge zu schieben, musste Ben ordentlich Gas geben. Doch wenn er danach nicht sofort gegensteuerte, würden sie selbst mit voller Wucht gegen den Rumpf des Ozeanriesen krachen!

Die Frau auf dem Motorboot hatte sie bemerkt. Sie winkte wild mit den Armen und rief etwas, das jedoch in einem erneuten ohrenbetäubenden Hupen unterging. Sie musste begriffen haben, was Ben vorhatte, doch sie machte keine Anstalten abzudrehen. Wollte sie es allen Ernstes auf eine Kollision ankommen lassen? Nick klammerte sich an einem der Aufbauten an Deck fest. Von vorn kam der Rumpf des Kreuzfahrtschiffes unaufhörlich näher, von rechts raste das Motorboot auf sie zu. Das würde nie im Leben gut gehen!

In letzter Sekunde riss die Frau das Steuer herum. Ihr Boot legte sich in eine Kurve und drehte ab. Im gleichen Augenblick nahm Ben das Gas raus und schaltete in den Rückwärtsgang – die einzige Möglichkeit, ein Boot aus voller Fahrt heraus abzubremsen. Der Motor heulte auf, und wenige Sekunden später kamen sie zum Stehen.

Sie waren höchstens noch zehn Meter vom glatten Rumpf des Ozeanriesen entfernt, der lautlos an ihnen vorbeizog. Wäre ihr Boot einen Wimpernschlag später zum Halten gekommen, hätten sie ihren Urlaub als Fischfutter auf dem

Grund des Tejo beendet. Auch sein sonst so abgeklärter Vater sah erleichtert aus. Als sich ihre Blicke trafen, hob Nick anklagend die Augenbrauen.

Ben zuckte entschuldigend mit den Schultern. »Ist ja noch mal gut gegangen«, sagte er schlicht, doch Nick merkte, wie er verstohlen durchatmete.

Nach einer gefühlten Ewigkeit hatte das Kreuzfahrtschiff sie schließlich passiert. Das Kielwasser brachte ihr Boot noch einmal ordentlich zum Schaukeln, dann beruhigte sich das Wasser und mit ihm Nicks Nerven. So viel zum Thema »keine unangenehmen Überraschungen«. Er schüttelte den Kopf und dachte, dass bisher jeder Action-Urlaub entspannter gewesen war als die diesjährige Relax-Variante. Er war gespannt, was die nächsten Tage für ihn noch in petto hielten.

7

Die Frau steuerte das Motorboot zum gegenüberliegenden Flussufer, wo sie an einem kleinen Steg anhielt.

Mit grimmigem Gesicht gab Ben Gas. »Dann wollen wir doch mal hören, was die Dame zu ihrer Verteidigung vorzubringen hat«, knurrte er und nahm ebenfalls Kurs auf den Steg.

Wenige Minuten später hielten sie neben dem Motorboot. Es war ein altes Modell, und Nick fragte sich beim Anblick der abblätternden Farbe und der rostigen Aufbauten, wie es überhaupt so schnell hatte fahren können. Eine winzige Tür führte zur Kajüte unter Deck. Jede verfügbare Fläche des Bootes war mit irgendwelchen Utensilien vollgestopft, von Werkzeugen und Truhen, Seilen und Sitzkissen über Töpfe mit Kräutern bis hin zu einem an der Wand befestigten Fahrrad. All das ließ vermuten, dass seine Besitzerin viel Zeit auf dem Boot verbrachte, vielleicht sogar darauf wohnte.

Nick nahm die junge Frau in Augenschein, die hinter dem Steuer hervortrat. Sie war neunzehn, höchstens zwanzig Jahre alt, hatte blonde, zu Dreadlocks verzwirbelte Haare, ein Augenbrauenpiercing, eine stattliche Anzahl an Tätowierungen und ein wutverzerrtes Gesicht.

»Seid ihr total bescheuert?!«, rief sie zu ihnen herüber. »Ihr habt sie doch nicht mehr alle!«

Nick und Ben sahen sich verblüfft an. Mit der Reaktion hatten sie nicht gerechnet.

»Ihr hättet draufgehen können«, fuhr die Frau fort. »Nur noch ein paar Meter, und der Kahn wäre einfach über euch drübergewalzt.«

»Das sagt genau die Richtige«, erwiderte Nick trocken. »Wir wollten eigentlich nur verhindern, dass *du* niedergewalzt wirst.«

Die Frau stutzte kurz, dann begann sie zu Nicks Überraschung lauthals zu lachen. »Verstehe. Zwei Samariter helfen der Jungfrau in Not.«

»Na ja, ganz so nun auch wieder nicht«, brummte Nick. »Warum zum Teufel hast du das gemacht? Im Zickzack vor dem Kreuzfahrtschiff hin und her zu fahren?«

»Erklär ich euch gern«, erwiderte die Frau. »Kann ich zu euch rüberkommen? Dann muss ich nicht so schreien.«

Nick und Ben tauschten Blicke und zuckten mit den Schultern.

»Klar, komm rüber!«, rief Ben.

Während Nick das Segelboot am Steg vertäute, sprang die Frau mit einem eleganten Satz zu ihnen an Deck. »Ich bin Marta«, stellte sie sich vor und reichte ihnen die Hand. Ihr Händedruck war überraschend kräftig.

»Ich bin Ben«, antwortete sein Vater. »Und das ist mein Sohn Nick.«

»Freut mich«, erwiderte Marta. Offenbar war sie zu dem

Schluss gekommen, dass Nick und sein Vater doch keine kompletten Vollidioten waren. Ihre Wut schien verflogen zu sein und hatte einer herzlichen, wenn auch etwas forschen Art Platz gemacht.

Sie setzten sich in die kleine Sitzecke im Heck des Bootes. »Möchtest du etwas trinken?«, fragte Ben. »Wir haben allerdings nur Mineralwasser und Eistee.«

»Eistee ist super, danke«, erwiderte Marta strahlend.

Ben verschwand unter Deck und kehrte kurz darauf mit drei Gläsern Pfirsicheistee zurück.

»Also: Was sollte dein Manöver vorhin?«, fragte Nick. »Ich bin zwar kein Experte, aber auf mich wirkte es fast so, als hättest du das nicht zum ersten Mal gemacht.«

»Stimmt«, bestätigte Marta grinsend und sah über den Tejo hinaus in Richtung Flussmündung. »Das Meer ist das größte und wichtigste Ökosystem unseres Planeten. Und es ist zum Kotzen, mit welcher Ignoranz der Mensch damit umgeht. Diese riesigen schwimmenden Bettenburgen sind mir schon lange ein Dorn im Auge. Die Dinger pusten tonnenweise Abgase in die Luft, verbrauchen so viel Energie wie eine Kleinstadt und werden mit hochgiftigem Schweröl betrieben. Wenn das ausläuft, ist es für den qualvollen Tod Tausender von Tieren verantwortlich. Und das alles nur, damit sich ein paar Hundert Touristen von einer Stadt zur nächsten schippern lassen und währenddessen mitten auf dem Meer ins Restaurant oder ins Kino gehen können. Ich finde das vollkommen absurd. Deswegen mache ich immer mal wieder mit Aktionen auf den Irrsinn aufmerksam.«

Nick runzelte die Stirn. »Dein Engagement in allen Ehren, aber was nutzt so eine Aktion, wenn keiner sie sieht? Außer uns und ein paar Spaziergängern am Ufer war doch überhaupt niemand da. Und die paar Touris an Deck des Schiffes, die dich beobachtet haben, hast du bestimmt auch nicht von ihrer nächsten Reise abgebracht.«

Marta lächelte belustigt. »Stimmt. Das vorhin war eher spontan. Offenbar kann ich an so einem Kahn nicht vorbeifahren, ohne meinen Frust abzuladen. Eigentlich war ich wegen etwas anderem unterwegs.«

»Ein weiteres Umweltverbrechen?«, hakte Ben nach. Das klang zwar ein wenig sarkastisch, war aber vermutlich eher anerkennend gemeint. So wie Nick seinen Vater einschätzte, mochte er Martas direkte und engagierte Art.

»Vielleicht«, entgegnete Marta ausweichend. »Je nachdem, welche Ausmaße die Sache noch annimmt.«

Nick sah sie auffordernd an. »Nun mach es doch nicht so spannend. Sag schon. Worum geht es?«

Marta lehnte sich zurück und verschränkte die Arme. »Radioaktives Wasser«, sagte sie schlicht, als würde das alles erklären.

Nick war nicht sicher, ob er richtig verstanden hatte. »Wie bitte?«, fragte er. »Hast du gerade radioaktives Wasser gesagt?«

Marta lächelte. »Jep. Ich nehme routinemäßig Wasserproben entlang der Küste. Dabei habe ich durch Zufall erhöhte Werte von Radioaktivität festgestellt. Seitdem stoße ich immer öfter auf solche Werte, ohne dass ich die Ursache dafür feststellen kann. Ich habe mit ein paar befreundeten Aktivisten diverse Tauchgänge unternommen, um nach radioaktivem Müll zu suchen, aber wir haben nichts gefunden.«

»Wow«, machte Nick. »Das ist ja krass. Und wo genau hast du die Werte gemessen? Hier an der Küste?«

»Die Stellen wechseln ständig, deswegen ist das Gebiet nur schwer einzugrenzen. Es konzentriert sich vor allem auf eine Inselgruppe ein Stück südwestlich von hier. Die Höhe der Radioaktivität ist zunächst mal nicht gesundheitsgefährdend, aber eben doch besorgniserregend. Solange wir nicht wissen, wo sich die Quelle befindet, können wir nicht ausschließen, dass die Werte irgendwo höher und damit schädlicher sind.«

»Also besteht keine akute Gefahr durch das Wasser?«, hakte Nick nach. Immerhin befanden sie sich auf dem Weg zu einem Tauchtrip, da wollte er gern wissen, was auf ihn zukam.

»Nein, das nicht«, beruhigte Marta ihn. »Aber wer weiß, wie viele Fische und andere Meerestiere schon mit dem Zeug belastet sind? Und so landet die Radioaktivität über Umwege am Ende doch in unserem Körper.«

»Das ist tatsächlich eine ernste Sache«, stimmte Ben zu. »Gehörst du irgendeiner Organisation an, die auf diesen Skandal aufmerksam macht?«

Marta winkte ab. »Die ganzen Umweltschutzorganisationen müssen sich ständig mit Verwaltungskram und Genehmigungen rumschlagen, das ist mir viel zu theoretisch.

Deswegen habe ich auch mein Meeresbiologiestudium abgebrochen. Mich interessiert nicht, wie das Ganze in der Theorie abläuft, ich will handeln. Ab und zu helfen mir ein paar Freunde dabei, aber die meiste Zeit bin ich solo unterwegs.«

»Kannst du allein denn überhaupt etwas ausrichten?«, fragte Nick. Trotz seiner Bedenken war er beeindruckt von ihrem Idealismus und ihrer Einsatzbereitschaft.

»Wie man's nimmt«, erwiderte Marta. »In der Sache mit dem Wasser stehe ich mit Ricardo Fuentes in Kontakt, dem stellvertretenden Leiter der EMSA. Er war sehr an den erhöhten Werten interessiert und hat versprochen, sich des Problems anzunehmen. Heute Nachmittag habe ich einen Termin mit ihm. Deswegen bin ich heute extra früh rausgefahren, um frische Proben zu nehmen. Die bringe ich ihm mit, und dann besprechen wir hoffentlich das weitere Vorgehen.«

»EMSA?«, fragte Nick. »Ist das irgendeine Behörde?«

»Ja, das ist die Abkürzung für die *European Maritime Safety Agency*, die europäische Agentur für die Sicherheit des Seeverkehrs. Sie hat ihren Sitz hier in Lissabon.«

»Klingt, als wärst du mit dem Problem dort in guten Händen«, sagte Ben.

»Das hoffe ich auch. Es ist höchste Zeit, den Grund für die Verseuchung ausfindig zu machen. Nicht auszudenken, wenn irgendein Idiot illegal Fässer mit radioaktivem Müll entsorgt hat und die jetzt auf dem Meeresgrund vor sich hin rosten. Wäre nicht das erste Mal.«

»Es ist wirklich erschreckend, wie rücksichtslos manche Menschen mit der Umwelt umgehen«, sagte Nick.

»Allerdings«, stimmte Marta ihm zu. »Und manchmal habe ich das Gefühl, je mehr man auf die Umweltverschmutzung aufmerksam macht, desto schlimmer benehmen sich manche Menschen. Wie trotzige Kleinkinder, die unbedingt ihren Willen durchsetzen wollen.«

Sie unterhielten sich noch eine Weile über die Faszination des Meeres im Allgemeinen und Nicks und Bens Tauchpläne im Besonderen. Dann warf Marta einen Blick auf die Uhr und erhob sich. »Ich muss los. War echt nett, euch kennenzulernen. Viel Spaß noch auf eurem Segeltrip.«

»Danke«, erwiderte Ben. »Viel Erfolg bei deinem Meeting heute Nachmittag. Und halt dich in Zukunft von Schiffen fern, die hundert Mal so groß sind wie deins. Ich habe keine Lust, dich noch mal zu retten.«

Marta lachte. »Abgemacht. Ich warte mit der nächsten Aktion, bis ihr weitergesegelt seid.«

Nachdem Marta in Richtung Lissabonner Hafen losgefahren war, setzten auch Nick und Ben die Segel und nahmen Kurs aufs offene Meer.

»Es scheint uns nicht vergönnt zu sein«, sagte Nick und zog sich seine Basecap tiefer ins Gesicht, um nicht von der Sonne geblendet zu werden.

»Was meinst du?«, fragte Ben.

»Zwei Wochen ohne irgendwelche Aufregung«, entgegnete Nick trocken. »Zuerst versuchen wir, eine Entführung zu verhindern, einen Tag später werden wir fast von einem

Kreuzfahrtschiff überfahren. Nächstes Jahr machen wir ein zweiwöchiges Survivaltraining im australischen Dschungel. Das wird dann wahrscheinlich der entspannteste Urlaub, den wir je hatten.«

Ben grinste. »Das ganz normale Leben eines Geheimagenten«, erwiderte er. »Gewöhn dich lieber dran.«

8

Nick schüttete schwungvoll eine Riesenportion Cornflakes in eine Schüssel, kippte einen Schwall Milch hinterher und quetschte sich auf die schmale Eckbank unter Deck, dem einzigen Platz an Bord mit einem Tisch. Ben hatte bereits gefrühstückt und sich genüsslich hinter seine Zeitung verkrochen. Im Hintergrund dudelte das Radio, und der Duft von frisch gebrühtem Kaffee erfüllte den kleinen Raum. Nick schnappte sich den Comicteil der Zeitung und schob sich nebenbei einen Löffel Cornflakes in den Mund. So ließ er sich den Start in den Tag gefallen.

Der gestrige Tauchtrip war einfach fantastisch gewesen. Sie hatten ungestört die Höhlen erkunden können, die zum Teil so dunkel gewesen waren, dass sie Unterwasserlampen benutzen mussten. Sie waren zwar auf keine verborgenen Schätze gestoßen, hatten dafür aber einen riesigen Rochen aufgescheucht und waren in einen Schwarm silbern glitzernder Fische geraten, die sich mindestens genauso sehr für die beiden merkwürdigen, blubbernden Riesenfische interessierten, die plötzlich in ihrem Revier aufgetaucht waren, wie Nick und Ben für sie. Für heute hatten sie noch keine konkreten Pläne, und das war Nick genauso recht. Er überlegte, im Laufe des Vormittags bei Becca anzurufen. Vielleicht klappte es ja doch noch spontan mit einem Treffen. Heute war die letzte Gelegenheit dazu. Morgen wollten sie Lissabon verlassen und weiter an der Algarve entlang in Richtung Norden segeln.

Ben ließ die Zeitung sinken und legte den Kopf leicht schief. Er schien auf irgendetwas zu lauschen. Nick sah von seinem Comic auf. Im Radio hatten die Nachrichten begonnen, aber er schenkte dem Geplapper wenig Aufmerksamkeit. »Was ist?«, fragte er.

»Schsch«, machte Ben und brachte Nick mit einer Handbewegung zum Schweigen. Nick zuckte mit den Schultern und las weiter. Dann eben nicht. Mit halbem Ohr bekam er mit, dass die Nachrichtensprecherin irgendwann begann, die Wetterprognosen für die Region abzugeben. Sonne, blauer Himmel, heiß. Perfekt.

»Das ist ja echt ein Ding«, sagte Ben und erhob sich, um seine Kaffeetasse aufzufüllen. »Sie haben gerade einen Beitrag über die Entführung vorgestern gebracht. Rate mal, wer das Opfer ist.«

Nick sah ihn fragend an. »Woher soll ich das wissen?«

»Ricardo Fuentes, der stellvertretende Leiter der EMSA.«

»Moment mal.« Nick fuhr auf. »Das ist doch der Typ, mit dem sich Marta gestern treffen wollte.«

»Genau der.«

Nick schob die Zeitung ein Stück von sich und betrachtete seinen Vater nachdenklich. »Wissen sie, warum er entführt wurde?«

Ben schüttelte den Kopf. »Nein. Es gibt nach wie vor keine Spur von den Entführern, kein Motiv, keine Forderungen, nichts. Gestern ist eine Person verhaftet worden, doch offenbar steht die Verhaftung in keinem direkten Zusammenhang mit der Entführung.«

»Merkwürdig. Warum sollte jemand den Mitarbeiter irgendeines Meeresschutzamtes entführen? Klingt nicht nach einem besonders lohnenswerten Unterfangen. Oder verdient man als portugiesischer Beamter so gut?«

Ben verzog das Gesicht. »Nein, sicherlich nicht. Aber sie werden schon ihre Gründe haben.«

»Arme Marta. Sie hatte so auf dieses Treffen gesetzt.«

»Ich bin sicher, dass sie jemand anders finden wird, der sich für die Wasserproben interessiert. Um Marta würde ich mir nun wirklich keine Sorgen machen.« Mit der vollen Tasse nahm Ben wieder auf der Bank Platz und verschwand hinter der Zeitung.

Nick starrte eine Weile aus dem kleinen Kajütenfenster. »Wäre es in Ordnung, wenn ich Marta besuchen ginge?«, fragte er schließlich.

»Klar, warum nicht?«

»Super. Ich bin auch nicht lange weg.«

Nick stand auf, schnappte sich seine Sonnenbrille und ging die Treppe hinauf an Deck. Kurz darauf schritt er den Steg entlang Richtung Pier. Die Nachricht von dem entführten EMSA-Mitarbeiter ließ ihm keine Ruhe, und er wollte Marta fragen, ob sie sich vielleicht einen Reim darauf machen konnte.

Als sie gestern erwähnt hatte, in welchem der vielen kleinen Jachthäfen sie normalerweise anlegte, hatten sie festgestellt, dass er sich ganz in der Nähe ihres eigenen befand. Und tatsächlich erreichte er nach nur zwanzig Minuten Fußmarsch die kleine Marina, in der hauptsächlich Einheimische und Dauergäste lagen. Es dauerte nicht lange, bis er Martas Boot ausfindig gemacht hatte. Es hatte direkt am Kai zwischen einem alten Kutter und einem Gefährt festgemacht, das mit seinem klobigen Aufbau stark an ein Hausboot erinnerte. An Deck saßen zwei junge Männer mit nacktem Oberkörper und klimperten auf Gitarren vor sich hin.

Martas Boot hingegen schien verlassen zu sein. Nick blieb unschlüssig davor stehen. Einer der Jungs, der ein großes Tribal auf der Brust tätowiert hatte, sah zu ihm herüber.

»*Olá!*«, rief er. »Willst du zu der Umwelttante?«

Nick runzelte die Stirn. Umwelttante? Wie nett.

»Ja«, erwiderte er. »Wisst ihr, ob sie da ist?«

»*Não*. Die ist seit ihrer Fischaktion gestern Nachmittag nicht wiederaufgetaucht.«

»Fischaktion?«, fragte Nick. »Welche Fischaktion?«

Die beiden Jungs sahen sich an und grinsten. »Sie hat sich von 'nem Hafenmitarbeiter den Pick-up geliehen und die Ladefläche mit altem Fisch vom Fischmarkt vollgeladen«, berichtete der Tätowierte. »Dann ist sie zu irgendeinem Amt in die Innenstadt gefahren und hat die Fische davor ausgekippt.«

»Mitten in der knallheißen Nachmittagssonne«, ergänzte

der andere Typ, der trotz des nackten Oberkörpers eine Wollmütze über seinen braunen Locken trug. »Ein Kumpel von uns war zufällig da. Er meinte, den Gestank von den Fischen hat man noch mehrere Straßen weiter gerochen.«

Der Tätowierte schüttelte lachend den Kopf. »Die ist echt krass drauf, Mann. Ist zwar total nett, aber wenn die mal wütend wird, will ich mich lieber nicht mit ihr anlegen.«

Nick runzelte die Stirn. »Wieso war sie wütend?«

»Ach, sie hat von irgendeinem geplatzten Treffen gefaselt. Und dass der Typ schon sehen wird, was er davon hat, wenn er sie einfach versetzt. So was lasse sie sich nicht bieten.«

Langsam begriff Nick. Offenbar hatte man Marta gestern bei ihrem Termin mit Fuentes einfach wieder weggeschickt, ohne ihr zu sagen, dass der stellvertretende EMSA-Leiter entführt worden war und ihren Termin deswegen nicht wahrnehmen konnte. Marta hatte in diese Absage hineininterpretiert, dass sich Fuentes verleugnen ließ, und hatte ihm als Rache einen Haufen toter Fische vor die Tür gekippt. Das war zwar ganz schön heftig, aber so, wie er Marta gestern kennengelernt hatte, alles andere als unwahrscheinlich.

»Seitdem haben wir sie nicht mehr gesehen«, fuhr der Tätowierte fort. »Wahrscheinlich hat die *polícia* sie einkassiert.« Die jungen Männer klatschten sich lachend ab.

»Willst du ein Bier?«, fragte der Mützentyp.

Nick schüttelte den Kopf. »Nein danke.«

Die beiden zuckten mit den Schultern und spielten weiter auf ihren Gitarren. Komische Vögel.

Da sie Nick keine Beachtung mehr schenkten, wandte er

sich wortlos um und ging nachdenklich den Weg zurück zu ihrem Hafen. Ihm fiel wieder ein, was sein Vater über die Meldung im Radio gesagt hatte. Hatte er nicht erwähnt, dass im Fall Fuentes eine Person verhaftet worden war, die jedoch in keinem direkten Zusammenhang mit der Entführung stand? Der Gedanke ließ ihm keine Ruhe mehr. Was, wenn es sich bei dieser Person um Marta handelte?

Es gab nur einen Weg, das herauszufinden. Doch um bei der Polizei etwas ausrichten zu können und an Informationen zu gelangen, brauchte es jemanden, der ein bisschen mehr Autorität ausstrahlte und größeres diplomatisches Geschick besaß als er.

Und so kam es, dass Ben wenige Minuten später völlig überrumpelt hinter seiner Zeitung hervorgezerrt und in Richtung Polizeirevier gezogen wurde, ohne dass er wusste, worum es überhaupt ging, und ohne dass er auch nur den Hauch einer Chance hatte, dagegen Einspruch zu erheben.

9

»Marta Gutierrez?«, fragte der Polizeibeamte hinter dem Schalter. »Die mit den Fischen?«

»Genau«, bestätigte Ben. »Ich würde gern wissen, ob sie sich noch hier befindet und, falls ja, wer mit dem Fall beauftragt ist.«

»Ja, die ist noch hier«, erwiderte der Beamte. »Da müssen Sie sich an den Boss wenden, Comissário Como. Der ist allerdings gerade in einer Besprechung.«

»Ihr Chef bearbeitet den Fall?«, fragte Ben erstaunt. »Wir reden hier doch höchstens von Erregung öffentlichen Ärgernisses. Eine Lappalie, weiter nichts.«

»Nun ja, diese ›Lappalie‹ schien immerhin in Zusammenhang mit einer Entführung zu stehen. Da wollte sich der Boss lieber persönlich drum kümmern. Bitte nehmen Sie doch hier Platz, ich sage Ihnen Bescheid, sobald er Zeit für Sie hat.«

Sie setzten sich auf eine Bank im Eingangsbereich und warteten. Nick seufzte. Hatte er also richtig gelegen mit seinem Verdacht. Er verzog das Gesicht. Auch wenn er normalerweise gern recht behielt, hätte er in diesem Fall gut darauf verzichten können.

Eine Glastür öffnete sich, die in einen Flur mit unzähligen Bürotüren führte. Zwei Männer traten heraus, der eine in Bens Alter, sportlich und in Jeans, der andere Mitte sechzig, klein, mit wirren Haaren und abstehenden Ohren. Trotz der Hitze trug der Mann einen blau-grün karierten Anzug, dessen Muster Nick an einen Schottenrock erinnerte.

Der Sportliche hielt dem Älteren die Tür auf. »Vielen Dank, dass Sie sich die Zeit genommen haben, Professor Allende. Es tut mir leid, dass wir Sie belästigen mussten, aber in so einem Fall gehen wir jeder Spur nach.«

»Aber nicht doch, das verstehe ich vollkommen«, erwiderte der Ältere. »Sie machen schließlich nur Ihren Job. Wirklich bedauerlich, dass ich Ihnen nicht weiterhelfen konnte.«

Nachdem sich die beiden Männer verabschiedet hatten, schlenderte der mit Professor Angeredete leise summend in Richtung Ausgang, blieb dann aber an einem Ständer mit Infomaterial stehen und studierte verschiedene Flyer über Einbruchssicherung und Diebstahlschutz.

Der Sportliche wollte sich gerade wieder in den Flur zurückziehen, als der Beamte hinter dem Schalter hervorkam, ihm etwas zuflüsterte und dabei auf Ben und Nick deutete. Sichtlich ungehalten wandte sich der Sportliche ihnen zu. »Sie wollen mich sprechen?«, brummte er. Von seinem zuvorkommenden Auftreten gegenüber dem älteren Mann war nichts mehr zu spüren. Er schien es eilig zu haben, wieder zurück in sein Büro zu kommen.

»Comissário Como?« Ben erhob sich. »Es geht um Marta

Gutierrez. Man sagte uns, dass sie hier in Gewahrsam ist und Sie den Fall bearbeiten.«

Der Kommissar sah mürrisch von Ben zu Nick. »Ja, und? Was wollen Sie von ihr? Sind Sie ihr Anwalt?«

Ben lächelte. »Das nun nicht gerade. Eher so etwas wie ein Fürsprecher. Könnte ich wohl kurz mit Ihnen über den Fall reden?«

»Hören Sie, ich stecke bis über beide Ohren in einem Entführungsfall. Ich habe jetzt wirklich keine Zeit für so etwas.«

Mit diesen Worten wandte er sich um und ging auf die Glastür zu. Er war schon halb im Flur, als Ben rief: »Como, sagten Sie? Ihr Vater ist nicht zufällig Rodrigo Como, ehemaliger leitender Berater im portugiesischen Außenministerium?«

Der Kommissar blieb stehen und musterte sie misstrauisch. »Ja, und? Warum wollen Sie das wissen?«

»Ich habe mit ihm zusammengearbeitet«, erwiderte Ben. »Ich war diplomatischer Berater während des Handelsembargos mit dem Mittleren Osten vor einigen Jahren. Fähiger Mann, Ihr Vater. Weitsichtig und äußerst durchsetzungsfreudig.«

Como überlegte kurz, dann hellte sich sein Gesicht auf. »Ben Nader?«, fragte er. »Aber natürlich. Ich erinnere mich. Und jetzt sind Sie wegen der Göre mit den Fischen hier? Wie passt denn das zusammen?«

Nick war beeindruckt. Kaum hatte Como begriffen, dass er keinen dahergelaufenen Touristen, sondern einen – angeblichen – ehemaligen Diplomaten vor sich hatte, änderte sich sein Verhalten schlagartig. Nick grinste. Das war genau die Reaktion, die er sich vom Auftreten seines Vaters erhofft hatte.

»Das kann ich Ihnen erklären«, antwortete Ben auf die Frage des Kommissars. »Gehen wir doch in Ihr Büro, um alles Weitere zu besprechen.«

Como nickte zustimmend, und kurz darauf waren die beiden hinter einer der vielen Türen verschwunden.

Nick lehnte sich zurück. Das lief ja besser als gedacht. Wenn irgendjemand ein gutes Wort für Marta einlegen konnte, dann Ben. Er wusste selbst nicht, warum ihm die Umweltaktivistin so wichtig war. Schließlich kannte er sie erst seit gestern, und auch da hatten sie sich im Grunde nur kurz unterhalten. Aber trotz dieser flüchtigen Begegnung war sie ihm sympathisch, und ihm imponierte, mit wie viel Entschlossenheit und Hartnäckigkeit sie für ihre Ziele kämpfte.

Er ließ seinen Blick durch die Eingangshalle schweifen. Es herrschte nur wenig Betrieb, deshalb fiel ihm sofort der Professor ins Auge, der das Interesse an den Infoflyern verloren, die Halle aber keineswegs verlassen hatte. Stattdessen saß er nun auf einer Bank gegenüber von Nick und beobachtete ihn verstohlen. Als der Mann bemerkte, dass Nick ihn entdeckt hatte, sah er rasch in eine andere Richtung und nestelte nervös an seinem Hemdkragen herum. Nick runzelte die Stirn. Merkwürdiger Kerl. Was machte er überhaupt noch hier? Der Kommissar hatte ihn doch verabschiedet.

Die nächsten Minuten verliefen ereignislos, bis sich endlich die Glastür wieder öffnete und Ben die Halle betrat, dicht gefolgt von Marta.

Nick sprang auf. »Es hat geklappt. Super! Danke, Paps.«

Ben lächelte. »Ich musste für Marta bürgen. Aber im Grunde war Como froh, sie los zu sein. Um ein paar Sozialstunden wirst du allerdings nicht herumkommen«, fügte er an Marta gewandt hinzu.

Marta winkte ab. »Das ist kein Problem. Ich bin bloß froh, aus dem Laden raus zu sein. Vielen Dank, dass Sie mir geholfen haben. Das ist wirklich große Klasse von Ihnen. Wo Sie mich doch kaum kennen.«

»Bedank dich bei meinem Sohn. Es war seine Idee«, erwiderte Ben.

Marta strahlte Nick an. »Danke!«

»Nichts für ungut«, entgegnete er. »Aber jetzt mal ehrlich: Was sollte das denn? Eine ganze Wagenladung voller Fische? War doch klar, dass das Konsequenzen nach sich zieht.«

»Ach, ich weiß auch nicht. Als man mir sagte, Fuentes wäre nicht zu sprechen, ist bei mir ’ne Sicherung durchgebrannt. Ich dachte, er hätte plötzlich das Interesse verloren oder Wichtigeres zu tun, so nach dem Motto: Mit der kann ich's ja machen. Das wollte ich mir nicht bieten lassen. Ich hab erst bei der Vernehmung erfahren, dass Fuentes entführt worden ist. Ich meine, wer ahnt denn so was? Hätte die Vorzimmerdame bei der EMSA mir ruhig sagen können.«

Nick grinste. »So etwas Ähnliches habe ich mir schon gedacht.«

»Kommt«, sagte Ben und deutete zum Ausgang. »Lasst uns gehen. Bevor sie es sich wieder anders überlegen und dich doch dabehalten.«

Sie hatten die Halle zur Hälfte durchquert, als plötzlich der ältere Herr auf sie zutrat.

»Señor Nader?«, fragte er.

Erstaunt wandte Ben sich zu dem Mann um. »Ja?«

»Bitte entschuldigen Sie, aber ich habe vorhin zufällig Ihre Unterhaltung mit Comissário Como mitangehört. Mein Name ist Allende. Professor Arturo Allende.«

»Sehr erfreut«, erwiderte Ben und ergriff die ihm dargebotene Hand. »Was kann ich für Sie tun?«

»Oh, in erster Linie wollte ich Sie kennenlernen«, sagte Allende. »Wissen Sie, ich erinnere mich ebenfalls an das drohende Handelsembargo damals. Es ging ja wochenlang durch die Presse. Wirklich bewundernswert, mit welchem Geschick Sie und Ihre Mitstreiter eine größere internationale Krise verhindert haben.«

»Vielen Dank«, entgegnete Ben. »Wir haben uns die größte Mühe gegeben. Aber das ist Jahre her. Schnee von gestern, sozusagen.«

»Keine Frage. Trotzdem bin ich dankbar, dass es Menschen wie Sie gibt, die Konflikte durch Gespräche lösen anstatt durch Gewalt.«

»Das ist wirklich sehr freundlich von Ihnen, Professor Allende«, erwiderte Ben unverbindlich und deutete auf den Ausgang. »Wir würden dann jetzt ...«

»Ich würde mich gern bei Ihnen erkenntlich zeigen«,

unterbrach Allende ihn ungerührt. »Heute Abend findet in meinem Haus der jährliche Empfang der *Academia das Ciências de Lisboa* statt, der Lissabonner Akademie der Wissenschaften. Es kommt alles zusammen, was Rang und Namen hat, aus Wissenschaft, Wirtschaft und Politik. Ich bin Professor der Physik, müssen Sie wissen, und seit einiger Zeit ständiges Mitglied der Akademie. Dieses Jahr hat es mich erwischt, den Empfang auszurichten.« Der alte Herr verzog gequält das Gesicht. Dann zog er ein knallorangefarbenes Tuch aus der Brusttasche seines Jacketts und tupfte sich über die verschwitzte Stirn. »Genug des Jammerns«, fuhr er fort und steckte das Tuch wieder ein. »Ich weiß, das kommt jetzt etwas kurzfristig, aber ich würde mich sehr freuen, Sie heute Abend in meinem Haus begrüßen zu dürfen. Vielleicht treffen Sie ja sogar auf alte Bekannte. Es wäre auf jeden Fall eine Bereicherung, neben der ganzen versnobten Prominenz auch jemand halbwegs Normalen unter den Gästen zu wissen.« Er kicherte, wurde jedoch gleich wieder ernst. »Spaß beiseite. Sie würden mir eine große Ehre erweisen.«

»Sehr freundlich, aber das Angebot muss ich leider ablehnen«, erwiderte Ben höflich und deutete auf Nick. »Mein Sohn und ich verbringen unseren Urlaub an der Algarve. Lissabon ist nur ein Zwischenstopp, morgen wollen wir weiter.«

Allende musterte Nick und Marta kurz, dann wandte er sich wieder an Ben. »Aber das ist doch gar kein Problem, Señor Nader. Ihr Sohn und seine Freundin können selbstverständlich mitkommen. Wissen Sie was? Ich lasse Ihre Namen auf die Gästeliste setzen, und Sie überlegen es sich in Ruhe.« Er zog eine Visitenkarte hervor und reichte sie Ben. »Hier, meine Adresse. Guten Tag.« Allende deutete eine Verbeugung an, drehte sich auf dem Absatz um und ließ Ben, Nick und Marta einfach stehen, die ihm verdattert hinterherschauten.

10

Das Taxi bog in die mit Fackeln gesäumte Auffahrt ein und folgte dem Kiesweg, bis es schließlich neben einem Brunnen zum Stehen kam. Sie bezahlten den Fahrer und stiegen aus. Mit offenem Mund starrte Nick auf die riesige Villa. Dass Allende nicht in einer heruntergekommenen Kaschemme hauste, war ihm klar gewesen, aber mit so viel Luxus hatte er nicht gerechnet: Das Gebäude erstreckte sich drei Stockwerke hoch in den Himmel; weiße Sprossenfenster bildeten einen dezenten Kontrast zu der gelben, stuckverzierten Fassade; kleine Erker und Gauben sorgten für einen beinahe verspielten Eindruck. Eine breite Treppe führte zum Eingang hinauf, der links und rechts von marmornen Säulen gesäumt wurde. Die Villa lag auf einem der vielen Hügel Lissabons, und von hier oben hatte man einen phänomenalen Ausblick auf den Tejo und bis zum Meer, wo gerade die Sonne in leuchtenden Farben hinter dem Horizont versank.

Nach kurzer Überlegung hatten sie beschlossen, Allendes Einladung anzunehmen. Zu Nicks Überraschung war sogar Marta Feuer und Flamme gewesen. Wahrscheinlich hoffte sie, den ein oder anderen hochrangigen Gast für den

Umweltschutz begeistern zu können. Mit einem Blick auf Martas frisch gewaschene Dreadlocks und ihre Tattoos, die sie mit einem schulterfreien Oberteil zur Geltung brachte, fragte sich Nick amüsiert, ob Allende auch nur die geringste Ahnung besaß, wen er sich da ins Haus geholt hatte.

Sie gingen die Treppe zum Eingang hinauf, wo ein Sicherheitsmitarbeiter ihre Namen kontrollierte. »Ben Nader und zwei Begleitungen«, sagte Ben, und nach kurzem Suchen hakte der Mann etwas auf einer Liste ab und ließ sie ein.

Das Innere stand dem luxuriösen Äußeren der Villa in nichts nach. Sie traten in eine große Eingangshalle mit glänzendem Marmorboden. Eine elegant geschwungene Treppe führte hinauf in den ersten Stock, und ein riesiger Kronleuchter strahlte und funkelte über ihren Köpfen. Zahlreiche Gäste tummelten sich in der Halle, in der Kellner mit Tabletts voller Sekt und Kanapees herumwuselten. Nick bemerkte belustigt, dass sie von den meisten Damen und Herren – allesamt in Smoking und Abendkleid – misstrauisch beäugt wurden, was zweifellos an der Freizeitkleidung liegen musste, die sie trugen. Auf eine Einladung zu einer Dinnerparty waren sie garderobentechnisch beim besten Willen nicht vorbereitet gewesen. Marta hatte sogar gänzlich auf Schuhe verzichtet und lief barfuß unter dem langen, in grellbunten Farben gestreiften Faltenrock.

Nick fiel auf, dass immer mehr Gäste aus den angrenzenden Räumen in die Halle strömten und sich so aufstellten, dass sie die Treppe im Blick hatten. Offenbar stand irgendein Programmpunkt bevor. Tatsächlich erschien kurz darauf Professor Allende am oberen Treppenabsatz und schlug mit einem Löffel gegen sein Sektglas. Die gut hundert Gäste in der Eingangshalle verstummten und sahen erwartungsvoll zu ihm hinauf.

Allende räusperte sich. »Geschätzte Mitglieder der Akademie, liebe Gäste«, begann er. »Es ist mir eine Ehre, Sie alle zum diesjährigen Empfang der *Academia das Ciências de Lisboa* in meinem bescheidenen Heim begrüßen zu dürfen.« Höflicher Applaus ertönte. Was dann folgte, bekam Nick nur noch mit halbem Ohr mit. Allendes Rede über physikalische Theorien, Forschungsergebnisse und Zukunftsmodelle war derart trocken, dass er nach wenigen Worten sowohl das Interesse als auch den Faden verlor.

Einigen Gästen vor ihm schien es genauso zu ergehen. Ein Mann um die fünfzig tuschelte so lautstark mit seiner Partnerin, dass Nick das Gespräch problemlos verfolgen konnte. Nach ein paar Sätzen beschlich ihn der Verdacht, dass die beiden sich gar keine große Mühe gaben, leise zu sein, es vielleicht sogar darauf anlegten, dass andere mithörten.

»Es ist wirklich eine Schande, was aus diesem brillanten Wissenschaftler geworden ist«, wisperte der Mann.

»Allerdings«, stimmte ihm seine Partnerin zu. Seine Theorien werden jedes Jahr verrückter. Ich glaube, er merkt gar nicht, dass niemand ihn mehr ernst nimmt.«

»Seit er damals sein Patent angemeldet hat und damit Millionen verdient, geht es steil mit ihm bergab. Er scheint die seriöse Wissenschaft offenbar nicht mehr nötig zu haben.«

»Immerhin hat er es geschafft, den Empfang vernünftig auf die Beine zu stellen«, flüsterte die Frau. »Ich hatte größte Bedenken, dass wir uns heute Abend mit Wasser und trockenen Schnittchen begnügen müssen.«

Nick runzelte die Stirn. Die Herrschaften hatten ja eine reizende Meinung von ihrem Gastgeber.

Allende beendete seine Rede und wurde mit höflichem Applaus belohnt. Die Menge begann, sich zu zerstreuen. Wie aus dem Nichts tauchten wieder unzählige Kellner auf, nahmen leere Gläser entgegen und tauschten sie durch volle aus. Marta angelte sich ein Glas Champagner von einem vorbeischwebenden Tablett. Nick entschied sich für Orangensaft.

»Wirklich aufschlussreich, fandet ihr nicht?«, fragte Marta und nahm einen kräftigen Schluck der bernsteinfarbenen perlenden Flüssigkeit.

»Öhm ...«, machte Nick. »Ehrlich gesagt, hab ich nach etwa zehn Sekunden abgeschaltet.«

Ben lachte. »Ein unterhaltsamer Redner ist Allende tatsächlich nicht. Aber wenn ich mich nicht irre, dann hat er einige Forschungsprojekte im Bereich der erneuerbaren Energien erwähnt. Das könnte ganz interessant für dich sein, oder, Marta?«

»Allerdings. Ich werde dem ein oder anderen Mitglied der Akademie im Laufe des Abends eingehender auf den Zahn fühlen.« Sie grinste. »Aber jetzt hab ich erst mal einen Riesenkohldampf. Hat nicht irgendjemand erwähnt, dass das Büfett eröffnet ist?«

Nick fand den Vorschlag ausgezeichnet. Doch bevor sie sich auf die Suche nach etwas Essbarem machen konnten, schob sich Professor Allende durch einige Umstehende hindurch auf sie zu. Er machte einen ziemlich gestressten Eindruck, doch als er vor Ben zu stehen kam, hellte sich sein Gesicht merklich auf. »Señor Nader, wie schön, dass Sie es einrichten konnten. Herzlich willkommen.« Er schüttelte Bens Hand und begrüßte dann eher beiläufig auch Nick und Marta. »Bin ich froh, dass ich den offiziellen Teil hinter mir habe. Mir graut es, vor so vielen Leuten zu sprechen. Überhaupt graut es mir vor dieser ganzen Veranstaltung.«

Nick betrachtete den Professor belustigt. Er trug einen Anzug aus bordeauxrotem Samt und hatte zur Feier des Tages versucht, seine Haare in Form zu bringen, was ihm jedoch nur mit mäßigem Erfolg gelungen war. Wie schon am Vormittag zog er ein Einstecktuch – dieses Mal ein grasgrünes – aus der Brusttasche und tupfte sich über die Stirn. »Señor Nader«, fuhr er fort, »wären Sie wohl so freundlich und würden mich kurz in mein Arbeitszimmer begleiten? Ich hätte ein Anliegen an Sie, und dafür würde ich gern unter vier Augen mit Ihnen reden.« Ben hob erstaunt die Augenbrauen, doch bevor er reagieren konnte, hatte Allende sich bereits umgewandt und ging – ebenfalls genau wie am Vormittag –, ohne eine Antwort abzuwarten, davon.

Schulterzuckend sah Ben zu Nick und Marta. »Sieht so aus, als hätte ich keine Wahl.«

»Geh ruhig«, erwiderte Nick. »Wir kommen schon zurecht.«

»Das bezweifle ich nicht. Lasst mir was zu essen übrig.«

»Sie kennen doch den Spruch: Verspreche nie etwas, das du nicht halten kannst«, warf Marta ein. Sie grinste frech und zog Nick in Richtung der Tür davon, aus der ihnen seit einigen Minuten der Duft frischer Paella entgegenströmte.

11

Das Büfett befand sich in einem großen länglichen Raum mit bodentiefen Fenstern und glatt gewienertem Parkettboden, der Nick entfernt an einen Ballsaal erinnerte. Die Tische bogen sich förmlich unter den diversen exquisiten Köstlichkeiten, zu denen unter anderem drei Spanferkel gehörten. Den Höhepunkt bildete eine fünfstöckige Eistorte, und Nick fragte sich, ob er den Hauptgang auf später verschieben und lieber mit dem Dessert anfangen sollte, bevor die Torte geschmolzen war. Doch Marta und er waren nicht die Einzigen, die vom Essensduft hierhergelockt worden waren. Vor dem Büfett hatte sich eine derart lange Schlange gebildet, dass sie schweren Herzens beschlossen, noch zu warten und sich stattdessen ein wenig in der Villa umzusehen.

Denn zu sehen gab es eine Menge. Das Haus wirkte auf Nick wie ein Schloss im Miniaturformat: Großzügige Räume mit stoffbespannten Wänden, große Ölgemälde, antike Möbel und kristallene Leuchter prägten das Bild. Mit jedem Raum, durch den sie gingen, wuchs Nicks Verwunderung.

»Irgendwie passt dieses Haus so gar nicht zu Allende, oder?«, sagte er. »Er wirkt auf mich eher wie der Typ zerstreuter Professor.«

»Und wie wohnen zerstreute Professoren deiner Meinung nach?«, fragte Marta.

Nick überlegte. »Na ja, auf jeden Fall nicht in so einem Palast. Ich stelle mir da eher ein Hinterzimmer vor, das unter unzähligen Apparaturen und Dokumenten im Chaos versinkt.«

Marta lachte. »Das ist mindestens so ein Klischee wie die Umweltaktivistin, die auf einem alten Boot wohnt, findest du nicht?« Sie zwinkerte Nick zu. »Aber du hast recht, das chaotische Hinterzimmer würde tatsächlich besser zu Allende passen.«

Sie betraten einen Raum, der offenbar die Kunstsammlung des Professors beinhaltete. An den Wänden hingen goldgerahmte Porträts, und auf dem Boden standen mehrere Skulpturen aus Bronze oder Stein. In der Mitte des Raumes erhob sich ein Kunstwerk, das sich deutlich von den anderen unterschied. Es war ein etwa zwei Meter hohes Ungetüm aus Draht, Blech und Metall, das nach oben hin immer breiter wurde, ohne dass das Material miteinander verschweißt war. An manchen Stellen schienen die einzelnen Komponenten auf dünnsten Auflagepunkten zu balancieren. Nick und Marta traten dicht heran und rätselten, was es damit auf sich hatte.

»Hast du eine Ahnung, was das darstellen soll?«, fragte Nick und betrachtete die Skulptur mit schief gelegtem Kopf.

Marta zuckte mit den Schultern. »Moderne Kunst. Ich glaube, der Künstler hat versucht, die Sache mit der Schwerkraft zu widerlegen.«

»Ob ich's mal antippen soll?«

»Bloß nicht. Wenn das in sich zusammenfällt, stehst du bei Allende mit mindestens einer halben Million in der Kreide.«

»Na ja, ganz so wertvoll wird's schon nicht sein.«

»Also ich habe den Eindruck, je kurioser und hässlicher ein Kunstwerk ist, desto teurer ist es auch.«

»Dann lass uns bloß schnell von hier verschwinden.«

Bevor sie den Raum verließen, warfen sie noch einen Blick auf einige der Porträts. Sie zeigten fast ausschließlich historische Persönlichkeiten, wie die Namensplaketten neben den Rahmen verrieten, und Marta und Nick machten sich über die ernsten, gewichtigen Mienen lustig. Doch dann standen sie plötzlich vor einem Bild, das sich deutlich von den anderen unterschied. Nick stutzte. Anstelle einer historischen Figur oder einem General in Uniform zeigte es einen Mann in Hemd und Sakko, mit hagerem Gesicht, leichten Segelohren und schütterem Haar, der verlegen lächelte und im Gegensatz zu allen anderen Porträtierten den Betrachter direkt ansah, anstatt seinen Blick majestätisch in die Ferne schweifen zu lassen. Nick warf einen Blick auf die Namensplakette. *Carlos Miguel Allende.* Offenbar hatte es ein Bild von Allendes Verwandtschaft in die Galerie geschafft.

»Ob das sein Vater war?«, fragte Marta.

»Dem Geburtsdatum nach zu schließen, wohl eher sein Großvater«, erwiderte Nick und deutete auf die Jahreszahlen unterhalb des Namens: 1925–1994.

»Wie nett«, sagte Marta mit leicht sarkastischem Unterton. »Allende muss seinen Opa wirklich sehr verehren. Ich hab auch ein Foto von meinem Großvater, aber ein Ölgemälde im Goldrahmen – so weit würde ich dann doch nicht gehen.«

Kichernd machten sie sich auf den Weg zurück zum Büfett. Doch als sie den ballsaalähnlichen Raum betraten, stellten sie bestürzt fest, dass die Schlange in der Zwischenzeit kein bisschen kürzer geworden war.

»Nützt ja nichts«, sagte Marta schulterzuckend und nahm sich bei einer vorbeieilenden Kellnerin ein volles Glas vom Tablett. »Dann muss ich eben so lange Champagner trinken, bis wir ans Essen rankommen. Willst du auch?«

Nick winkte ab. »Nein danke, ich ...«, begann er und brach dann mitten im Satz ab. Mit offenem Mund starrte er die Kellnerin an. »Becca?!?«, fragte er entgeistert.

»Nick?!« Beccas Augen weiteten sich. »Was machst du denn hier?«

»Das Gleiche könnte ich dich fragen. Warum kellnerst du auf einem Empfang einer Wissenschaftsakademie?«

Becca sah sich verstohlen um. »Nicht hier!«, zischte sie. Sie bedeutete Nick, ihr zu folgen, und fügte mit einem abschätzigen Blick auf Marta hinzu: »Nur du.«

Sie verließen den Saal, bogen um ein paar Ecken, und am Ende eines kurzen Gangs schlüpfte Becca schließlich durch eine offene Tür. Nachdem sie sich versichert hatte, dass der Raum dahinter leer war, stellte sie ihr Tablett auf einer Kommode ab und wandte sich zu Nick um. In ihrem Gesicht spiegelte sich eine Mischung aus Verblüffung, Schuldbewusstsein und Ärger. »Ich dachte, du machst Urlaub mit deinem Vater«, sagte sie anklagend.

»Und ich dachte, du bist bei Verwandten zu Besuch«, erwiderte Nick säuerlich. »Brauchst du so dringend Geld, dass du als Kellnerin jobbst?«

»Quatsch«, entgegnete Becca. »Ich wohne zwar tatsächlich bei meinem Onkel und meiner Tante, aber der eigentliche Grund, warum ich in Lissabon bin, ist ... beruflich«, sagte sie nach kurzem Zögern.

»Der Mossad schickt dich?«, fragte Nick erstaunt.

»Psst, nicht so laut«, erwiderte Becca und sah nervös an ihm vorbei auf den Gang hinaus. »Ja. Das mit dem Job hier ist bloß Tarnung. Damit ich mich hier ein bisschen umhören kann.«

»Hat der Einsatz etwas mit der Akademie zu tun?«, hakte Nick im Flüsterton nach.

Als Becca den Kopf schüttelte, sah Nick sie ungläubig an. »Etwa mit Allende?«

»Ja. Aber mehr darf ich nicht sagen.«

»Wow«, machte Nick trocken. »Mossad hin oder her, ich finde, das hättest du mir ruhig sagen können. Anstatt mir irgendwas von Urlaub vorzugaukeln. Hättest mir ja keine Details verraten müssen.«

»Ach so. Du bindest also jedem gleich auf die Nase, dass du einen Einsatz hast, oder wie?«

»Jedem nicht«, entgegnete Nick trocken. »Aber denjenigen, denen ich vertrauen kann, schon.«

Becca verzog das Gesicht, als hätte ihr jemand eine Ohrfeige verpasst. Betretenes Schweigen breitete sich zwischen ihnen aus. Dann sagte sie zerknirscht: »Du hast recht. Entschuldige. Aber ich konnte beim besten Willen nicht damit rechnen, dass ich dich hier treffe. Was machst du überhaupt hier? Und wo ist Ben?«

Nick erklärte ihr kurz, wie die Einladung zu dem Empfang zustande gekommen war.

»Ben ist vorhin von Allende abgefangen worden. Der Professor wollte etwas mit ihm unter vier Augen besprechen«, fuhr Nick fort. »Und irgendwie werde ich das Gefühl nicht los, dass dieses Gespräch der wahre Grund ist, warum wir eingeladen wurden.«

»Verstehe«, sagte Becca und fügte dann betont beiläufig hinzu: »Und wer ist deine Begleitung? Sie ist ja eine ziemlich ... außergewöhnliche Erscheinung.«

In Nicks Magengrube begann es zu kribbeln. War Becca etwa eifersüchtig?

»Das ist Marta«, erklärte er ebenso beiläufig. »Eine Umweltaktivistin hier aus Lissabon. Wir haben Sie bei einer ihrer ... Aktionen auf dem Tejo kennengelernt, und sie war zufällig dabei, als Allende die Einladung aussprach. Also ist sie mitgekommen.« Nick beschloss, nicht weiter ins Detail zu gehen. Immerhin hatte Becca ihm anfangs auch nicht die volle Wahrheit gesagt.

Doch Becca ging gar nicht näher auf Marta ein. »Hör mal, ich muss wieder los. Wenn ich zu lange wegbleibe, fällt das auf.« Sie hob das Tablett auf und wandte sich dann noch mal zu ihm um. »Ihr segelt morgen weiter, oder?«

»Ja, morgen Vormittag«, bestätigte Nick.

»Wie wäre es, wenn ich um zehn zum Boot komme? Dann können wir uns wenigstens vernünftig verabschieden.«

Das Kribbeln in Nicks Magen wurde stärker. »Sehr gern.«

»Also dann ... bis morgen«, sagte Becca, lächelte verhalten und verließ den Raum.

Als Nick in den Saal zurückkehrte, war Marta nirgendwo zu sehen. Wahrscheinlich hatte sie sich unter die Gäste gemischt. Nick konnte es ihr nicht verübeln, schließlich hatte er sie einfach stehen lassen. Dafür tauchte sein Vater aus einer der zahlreichen Türen auf.

»Ach, da bist du ja«, sagte Ben. »Sorry, dass das so lange gedauert hat. Hast du schon gegessen?«

Nick verneinte, und da die Schlange der Wartenden endlich etwas kürzer geworden war, beschlossen sie, die Eroberung des Büfetts in Angriff zu nehmen.

»Was wollte Allende denn?«, fragte Nick.

»Das ist wirklich ein komischer Kauz«, erwiderte Ben und nahm sich einen Teller. »Er hat mich gebeten, als Zeuge an einer wissenschaftlichen Demonstration teilzunehmen.«

»Eine wissenschaftliche Demonstration?«, fragte Nick ungläubig. »Und von was genau?«

»Keine Ahnung. Das wollte er mir nicht sagen. Ich habe natürlich abgelehnt. Erstens ist mir das alles zu suspekt, schließlich kenne ich den Mann überhaupt nicht. Und zweitens wollen wir morgen weitersegeln.«

Nick lud sich eine Riesenportion Paella auf den Teller. »Und wie hat Allende reagiert?«

»Er war ziemlich hartnäckig. Er hat versucht, mich umzustimmen, ohne mir weitere Details zu verraten. Deswegen war ich auch so lange weg. Er hat mir sogar Geld angeboten. Ein ganz hübsches Sümmchen. Aber das macht die ganze Sache nur noch dubioser.«

Sie sicherten sich einen der zahlreichen Stehtische, die gegenüber des Büfetts aufgestellt worden waren, und ließen sich das hervorragende Essen schmecken. Nachdem Nick schließlich ein Stück der Eistorte ergattert hatte, die auf mysteriöse Weise immer noch genauso perfekt gefroren war wie eine Stunde zuvor und ganz vorzüglich schmeckte, beschlossen sie, den Empfang Empfang sein zu lassen und zurück zum Boot zu gehen.

Becca sah Nick nicht mehr, dafür entdeckte er auf dem Weg nach draußen Martas bunten Faltenrock inmitten einer Gruppe angeregt diskutierender Damen und Herren. Beim Näherkommen hörte Nick heraus, dass sich das Gespräch um die Übersäuerung der Meere und den daraus resultierenden Einfluss auf den Klimawandel handelte. Marta hatte es tatsächlich geschafft, einige Wissenschaftler für ihre Themen zu begeistern, dachte Nick schmunzelnd.

Marta wollte noch bleiben, daher verabschiedeten sie sich von ihr. Nick fand es schade, dass sich ihre Wege trennten. Aber er freute sich auch auf all das Neue, das in den nächsten Tagen auf ihn zukam. Und sei es nur, den ganzen Tag auf dem Meer umherzutreiben, ohne Action, ohne Abenteuer und ohne einer einzigen Menschenseele zu begegnen. *Das* wäre wirklich mal etwas Neues.

12

Nick schreckte hoch. Um ihn herum herrschte pechschwarze Finsternis. Er tastete nach seinem Wecker und aktivierte die Beleuchtung. 3:24 Uhr.

Das Licht erlosch. Nick lauschte angestrengt in die Dunkelheit. Irgendetwas hatte ihn geweckt.

Das Schiff schaukelte sanft hin und her, und ab und zu hörte man das Gurgeln der Wellen, die gegen die Außenwand klatschten. Ansonsten war alles still. Wahrscheinlich hatte er nur geträumt. Er drehte sich auf die Seite und schloss die Augen.

Nur drei Sekunden später saß er kerzengerade im Bett. Da war es wieder! Ein dumpfes Knarren. Nick stand auf und öffnete lautlos die Tür. Im gleichen Moment vernahm er vom Heck des Bootes ein leises Platschen, als würde etwas ins Wasser fallen. Langsam schob sich Nick auf den dunklen Gang hinaus.

Am Fuß der Treppe, die aufs Deck hinaufführte, bewegte sich etwas. Ein Schatten huschte an dem bleichen Rechteck der Kajütentür vorbei. Vorsichtig schlich Nick näher. Wenn er doch nur mehr erkennen könnte!

Irgendetwas zog an seinem rechten Arm. Nick erstarrte,

bis ihm auffiel, dass sein Ärmel an der Türklinke hängen geblieben war. Er unterdrückte ein Fluchen und versuchte, ihn wieder zu befreien. Trotzdem schnappte die Klinke ein Stück hinunter und klackerte dabei kaum hörbar.

Ruckartig wandte sich der Schatten zu ihm um. Verdammt! Noch während Nick überlegte, ob er lieber in Deckung gehen oder einen Angriff starten sollte, flammten plötzlich die Lichter an der Decke auf. Geblendet schloss Nick die Augen und riss schützend einen Arm vors Gesicht. Es dauerte nur ein oder zwei Sekunden, bis sich seine Augen an die Helligkeit gewöhnt hatten, doch sie kamen ihm vor wie eine Ewigkeit. Instinktiv rechnete er damit, dass der Schatten jeden Moment angreifen würde.

Doch nichts geschah. Stattdessen hörte Nick ein leises Glucksen. Vorsichtig ließ er den Arm sinken. Vor ihm stand Ben und feixte.

»Verflixt noch mal«, brummte Nick. »Warum schleichst du mitten in der Nacht hier herum?«

»Dasselbe könnte ich dich auch fragen«, erwiderte Ben. »Mich hat irgendwas geweckt.«

»Hm, mich auch«, knurrte Nick. »Und ich weiß auch genau, was: du. Könntest du beim nächsten Mal direkt das Licht anmachen, wenn du mitten in der Nacht hier herumgeisterst?«

Ben fuhr sich nachdenklich durch die Haare. »Ich bilde mir ein, Schritte gehört zu haben. Und da du ziemlich laut geschnarcht hast, konntest du es nicht gewesen sein. Deswegen bin ich im Dunkeln herumgeschlichen.«

»Und? Jemanden gefunden?«, fragte Nick und gähnte herzhaft.

»Nein«, gab Ben zu. »Vielleicht habe ich es mir nur eingebildet. Gehen wir wieder schlafen.«

»Hervorragende Idee«, erwiderte Nick. »Gute Nacht.« Er schlurfte zurück in seine winzige Kabine, legte sich ins Bett und zog die Decke bis zur Nasenspitze hoch. Schon ein merkwürdiger Zufall, dachte er, dass sie beide so lebhaft geträumt hatten. Doch er kam nicht mehr dazu, den Gedanken weiterzuverfolgen, denn nur Sekunden später hatte ihn das sanfte Schaukeln des Schiffs in den Schlaf gewiegt.

13

»Dein Besuch ist da.« Ben deutete mit einem vielsagenden Blick auf den Steg.

Nick sah von dem Tau auf, das er gerade zusammenlegte. Die Arbeit gehörte zu den letzten Vorbereitungen vor ihrer Abfahrt. Unter Deck hatten Ben und er bereits Ordnung geschafft, jetzt mussten sie nur noch die Ausrüstung auf Deck sichern.

Er lächelte kurz, als er Becca erkannte. Dann warf er dem Seilknäuel zu seinen Füßen einen missmutigen Blick zu.

»Geh ruhig«, sagte Ben. »Ich mach hier weiter.«

»Danke!«, rief Nick, lief zum Ende des Bootes und sprang schwungvoll von Bord.

»Hi«, sagte Becca. Sie trug einen kurzen grünen Rock und ein schlichtes weißes T-Shirt und sah einfach hinreißend aus.

»Hi«, erwiderte Nick. »Du kommst gerade rechtzeitig. Wir sind so gut wie abfahrtbereit.«

Sie gingen Richtung Pier und setzten sich auf einen Mauervorsprung, von dem aus man den Hafen überblicken konnte. Auf dem Boot machte sich Ben an der Takelage zu schaffen. Er drehte sich um und winkte ihnen zu. Becca winkte zurück. Genau wie an den Tagen zuvor schien die Sonne von einem strahlend blauen Himmel. Über einem Kutter, von dem gerade der morgendliche Fang ausgeladen wurde, kreiste ein Schwarm hungriger Möwen, und vom Fluss wehte ihnen ein sanftes Lüftchen um die Nase, das nach Salz und Fisch schmeckte.

»Tut mir leid wegen gestern«, sagte Becca. »Ich wollte dir nichts verheimlichen. Aber da ich dir ohnehin keine Details über meine Aufträge nennen darf, hielt ich es für einfacher, die Sache gar nicht erst zu erwähnen.«

Ein leises Sirren lag plötzlich in der Luft. »Schon gut«, erwiderte Nick, während er sich nach der Quelle des Geräuschs umsah. Es schien aus Richtung ihres Segelboots zu kommen. »Es war auch mehr als unwahrscheinlich, dass wir uns auf Allendes Empfang über den Weg laufen.«

Becca sah sich verwirrt um. »Hörst du das?«, fragte sie. »Was ist das?«

»Keine Ahnung«, erwiderte Nick.

Der hochfrequente Ton nahm ununterbrochen an Lautstärke zu. Nick stand auf und suchte stirnrunzelnd das Hafenbecken ab, konnte aber nicht erkennen, wovon das Sirren verursacht wurde. Es war inzwischen derart laut, dass seine Trommelfelle vibrierten. Er verzog schmerzhaft das Gesicht und wollte sich gerade die Ohren zuhalten, als das Sirren von einem Moment auf den anderen aufhörte. Verwundert sah Nick auf – und erstarrte. Dort, wo vor einer Sekunde ihr Segelboot gelegen hatte, war ... nichts. Die Wasseroberfläche kräuselte sich in kleinen Strudeln, und die Luft über dem Wasser flimmerte leicht wie über heißem Wüstensand. Doch von dem Boot war weit und breit keine Spur zu sehen.

Becca und Nick blickten wie gelähmt auf das Wasser. Dann ging ein Ruck durch Nick, und er erwachte aus seiner Starre. »Ben!«, rief er und rannte auf den Steg hinaus. Becca folgte ihm. »Ben! Ben!«, schrie er mit wachsender Verzweiflung und suchte hektisch das trübe Hafenwasser ab. Kurz entschlossen zog er die Schuhe aus.

»Nein, Nick, nicht!«, versuchte Becca ihn zurückzuhalten, doch es war bereits zu spät. Nick sprang ins Wasser, schwamm ein Stück, holte tief Luft und tauchte unter. Kalte Dunkelheit umfing ihn. Er öffnete die Augen, konnte aber außer verschwommenem Grau nichts erkennen. Er schloss sie wieder und versuchte, so tief wie möglich nach unten zu tauchen. Dabei tastete er mit den Händen wild umher, in der verzweifelten Hoffnung, irgendetwas zu fassen zu bekommen. Einen Mast, irgendein Treibgut, ganz egal, was. Doch außer kaltem Wasser fanden seine Finger nichts.

Die Luft ging ihm aus. Sein ganzer Körper sehnte sich danach zu atmen, aber er unterdrückte den Impuls, tastete wie wild weiter, versuchte, noch tiefer zu gelangen. Doch als sich seine Lungen zusammenkrampften und alles in ihm nach Sauerstoff schrie, gab er nach und tauchte wieder auf.

Als er die Wasseroberfläche durchbrach, sog er gierig die frische Luft ein. »Nick!«, rief Becca vom Steg aus. Sie hatte sich zu ihm hinabgebeugt und reichte ihm eine Hand. »Komm raus, das bringt doch nichts.«

Immer noch nach Luft ringend, sah er sie an. Unfähig, irgendetwas zu erwidern, schüttelte er nur stumm den Kopf. Dann nahm er einen letzten tiefen Atemzug und tauchte erneut ab.

Erst nach drei weiteren vergeblichen Versuchen gab er auf, ergriff Beccas Hand und ließ sich von ihr aus dem Hafenbecken ziehen. Er hatte Wasser geschluckt, und nun lag er hustend und keuchend auf dem Steg, tropfnass, verzweifelt und verwirrt. Becca hatte sich neben ihn gesetzt und wartete darauf, dass er wieder zu Atem kam.

»Was zum Teufel ist da vorhin passiert?«, fragte er schließlich und setzte sich auf. »Wo ist das Schiff hin?«

»Keine Ahnung«, entgegnete Becca ebenso konsterniert wie er. »Aber untergegangen ist es ganz sicher nicht. So tief ist das Hafenbecken hier nicht. Es müsste zumindest noch ein Stück Mast aus dem Wasser ragen.«

»So ein Boot kann doch nicht einfach verschwinden«, beharrte Nick. »Ich hab vor fünf Minuten noch an Deck gestanden und die Ausrüstung kontrolliert.« Auf den Planken des Stegs um ihn herum hatte sich eine Pfütze gebildet, und er begann, trotz der sommerlichen Temperatur zu frösteln. Vollkommen durcheinander schüttelte er sich das brackige Wasser aus den Haaren. Dann kam ihm eine Idee. »Bruno, Standby Ende«, murmelte er halblaut. Nachdem er sein Passwort genannt hatte, dauerte es nur Sekundenbruchteile, bis sich sein Interface zu Wort meldete.

»So, so, hat da etwa jemand Sehnsucht ...?«

»Das ist ein Notfall, Bruno. Unser Segelschiff ist verschwunden. Mit Ben an Bord. Du musst sofort die gesamte Umgebung scannen. Vielleicht kannst du es noch irgendwo orten.«

»Du weißt ja, dauert ein paar Sekunden. Und was heißt hier überhaupt verschwunden? Er wird wohl weggesegelt sein, während du ... anderweitig beschäftigt warst. Immerhin bist du in Begleitung, wie ich feststelle. Vielleicht wollte Ben euch ein bisschen Privatsphäre gönnen.«

»Das ist ein ganz schlechter Zeitpunkt für Witze, Bruno. Das Schiff ist nicht weggesegelt. Es ist verschwunden, von einer Sekunde auf die andere.«

»Quatsch. Schiffe pflegen im Allgemeinen nicht einfach so zu verschwinden.«

»Eben. Sind deine Systeme hochgefahren?«

»Jep, ich suche bereits. Hier liegen eine Menge Segelschiffe im Hafen ... aber eures ist nicht dabei. Draußen auf dem Fluss auch nicht.«

»Und auf dem Grund des Beckens?«, hakte Nick nach.

»Du meinst, ob es gesunken ist? Nein, da unten ist auch nichts. Außer einer erschreckend großen Menge an Müll.«

Nick sah zu Becca. »Nichts«, sagte er. »Bruno kann das Schiff auch nicht finden. Verdammt noch mal, das kann doch nicht sein! Wo ist es hin?«

Becca blickte nachdenklich auf das Wasser hinaus. »Und was war das für ein komischer Ton?«, sagte sie mehr zu sich selbst.

»Welcher Ton?«, fragte Bruno.

»Er hatte eine extrem hohe Frequenz, ähnlich einer Marderfalle«, erklärte Nick. »Nur viel, viel lauter. Dann war er plötzlich verschwunden. Und mit ihm das Schiff.«

Wie auf Kommando erklang das Sirren erneut, nur kurz, dafür aber sofort sehr laut und durchdringend. Erschrocken sprangen Nick und Becca auf. Die Luft über dem Wasser waberte, als wäre sie plötzlich flüssig geworden. Dann verstummte der Ton, das Wabern erlosch – und das Segelboot war wieder da.

»Na bitte«, sagte Bruno. »Problem gelöst.«

Vorsichtig berührte Nick die Reling des Bootes, um sicherzugehen, dass sein Verstand ihm keinen Streich spielte. Das Metall fühlte sich glatt und kalt an. Er warf noch einen Blick zu Becca, die ebenso perplex war wie er. Dann sprang er an Bord.

»Ben?«, rief er und suchte das Deck ab. Doch sein Vater war nirgends zu sehen. Er ging die wenigen Stufen hinab unter Deck. Alles wirkte, als wäre überhaupt nichts geschehen.

»Ben?«, rief Nick wieder, und dann noch einmal lauter: »Ben?!?«

Keine Antwort. Er sah in jeden Raum und in jeden Winkel, doch am Ende musste er sich eingestehen, was er in den letzten Minuten partout nicht hatte wahrhaben wollen: Das Schiff war zwar wiederaufgetaucht – aber sein Vater blieb spurlos verschwunden.

14

Nicks Verstand weigerte sich standhaft zu begreifen, was gerade geschehen war. Die nächsten Minuten verbrachte er erneut damit, das Boot nach irgendeinem Hinweis abzusuchen. Vielleicht war sein Vater von Bord gegangen, um letzte Besorgungen zu erledigen, und hatte irgendwo einen Zettel deponiert, genau wie vor zwei Tagen. Doch er fand nichts, keine Nachricht, kein heruntergefallenes Stück Papier ... selbst Bens Geldbörse, die er immer auf die Küchenarbeitsplatte legte, war noch da. Natürlich gab es noch eine andere Möglichkeit, eine, die er so weit wie möglich von sich schob – dass sein Vater *über* Bord gegangen und womöglich ertrunken war. Zur Sicherheit ließ er Bruno noch einmal das Wasser in der Umgebung ihrer Anlegestelle scannen. Ohne Ergebnis.

Das einzig Auffällige, auf das er stieß, fand er ausgerechnet in dem kleinen Hohlraum unterhalb des Küchenbodens. Eine Falltür öffnete sich zu einer Art Gerätekammer, etwa einen halben Meter tief, einen Meter breit und anderthalb Meter lang, in der allerlei Zubehör und technischer Schnickschnack aufbewahrt wurden. Ben und er hatten bei der Übergabe des Schiffes am ersten Tag ihres Urlaubs einen

Blick hineingeworfen, seitdem jedoch keinen Anlass mehr gehabt, die Falltür zu öffnen.

Als Nick nun der Vollständigkeit halber hineinsah, fiel ihm neben Werkzeugkästen und diverser anderer Utensilien eine Kiste auf, an deren Anblick er sich nicht erinnern konnte. Darin befand sich eine merkwürdige Vorrichtung, auf die er sich beim besten Willen keinen Reim machen konnte – eine große Drahtspule, zwei faustgroße Metallkapseln, ein kleiner Generator, diverse Kabel und andere nicht zu identifizierende Gerätschaften. Er hatte keine Ahnung, was es damit auf sich hatte, allerdings kannte er sich mit Schiffen und deren Innenleben auch nicht sonderlich gut aus. Nachdem Bruno ihm versichert hatte, dass es sich nicht um eine Bombe handelte, kam er zu dem Schluss, dass er die Kiste bei ihrem kurzen Check am Urlaubsanfang schlicht übersehen hatte.

Becca war zu ihm aufs Schiff gekommen und beobachtete ihn bei seiner Suche, hielt sich aber rücksichtsvoll im Hintergrund. Als Nick jetzt mit einem frustrierten Seufzen die Falltür zukrachen ließ, legte sie ihm sanft eine Hand auf den Arm.

»Ich bin sicher, dass es Ben gut geht«, sagte sie.

»Woher willst du das wissen?«, erwiderte Nick mutlos.

»Ich weiß es nicht. Aber ich glaube ganz fest daran. Und das solltest du auch tun. Alles andere macht dich nur fertig.«

Nick fuhr sich durch die Haare und bemerkte nicht ohne eine gewisse Ironie, dass es die gleiche Geste war, die sein Vater so oft machte, wenn er nicht weiterwusste. »Und jetzt?«

Schweigend blickte Becca aus dem kleinen Küchenfenster in den Hafen hinaus und schien einen inneren Kampf auszufechten. Dann sagte sie: »Ich muss mit dir reden.«

»Wieso?«

Becca sah ihn mit ernster Miene an. »Ich glaube, ich sollte dir sagen, warum ich auf Allende angesetzt wurde.«

»Hilft es uns dabei, Ben zu finden?«

»Nicht direkt, aber vielleicht hilft es uns dabei herauszufinden, was hier gerade passiert ist.«

Nick zögerte. Was konnte in diesem Moment wichtiger sein, als Ben zu finden? »Okay«, sagte er schließlich. »Ich zieh mir nur kurz was Trockenes an.« Ein paar Minuten später kehrte er in frischen Shorts und T-Shirt zurück und ließ sich neben Becca auf die kleine Eckbank plumpsen. Er fühlte sich wie ein Ballon, aus dem man die Luft herausgelassen hatte. »Schieß los«, sagte er kraftlos.

»Vor einigen Wochen ist vor der Küste von Tel Aviv ein Schiff aufgetaucht«, begann Becca. »Eine Privatjacht, mittelgroß, nichts Besonderes. Außer dass es in der Lage war, am helllichten Tag wie aus dem Nichts aufzutauchen und wieder zu verschwinden. Es gab mehrere Augenzeugen, die das Ganze beobachtet haben. Der Mossad hat davon Wind bekommen und sich der Sache angenommen. So, wie die Zeugen – übrigens alle glaubwürdig – den Vorfall beschrieben haben, vermuten wir, dass das Schiff eine ausgeklügelte Tarnkappentechnologie benutzt hat, die natürlich von einigem Interesse für Militär und Geheimdienst ist. Einer der Augenzeugen hatte das Schiff fotografiert, und Computerspezialisten konnten die Bilder so weit vergrößern, dass ein übermaltes Schiffskennzeichen sichtbar wurde. Mit ein bisschen technischer Raffinesse ist es gelungen, das Kennzeichen zu entziffern und den Eigentümer ausfindig zu machen.«

Sie sah Nick vielsagend an, und er konnte sich denken, was als Nächstes kam.

»Das Schiff gehört Allende«, tippte er. Mit einem Schlag kehrten seine Lebensgeister zurück.

»Ganz genau«, bestätigte Becca. »Oder zumindest gehörte es ihm mal. Natürlich kam sofort die Frage auf, warum ein portugiesisches Schiff in israelischen Gewässern seine Tarnkappentechnologie testet. Und warum ein Privatmann diese Tests durchführt und nicht das Militär. Der Fall gab also einige Rätsel auf, war aber insgesamt nicht so brisant, dass man gleich ein ganzes Team nach Portugal schicken wollte. Mein Vorgesetzter hat sich daran erinnert, dass ich Familie in Lissabon habe, also wurde ich dazu auserkoren, vor Ort nachzuforschen.«

»Und?«, hakte Nick ungeduldig nach. »Was hast du herausgefunden?«

»Nichts«, erwiderte Becca. »Absolut nichts. Ich hab mich bei Allendes Vorlesung als Gasthörerin eingetragen, hab mich als eifrige Studentin an seine Fersen geheftet, hab mich auf dem Empfang als Kellnerin anheuern lassen, hab mich in Allendes privatem und beruflichem Umfeld umgehört. Doch es gibt keinerlei Hinweise auf Kontakte zum Militär oder zu einem Geheimdienst oder zu irgendwelchen Forschungen auf dem Gebiet der Tarnkappentechnologie.« Becca seufzte und breitete hilflos die Arme aus. »Zu Israel hat er auch keine Verbindung. Das Einzige, was man ansatzweise als verdächtig bezeichnen könnte, ist der Umstand, dass er regelmäßig mit seinem privaten Helikopter unterwegs ist, wohin, weiß ich nicht. Ansonsten ist Allende ein vollkommen unauffälliger Mitbürger. Ein Genie, steinreich und ein bisschen kauzig, aber das ist ja nicht strafbar.« Sie lächelte gequält. »Ich bin kurz davor, ihn einfach zu fragen, was da vor ein paar Monaten mit seinem Schiff passiert ist.«

»Warum nicht?«, murmelte Nick abwesend, während er versuchte, seine Gedanken zu sortieren.

»Pffft«, machte Becca. »Wenn ich das meinem Vorgesetzten erzähle, bekommt er einen Herzinfarkt. Den bekommt er übrigens auch, wenn er erfährt, dass ich dich in die ganze Sache eingeweiht habe. Also tu mir bitte den Gefallen und behalte das für dich, okay?«

»Okay«, erwiderte Nick und verstummte wieder. »Eine Sache verstehe ich noch nicht«, sagte er schließlich nachdenklich. »Tarnkappentechnologie bedeutet, dass man Dinge sozusagen unsichtbar macht, richtig?«

»Nun ja, so ähnlich«, erwiderte Becca. »Im Idealfall wird das Licht mithilfe von Spiegeln so geschickt um einen Gegenstand herum gebrochen, dass er für das Auge des Betrachters nicht mehr zu sehen ist.«

»Das mag vielleicht mit dem Schiff vor Tel Aviv so gewesen sein«, fuhr Nick fort, »aber unser Segelboot war nicht unsichtbar. Es war weg. Ich bin genau an der Stelle ins Wasser gesprungen, wo es Sekunden vorher noch am Steg festgemacht war. Ich hätte an Deck landen müssen anstatt im Hafenbecken.«

Becca sah ihn mit unbewegter Miene an. »Ich weiß. Das ergibt keinen Sinn. Trotzdem glaube ich, dass die beiden Fälle miteinander zusammenhängen. Alles andere wäre schon ein ziemlich großer Zufall, meinst du nicht?«

»Kann schon sein«, bestätigte Nick. Er stand auf und lief unruhig hin und her, so weit es die beengten Platzverhältnisse zuließen. Das half ihm, seine Gedanken zu ordnen. »Vielleicht sollten wir wirklich mit Allende reden. Ich könnte ihn unauffällig auf seine Jacht ansprechen. Und wenn wir es geschickt anstellen, verrät er uns eventuell auch, worüber er gestern mit Ben gesprochen hat. Könnte sein, dass uns das weiterbringt.«

Becca stand auf. »Kein sehr Erfolg versprechender Plan, aber besser als nichts. Auf geht's!«

15

Allendes Haus befand sich etwa fünfzehn Autominuten vom Hafen entfernt. Mit Beccas Roller, den sie sich für die Zeit in Lissabon von ihrem Onkel geliehen hatte, benötigten sie zwanzig.

Sie stellten die Vespa am Straßenrand ab. Dann traten sie durch das offen stehende Tor und gingen über die lange kiesbedeckte Auffahrt auf die Villa zu. Kurz nachdem sie die Klingel betätigt hatten, näherten sich Schritte. Doch es war nicht Allende, der ihnen die Tür öffnete, sondern eine ältere Dame in schwarzem Kleid und weißer Schürze.

»Sie wünschen?«, fragte sie mürrisch.

»Ist Professor Allende vielleicht zu sprechen?«, fragte Becca höflich.

»Não. Bedaure«, erwiderte die Frau und machte sich daran, die Tür wieder zu schließen.

»Wissen Sie, wo wir ihn erreichen können?«, fragte Becca rasch. »Wir hätten eine wichtige Frage an ihn.«

»Nein, weiß ich nicht«, erwiderte die Frau ungehalten. »Der Professor ist mit seinem Helikopter weggeflogen. Wohin, geht mich nichts an. Guten Tag.«

Mit einem lauten Klacken fiel die Tür ins Schloss. Nick

und Becca wandten sich um und gingen langsam die wenigen Treppenstufen hinunter.

»Mist!«, fluchte Nick. »So kommen wir nicht weiter. Und du hast wirklich keine Ahnung, wohin Allende fliegt?«

Becca schüttelte den Kopf. »Ich habe versucht, eine Satellitenüberwachung für den Heli zu bekommen, aber ohne Erfolg. Schließlich liegen keine konkreten Hinweise gegen Allende vor. Meist bleibt er nur ein paar Stunden weg. Wir könnten heute Abend noch einmal vorbeischauen.«

»Und was machen wir in der Zwischenzeit?«, fragte Nick missmutig. »Wir haben sonst überhaupt keinen Anhaltspunkt. Wenn ich bis heute Abend warten muss, werde ich wahnsinnig.«

Beccas Handy klingelte. Sie kramte in ihrer Umhängetasche und fischte es heraus. »Entschuldige, das ist wichtig«, sagte sie nach einem Blick auf das Display und wandte sich ab, sodass er das Gespräch nicht mit anhören konnte.

Frustriert kickte Nick einen Stein beiseite. Und jetzt? Er wollte auf keinen Fall untätig herumsitzen, bis Allende wieder nach Hause kam. Andererseits hatte er kaum eine Wahl. Schließlich konnte er ja schlecht zur Polizei gehen und ihnen die Geschichte von dem verschwundenen Boot erzählen. Sie würden ihn für vollkommen verrückt halten. Und wenn er das Verschwinden des Bootes wegließ und seinen Vater ganz klassisch vermisst meldete, würden die Behörden das ebenso wenig ernst nehmen. Er ging davon aus, dass in Portugal die gleichen Regeln galten wie in Deutschland: Solange eine erwachsene Person nicht länger als vierundzwanzig Stunden vermisst wurde, rührte die Polizei keinen Finger.

Becca hatte sich während des Telefonats immer weiter von ihm entfernt. Jetzt drehte sie sich um, steckte ihr Handy weg und kam wieder zu ihm zurück.

»Mossad?«, fragte Nick.

»Äh ... ja«, erwiderte Becca knapp. »Ich muss los. Aber es wird nicht lange dauern. Zwei Stunden, höchstens.« Sie sah ihn entschuldigend an. »Tut mir leid.«

Nick versuchte, sich seine Enttäuschung nicht anmerken zu lassen. »Ich gehe solange zurück zum Boot«, erwiderte er ergeben. »Falls Ben wider Erwarten von allein auftaucht.«

»Gute Idee. Soll ich dich mit runter in die Stadt nehmen?«

»Gern.«

Sie gingen über die breite Auffahrt zurück zur Straße. Schon merkwürdig, wie einfach man auf Allendes Grundstück gelangen konnte, dachte Nick. Unverschlossenes Tor, keine Security, nicht einmal ein Wachhund. So verhielt sich normalerweise niemand, der etwas zu verbergen hatte. Vielleicht sollte er sich nicht zu sehr darin verrennen, dass Allende ihm weiterhelfen konnte. Viel wahrscheinlicher war, dass der Professor mit der ganzen Sache überhaupt nichts zu tun hatte.

Nur zehn Minuten nachdem Becca ihn an einer viel befahrenen Kreuzung abgesetzt und in die entgegengesetzte Richtung davongebraust war, erreichte Nick den Jachthafen. Je näher er dem Segelboot kam, desto mehr beschleunigte er seine Schritte. Vielleicht war sein Vater ja längst wieder auf dem Boot und wunderte sich nun seinerseits, wo Nick geblieben war. Vielleicht hatte es sich bei der ganzen Sache bloß um ein riesiges Missverständnis gehandelt, eine Verwechslung, eine optische Täuschung ... Nick war sich selbst nicht mehr so sicher, ob die Ereignisse vom Vormittag tatsächlich so passiert waren oder ob sein Verstand ihm einen Streich gespielt hatte.

Auf den ersten Blick sah das Boot verlassen aus. Doch aus irgendeinem Grund beschlich Nick ein merkwürdiges Gefühl.

»Bruno, scannen!«, befahl er knapp.

»Eine Person unter Deck, in der Küche.«

Und dann ging plötzlich alles ganz schnell. Ein Mann erschien im Durchgang zur Treppe, in Taucheranzug, Flossen und mit einer merkwürdigen Apparatur auf dem Rücken. Als er Nick bemerkte, warf er sich den Seesack, den er hinter sich hergeschleift hatte, über die Schulter und lief trotz der Flossen bemerkenswert schnell Richtung Heck.

Nick sprang auf das Schiff und rannte hinter ihm her. Als er das Heck erreicht hatte, sah er gerade noch, wie sich der Mann samt Seesack ins Wasser fallen ließ.

Einem ersten Impuls folgend wäre Nick beinahe hinterhergesprungen, überlegte es sich in letzter Sekunde aber anders. Es war aussichtslos, einen Taucher mit Flossen und Sauerstoffflasche zu verfolgen. Und er hatte keine Lust, ein zweites Mal an diesem Tag vollkommen umsonst ein Bad in der trüben Hafenbrühe zu nehmen.

»Bruno, wo schwimmt er hin?«

»Richtung Fluss«, antwortete sein CBPI. »Und zwar verdammt schnell.«

»Was ist mit dem Seesack?«

»Den zieht er hinter sich her.«

Nick stutzte. »Ernsthaft? Der sah ziemlich schwer aus. Wie kann er sich mit solch einem Gewicht unter Wasser fortbewegen?«

»Ich vermute, dass er über einen Antrieb verfügt«, erwiderte Bruno. »Meinen Berechnungen zufolge nimmt er Kurs auf das Motorboot, das etwa hundert Meter hinter der Hafeneinfahrt wartet.«

Nick sah auf den Fluss hinaus. Ein kleines weißes Motorboot dümpelte in der Mitte des Tejo. In diesem Moment beugte sich der Fahrer zum Wasser hinunter und zog etwas an Bord. Der Seesack, dachte Nick. Der Taucher musste wirklich verflixt schnell unterwegs gewesen sein. Wie aufs Stichwort hievte sich eine glänzende schwarze Gestalt aus dem Wasser. Kaum war sie an Bord, gab der Fahrer Gas und steuerte das Boot, das eine schäumende Bugwelle hinter sich herzog, Richtung Meer.

Nick spielte kurz mit dem Gedanken, die Verfolgung aufzunehmen. Doch er sah schnell ein, dass es sinnlos war. Bis er das Segelboot aus dem Hafen manövriert hatte, wäre das Motorboot längst über alle Berge; selbst Brunos Scanner hätten keine Chance mehr, es zu erfassen.

Was hatte der Taucher an Bord gewollt? Was war in dem Seesack gewesen? Nick ging unter Deck. Die Flossen hatten nasse Abdrücke hinterlassen, die bis zur Falltür im Küchenboden führten und sich dort zu kleinen Pfützen gesammelt hatten. Nick öffnete die Klappe. Der Kasten, der ihm heute Vormittag aufgefallen war, war verschwunden. Hatte er sich also doch nicht getäuscht! Der Kasten war bei der Übergabe des Schiffes noch nicht dort unten gewesen. Nick kamen die Ereignisse der vergangenen Nacht wieder in den Sinn, als Ben und er von einem Geräusch geweckt worden waren. Ob das der Taucher gewesen war, der den Kasten auf dem Schiff deponiert hatte? Warum? Er versuchte, sich den Inhalt noch einmal vor Augen zu führen, konnte sich aber beim besten Willen keinen Reim darauf machen, was diese willkürlich zusammengewürfelt wirkende Apparatur für eine Funktion haben könnte.

Es hatte keinen Sinn. Er brauchte Hilfe. Nick ließ die Falltür zuschnappen und ging in seine Kajüte. Aus den Tiefen seines Rucksacks fischte er sein Handy hervor und schaltete es ein. Dann ließ er sich auf sein Bett plumpsen und wartete.

Nachdem sich das Handy in einen Sendemast eingeloggt hatte, rief er seine Kontakte auf und tippte auf den Namen »Faber«. Bereits nach dem zweiten Klingeln meldete sich eine bekannte Stimme.

»Büro von Direktor Faber, Caroline Connor am Apparat.«

»Carol!«, rief Nick verwundert. »Was machst du denn in der Schule? Du wolltest doch mit deinem Vater auf Tour gehen.«

»Nick?«, fragte Carol überrascht. »Das ist ja ein Ding. Ach, das mit der Tour hat sich zerschlagen. Der Bassist hat sich bei einer Kneipenschlägerei den Arm gebrochen. Als dann Fabers neue Vorzimmerdame krank geworden ist, habe ich spontan angeboten einzuspringen, um der alten Zeiten willen. Und was ist mit dir? Genießt ihr das süße Nichtstun an der Algarve? Und wolltet ihr nicht eigentlich die Handys während eures Segeltrips abgeschaltet lassen?«

»Schön wär's«, erwiderte Nick. »Carol, ich hab ein Problem. Ben ist verschwunden. Hier gehen ein paar ganz merkwürdige Dinge vor sich. Ich muss unbedingt mit Faber sprechen.«

»Ben ist verschwunden?«, fragte Carol verdutzt. »Was ist passiert?«

Nick gab ihr eine Kurzfassung der Ereignisse. Carol war seine beste Freundin, und es tat gut, sich alles von der Seele zu reden. Allerdings führte es ihm auch vor Augen, wie hilflos er sich fühlte und welche Sorgen er sich um seinen Vater machte. Er spürte, dass er einen Kloß im Hals bekam, und räusperte sich rasch. So persönlich wollte er selbst Carol gegenüber nicht werden.

»Ach Nick, das tut mir alles schrecklich leid«, sagte Carol. »Ich stell dich sofort zu Faber durch. Vielleicht kann er helfen. Und ruf an, sobald sich was Neues ergibt, ja?«

»Versprochen. Und danke«, erwiderte Nick. Er musste aufpassen, dass seine Stimme nicht zitterte.

Ein Freizeichen ertönte, und kurz darauf meldete sich der Direktor. Nick schilderte erneut, was passiert war, etwas sachlicher dieses Mal und darum bemüht, keinen hilflosen Eindruck zu vermitteln. Faber sollte ihn nicht für einen kleinen Jungen im Einkaufszentrum halten, der weinte, weil er seine Eltern verloren hatte. Auch wenn er sich insgeheim genau so fühlte.

Nachdem er geendet hatte, herrschte zunächst Schweigen am anderen Ende der Leitung.

»Hmm«, machte Direktor Faber schließlich nachdenklich. »Und du bist dir sicher, dass Ben noch auf dem Boot war, als es verschwunden ist?«

»Ganz sicher.«

»Merkwürdig. Bens Handy ist aus, sagst du?«

»Ja, es liegt ausgeschaltet hier auf dem Boot.«

»Wir werden versuchen, ihn über sein Interface zu orten. Das geht natürlich nur, wenn es nicht auf Standby ist.«

»Und falls doch?«, hakte Nick nach.

»Dann haben wir keine Chance, ihn ausfindig zu machen. Es sei denn, Müller aus der Entwicklung hat noch einen Trick auf Lager, wie man CBPIs auf Standby orten kann.«

Nick biss sich auf die Unterlippe. »Okay«, sagte er leise.

Faber seufzte. »Hör zu. Ich werde beim SIRP anfragen. Vielleicht können die Kollegen vom portugiesischen Geheimdienst Amtshilfe leisten. Aber viel mehr kann ich von hier aus leider nicht unternehmen.«

»Danke«, erwiderte Nick. »Das würde schon sehr helfen.«

»Ach, und noch etwas, Nick«, fuhr Faber fort. »Tu mir einen Gefallen und halte den Mossad da raus. Ich weiß, dass du mit Becca befreundet bist, und ihr habt im Himalaya sehr erfolgreich zusammengearbeitet. Aber in diesem Fall ist das etwas anderes. Die Zusammenarbeit zwischen Agenten unterschiedlicher Geheimdienste muss von beiden Seiten aus autorisiert werden. Mit dem Mossad gibt es gerade … nennen wir es Unstimmigkeiten. Ich schaue mal, ob ich trotzdem etwas in die Wege leiten kann, aber bevor du kein offizielles Okay hast, solltest du dich von Becca fernhalten.«

Sie verabschiedeten sich, und die Verbindung wurde getrennt. Nick warf das Handy aufs Bett und vergrub den Kopf in den Händen. Faber hatte zwar einen sehr bemühten Eindruck gemacht, aber im Grunde hatte er ihm zu verstehen gegeben, dass er überhaupt nichts unternehmen konnte. Wenn Ben sein Interface nicht eingeschaltet hatte, war es unmöglich, ihn zu orten – und daran konnte mit Sicherheit auch der geniale Herr Müller aus der Entwicklungsabteilung der Schule, sozusagen der Erfinder der CBPIs, nichts ändern. Und sowohl der Mossad als auch der SIRP würden Faber einen Vogel zeigen, wenn er um Amtshilfe beim Aufspüren eines Agenten bat, der während eines Segelurlaubs verschwunden war. Die Chancen stünden sicherlich besser, wenn Ben irgendwelchen Terroristen auf der Spur gewesen wäre, die einen Anschlag auf ein internationales Großprojekt planten, aber so … Also entpuppte sich auch sein Anruf bei Faber als Sackgasse.

Nick tastete nach dem Handy und rief Beccas Namen auf, zögerte jedoch, auf den Hörer zu drücken. Faber hatte gebeten, sie da rauszuhalten. Und ganz unrecht hatte er damit nicht. Bisher war ihre Hilfe ein reiner Freundschaftsdienst gewesen. Das Ganze würde jedoch schlagartig andere Dimensionen annehmen, falls der Mossad offiziell involviert wurde – und Nick war sich nicht sicher, inwieweit er für Beccas Unterstützung beim Mossad in der Schuld stehen wollte. Aber wenn er auf ihre Hilfe verzichtete, war er komplett auf sich allein gestellt. Becca war seine einzige Vertraute hier in Lissabon.

Halt!, dachte Nick. Das stimmte nicht ganz. Es gab noch jemanden. Er steckte das Handy wieder ein, stand auf und verließ das Schiff.

16

Nick lieh sich ein altes Fahrrad aus, das herrenlos an der Wand eines Schuppens lehnte, und benötigte so nur knapp fünf Minuten bis zu dem anderen Hafen. Er entdeckte ihr Boot sofort und atmete erleichtert auf. Marta war da. Er stellte das Fahrrad an einem Poller ab und ging das letzte Stück zu Fuß. Als er nur noch wenige Meter entfernt war, stutzte er. Ein breitschultriger, schwarz gekleideter Mann mit dunkler Haut, Vollbart und Sonnenbrille hatte vor Martas Boot Posten bezogen. Als er Nick bemerkte, verschränkte er die Arme und musterte ihn finster. Komischer Typ. Warum tat er so, als würde das Boot ihm gehören? Oder als würde er ... es bewachen? Der Mann fixierte ihn mit grimmiger Miene und bedeutete ihm weiterzugehen. Als Nick stattdessen vor ihm stehen blieb und ihn misstrauisch musterte, wanderte seine Hand langsam zu seinem Gürtel, wo der Griff einer Waffe hervorschaute. Nicks Körper spannte sich an. Was ging hier vor? Was machte der Typ hier? Und viel wichtiger – wo war Marta?

Während die Finger des Mannes den Griff der Waffe umschlossen, sah sich Nick rasch im Hafen um. Sie waren allein. Plötzlich hatte er das Gefühl, dass seine Sinne alles viel deutlicher wahrnahmen als zuvor. Er hörte das Platschen der Wellen an der Kaimauer, sah die zuckenden Mundwinkel im Gesicht des Mannes, roch das Gemisch aus Aftershave und Schweiß, den er verströmte. Auf einmal erklang aus dem Inneren des Bootes ein Schrei. Marta!

Der Kopf des Mannes ruckte zur Seite. Für den Bruchteil einer Sekunde war er abgelenkt, und genau diesen Augenblick nutzte Nick aus. Mit zwei Schritten hatte er den Typen erreicht und holte zu einem Kick aus, der den Mann in der Magengegend hatte treffen sollen.

Doch der reagierte blitzschnell. Er wich Nicks Tritt mit erstaunlicher Leichtfüßigkeit aus und holte noch in der Ausweichbewegung seinerseits zu einem Kick aus. Sein Fuß traf Nick mit voller Wucht in die Rippen.

Nick taumelte ein paar Schritte zurück und rang keuchend nach Luft. Verdammt, das hatte wehgetan! Andererseits bedeutete es vielleicht, dass ...

Nick sah sich um. Der Mann rührte sich nicht. Er hörte weder das Plätschern der Wellen noch das allgegenwärtige Kreischen der Möwen, und die Flaggen an den umliegenden Jachten und Fischkuttern wirkten, als wären sie zu Eis gefroren. Na bitte. Er war *gesprungen*. Das vereinfachte die Sache erheblich.

Er lief zu dem Mann, der mitten in der Bewegung zur Salzsäule erstarrt zu sein schien, zog die Waffe aus dem Holster und warf sie ins Hafenbecken. Dann sprang er auf Martas Boot und rannte unter Deck.

Marta stand mit dem Rücken an die schmale Küchenzeile

gepresst und starrte mit weit aufgerissenen Augen auf die Klinge des Klappmessers, das auf sie gerichtet war. Eine ganz in Schwarz gekleidete Frau hatte sich vor Marta aufgebaut, und obwohl auch ihre Bewegungen in kaum wahrnehmbarer Superzeitlupe abliefen, glaubte Nick zu sehen, wie ihre dunklen Augen drohend aufblitzten.

Nick stutzte. Er kannte die Frau. Es war die Fahrerin des SUVs, mit dem Ricardo Fuentes entführt worden war. Was wollte sie denn jetzt von Marta? Er schüttelte verwirrt den Kopf und schob die Frage beiseite. Mit diesem Thema würde er sich später auseinandersetzen. Nick streifte sich den dick gepolsterten Backhandschuh über, der an einem Haken an der Wand hing, umfasste die Klinge des Messers und zog.

Es war gar nicht so einfach, die Waffe aus dem Griff der Frau zu lösen, zumal er nicht zu kräftig ziehen durfte, weil er sonst Gefahr lief, sie Marta ins Auge zu rammen. Mit einem letzten, wohldosierten Ruck hatte er das Messer schließlich befreit, klappte die Klinge zu und steckte es sich in die Hosentasche.

Ein leichter Druck auf den Schläfen kündigte an, dass sein *Sprung* bald endete. Nick brachte sich in Position. Er konnte seine Gabe zwar nach wie vor nicht kontrollieren, aber er bekam ein immer besseres Gespür dafür, wann der *Sprung* einsetzen und wie lange er andauern würde.

Als die Geräusche wieder einsetzten, stieß die Frau einen Schwall unverständlicher Worte aus. Sie sprach mit tiefer Stimme und in einer harten, dennoch melodischen Sprache. Konnte das Arabisch sein?

Marta wimmerte erschrocken. Doch dann fiel ihr Blick auf Nick. Ihre Augen weiteten sich noch mehr, und das Wimmern ging in ein verblüfftes Keuchen über.

Auch die Frau stutzte. Nicht wegen Nick – den hatte sie noch nicht bemerkt. Aber ihr war gerade aufgefallen, dass sie kein Messer mehr in der Hand hielt.

Auf genau den Moment hatte Nick gewartet. Bevor die Frau wusste, wie ihr geschah, schnellte seine rechte Hand vor, packte einen Arm der Frau und drehte ihn ihr auf den Rücken. Den linken Arm schlang er seiner Gegnerin um den Hals und zog sie nach hinten, weg von Marta.

Die Überraschung der Frau währte nicht lange. Blitzschnell hob sie das rechte Bein und rammte Nick mit voller Wucht die Sohle ihres Schuhs gegen die Kniescheibe. Nick unterdrückte einen Schrei und verzerrte schmerzerfüllt das Gesicht. Unwillkürlich lockerte sich sein Griff. Die Angreiferin nutzte die Gelegenheit, schlüpfte aus seiner Umklammerung und drehte sich zu ihm um.

Für zwei endlos erscheinende Sekunden standen sie sich reglos gegenüber und starrten sich an, dann wandte sich die Frau um und rannte zu Nicks Überraschung die Treppe hinauf an Deck. Schritte entfernten sich, und ein Blick aus dem Fenster bestätigte Nick, dass die beiden Angreifer das Weite suchten.

Er rieb sich über das schmerzende Knie und drehte sich zu Marta um. »Alles in Ordnung?«

Sie antwortete nicht und sah ihn stattdessen mit offenem Mund an.

»Geht's dir gut?«, wiederholte Nick seine Frage. »Bist du verletzt?«

Marta erwachte aus ihrer Starre und schüttelte den Kopf. »Nein ... alles in Ordnung. Wo zum Teufel bist du so plötzlich hergekommen? Und wieso führst du dich auf wie Superman?«

Nick beschloss, seine Erklärung eher vage zu halten. »Ich hab dich schreien hören, da wollte ich dir helfen.«

»Mir helfen, hä? Du bist wie aus dem Nichts aufgetaucht. Und dann schaltest du mal eben so eine durchgeknallte Kampfmaschine aus. Und wo, bitte schön, ist das Messer hin verschwunden?«

»Ich hab mal einen Kurs in Selbstverteidigung gemacht«, erwiderte Nick unbestimmt und wechselte dann rasch das Thema. »Was wollte die Frau von dir?«

»Pff«, machte Marta. Sie löste sich von der Küchenzeile und setzte sich auf das schmale Bett an der gegenüberliegenden Wand. »Sie wollte irgendwas über eine Waffe wissen, eine Mini-Nuke.« Sie zuckte ratlos mit den Schultern. »Ich habe keine Ahnung, wovon sie gesprochen hat. Aber die freundliche Dame dachte wohl, dass ich mich nur dumm stelle, und hat mir das Messer unter die Nase gehalten.«

»Hat sie wirklich Mini-Nuke gesagt?«, hakte Nick nach.

»Ja, glaub schon. Warum?«

»Mini-Nuke sind kleine Atombomben!«

Marta wurde blass. »Ach du Schreck! Also davon weiß ich nun wirklich nichts.«

»Und wieso kommen sie dann zu dir?«

»Was weiß ich?«, fragte Marta trotzig. »Die Frau hat das radioaktive Wasser erwähnt. Angeblich hat das mit dieser ... Waffe zu tun.«

Nick betrachtete Marta nachdenklich. Die Sache wurde immer mysteriöser. Und vor allem immer gefährlicher. »Wer aus deinem Umfeld wusste von den Wasserproben?«, fragte er.

»Die Aktivisten, mit denen ich zusammen nach radioaktivem Müll getaucht bin. Und Ricardo Fuentes. Sonst niemand.«

»Ricardo Fuentes«, wiederholte Nick gedankenverloren.

»Der wird die beiden wohl kaum geschickt haben«, entgegnete Marta. »Er ist schließlich entführt worden.«

»Eben«, erwiderte Nick. »Und wenn mich nicht alles täuscht, dann gehört deine Angreiferin zu den Entführern.«

Marta richtete sich auf und sah ihn verblüfft an. »Jetzt versteh ich gar nichts mehr. Du meinst, die Typen, die vorhin hier waren, sind die gleichen, die vor drei Tagen Fuentes entführt haben?«

»Ganz genau.«

»Aber was wollen die denn von mir? Ich hab doch mit der ganzen Sache gar nichts zu tun.«

»Wer weiß?«, sagte Nick. »Vielleicht haben sie Fuentes entführt, um mehr über das radioaktive Wasser herauszufinden. Und Fuentes hat sie auf deine Spur gebracht. Immerhin bist du diejenige, die die Proben entnommen hat.«

Marta schüttelte verwirrt den Kopf. »Aber deswegen weiß

ich doch noch lange nicht, was die hohen Werte verursacht. Und von einer Mini-Nuke, oder wie das Ding heißt, weiß ich schon gar nichts.«

»Das wiederum wissen die Entführer ja nicht.«

Marta verstummte und starrte dumpf vor sich hin. Offenbar musste sie die ganzen Zusammenhänge erst einmal verdauen.

»Was machst du eigentlich noch hier?«, fragte Marta plötzlich und sah zu ihm auf. »Ihr wolltet doch heute weitersegeln.«

»Das ist eine längere Geschichte«, sagte Nick ausweichend.

»Ich hab Zeit«, erwiderte Marta.

»Die Frage ist eher, ob du mir glaubst.«

»Ich lass es gern drauf ankommen«, sagte Marta und klopfte einladend neben sich aufs Bett.

Nick setzte sich. »Also schön. Aber behaupte hinterher nicht, ich hätte dich nicht gewarnt.«

Und dann erzählte er, was an diesem Morgen geschehen war. Wie erwartet klappte Martas Kinnlade mit jedem Satz weiter hinunter. Als er geendet hatte, starrte sie ihn noch eine Weile schweigend an, dann sagte sie: »So ein Schwachsinn.«

»Siehst du. Ich hab's ja gesagt.«

»Das kann sich doch bloß um eine optische Täuschung gehandelt haben.«

»Eine optische Täuschung, die am helllichten Tag vor den Augen zweier Menschen ein ganzes Schiff verschwinden lässt?«, fragte Nick.

Marta winkte ab. »Ach, was weiß ich? Aber es gibt bestimmt eine ganz normale Erklärung dafür.«

»Du hast leicht reden. Du warst ja nicht dabei. Das Schiff war weg! Ich bin an der Stelle, an der es gelegen hat, ins Wasser gesprungen. Da war nichts.«

Doch Marta schnaubte nur und schwieg. Nick kam die Episode in der Hafenkneipe wieder in den Sinn. So ähnlich mussten sich die Fischer fühlen, denen auch niemand das Verschwinden ihres Schiffes glaubte.

»Ich kann deine Reaktion verstehen«, sagte er. »Ich war mit Becca vor einigen Tagen in einer Hafenkneipe, wo uns drei Fischer eine total durchgeknallte Geschichte erzählt haben. Da ging es ebenfalls um ein verschwundenes Schiff, irgendwo kurz vor den Wilden Inseln.«

In Kurzform wiederholte er, wie sich die Fischer nach eigener Aussage plötzlich weit im Norden wiedergefunden hatten, nur um kurz darauf wieder zurück an der Algarve zu sein.

Zu seinem Erstaunen winkte Marta dieses Mal nicht ab, sondern hörte ihm mit wachsendem Interesse zu. »Haben die Fischer zufällig auch erwähnt, vor welcher der Wilden Inseln ihr Schiff verschwunden ist?«, fragte sie.

»Oje.« Nick runzelte die Stirn. »*Palheiro de* irgendwas.«

»*Palheiro de Terra*?«

»Ja, genau. So hieß sie.«

»Merkwürdiger Zufall«, murmelte sie.

»Wieso?«

»Genau vor der Insel habe ich bisher die höchste Menge

an Radioaktivität gemessen. Dort sind wir auch tauchen gewesen.«

Nick sah sie ungläubig an. In seinem Kopf begann sich ein Gedanke zu formen, der absolut unfassbar war – aber nicht unmöglich. »Und wenn das Ganze überhaupt kein Zufall ist?«, fragte er aufgeregt. »Wenn die Geschichte der Fischer wahr ist? Wenn es hier gar nicht um eine Bombe geht, sondern das radioaktiv verseuchte Wasser von den Schiffen verursacht wird?«

Marta starrte nachdenklich zu Boden, und Nick konnte förmlich sehen, wie es hinter ihrer Stirn arbeitete. Dann sprang sie auf und sah ihn auffordernd an. »Finden wir es heraus.«

17

Sie knieten vor einem Eimer mit Hafenwasser, das Nick am Heck des Segelboots abgefüllt hatte. Marta schaltete den Geigerzähler ein, ein handliches, etwa zehn mal zwanzig Zentimeter großes Gerät mit Display, und legte es neben den Eimer. Nach ein paar Sekunden verkündete ein Signal, dass die Messung abgeschlossen war. Nick warf einen Blick auf die digitale Skala. Die Nadel zeigte auf den hellorangefarbenen Bereich, und in einem Textfeld darunter standen der genaue Messwert sowie die Worte *Leicht erhöht – mäßige Gefahr*.

»Bingo«, sagte Marta. »Das Wasser weist eindeutig Radioaktivität auf.«

Unwillkürlich wich Nick ein Stück von dem Eimer zurück. Marta lachte und schaltete das Messgerät aus.

»Keine Sorge. Die Konzentration ist so gering, dass sie keine gesundheitlichen Schäden hervorruft. Wir sind ununterbrochen einer schwachen Radioaktivität ausgesetzt. Sie ist in der Luft, in der Erde – beim Röntgen zum Beispiel kriegst du ein Vielfaches an Strahlung ab.«

»Ja, ja, schon gut«, sagte Nick ein wenig verlegen. Marta sollte nicht den Eindruck bekommen, dass er vor einem

Eimer Wasser Angst hatte. Aufmerksam beobachtete er, wie sie einen Glaszylinder mit dem Hafenwasser aus dem Eimer füllte, ihn sorgfältig verschloss und in eine mit Schaumstoff gepolsterte Aussparung eines kleinen Koffers steckte.

»Die Probe bring ich zu einem Freund, der in einem Labor für Strahlenschutz arbeitet«, erklärte Marta. »Er kann die Werte viel genauer analysieren. Aber ich denke, ich lehne mich nicht zu weit aus dem Fenster mit der Vermutung, dass es sich um die gleiche Strahlenart handelt wie bei den anderen Proben.«

Nick erhob sich. »Also gibt es tatsächlich einen Zusammenhang zwischen dem radioaktiven Wasser und dem Verschwinden der Schiffe.«

»Sieht ganz so aus«, erwiderte Marta.

»Ich hab zwar keine Ahnung, wie das alles zusammenpasst, aber ich fresse einen Besen, wenn die Entführung von Fuentes und das radioaktive Wasser nicht ebenfalls zusammenhängen. Ich bin gleich wieder da.«

Nick ging von Bord und entfernte sich so weit vom Boot, bis er außer Hörweite war. Je länger er darüber nachdachte, desto offensichtlicher erschien es ihm, dass Fuentes – aus Gründen, die sich ihm noch nicht erschlossen – eine ganz zentrale Figur in dieser Sache spielte. Es wurde Zeit, mehr über den Mann herauszufinden.

»Bruno, beschaff mir sämtliche Informationen über Ricardo Fuentes. Besonders interessieren mich seine berufliche Laufbahn und seine Aktivitäten als stellvertretender Leiter der EMSA«, befahl er.

»Aye, Sir«, erwiderte sein Interface. »Gib mir ein paar Sekunden.«

Nur wenig später spuckte Bruno bereits die ersten Ergebnisse aus. Fuentes war in Lissabon geboren, geschieden, keine Kinder. Er hatte sich vom Verwaltungsfachangestellten konsequent nach oben gearbeitet, hatte Fortbildungen gemacht und immer verantwortungsvollere Positionen in unterschiedlichen Ämtern bekleidet, bis ihm schließlich vor einem Jahr der Posten des stellvertretenden Leiters der europäischen Agentur für die Sicherheit des Seeverkehrs angeboten worden war. Das klang zwar recht ehrgeizig, aber alles in allem unauffällig.

Nick sah zurück zum Boot. Marta war an Deck gekommen und hatte es sich in der kleinen Sitzecke gemütlich gemacht. Er wandte sich wieder ab, damit sie nicht sah, dass er mit jemandem sprach. »War das alles?«

»Du weißt ja: Das Beste kommt zum Schluss.«

»Und?«, fragte Nick ungeduldig. Bruno hatte die wunderbare Angewohnheit, ihn auf die Folter zu spannen, sobald es interessant wurde.

»Im polizeilichen Führungszeugnis gibt es keine Einträge«, begann Bruno. »Aaaaber …«, fuhr er fort und machte eine ausgedehnte Kunstpause, »sein Name taucht in der Datenbank einer Sonderkommission des portugiesischen Innendienstes auf, die sich mit Cyberkriminalität beschäftigt. Offenbar war Fuentes Kunde auf einer Plattform im Darknet, die von der Kommission hochgenommen wurde. Was er dort gekauft hat, war nicht ersichtlich, und er gehörte eher zu den kleinen Fischen, deswegen hat man die Ermittlungen gegen ihn gar nicht erst aufgenommen.«

»Wie, bitte schön, kommst du an Informationen aus einer Datenbank des portugiesischen Innendienstes?«, fragte Nick verblüfft. Doch im Grunde konnte er sich die Frage selbst beantworten. »Lass mich raten: Carol.«

»Ihre Updates werden immer besser«, bestätigte Bruno nicht ohne Genugtuung. »Das letzte war vor drei Wochen. Seitdem habe ich Zugriff auf sämtliche Datenbanken, die über das PLX_ENCRYPT-System verschlüsselt sind.«

»Das PLX-was? ... Ach, vergiss es.« Nick hatte schon vor Längerem aufgegeben, die Feinheiten der digitalen Welt durchschauen zu wollen. Carol war einfach unschlagbar, was das anging. Stattdessen überlegte er, was Brunos letzte Information konkret bedeutete. »Fuentes war im Darknet unterwegs«, murmelte er. »Und nur, weil er einmal als Kunde einer zwielichtigen Plattform erwischt wurde, heißt das nicht, dass er ab sofort die Finger davon lässt. Könnte es nicht sein«, spann Nick den Faden weiter und begann unwillkürlich, auf dem Steg auf und ab zu gehen, »dass Fuentes mehr über das radioaktive Wasser herausgefunden hat? Dass er glaubte, geheimen Experimenten mit Kernwaffen auf die Spur gekommen zu sein? Und dass dieser Fund ihn dazu veranlasst hat, seine Kontakte im Darknet wiederaufzunehmen?« Nick tigerte immer schneller auf und ab. Er spürte, dass er auf der richtigen Spur war. »Wäre es nicht möglich, dass er seine Informationen zum Kauf angeboten hat? Und dass die potenziellen Käufer beschlossen haben, die Infos aus ihm herauszupressen, anstatt ihm Geld dafür zu geben?«

Sein Telefon klingelte. *Ben!*, schoss es ihm durch den Kopf, bis ihm einfiel, dass es gar nicht sein Vater sein konnte. Dessen Telefon lag immer noch ausgeschaltet auf dem Boot. Er zog das Handy aus der Gesäßtasche und warf einen Blick auf das Display. Es war Becca.

»Hi«, meldete sich die Mossad-Agentin. »Gibt's was Neues von Ben?«

»Hi«, erwiderte Nick. »Nein, nichts.«

»Das tut mir leid. Ich bin hier fertig. Wenn du willst, können wir noch mal zu Allende gehen, vielleicht ist er ja inzwischen zurück.«

Nick haderte mit sich, ob er Becca von den neuesten Entwicklungen erzählen sollte. Die Anweisung von Direktor Faber war unmissverständlich gewesen. Andererseits hatte er das Gefühl, auf eine heiße Spur gestoßen zu sein. Er konnte Beccas Hilfe gut gebrauchen.

»Vergiss Allende mal für einen Moment«, sagte er. »Ich bin hier auf etwas anderes gestoßen.« Er erzählte ihr, was in den letzten Stunden geschehen war und welche Rückschlüsse er dank Brunos Recherche gezogen hatte. »Ich glaube, dass es unter diesen Umständen sinnvoller ist, zuerst Fuentes unter die Lupe zu nehmen.«

»Und was genau hast du vor?«, fragte Becca.

»Ich würde mich gern in Fuentes' Wohnung umsehen und, wenn möglich, auch in seinem Büro. Vielleicht finden wir dort weitere Hinweise.«

Becca zögerte. »Ich weiß nicht, Nick. Ich bin in Lissabon, um nach Hinweisen auf eine geheime Tarnkappentechnologie zu suchen. Fuentes passt nicht so wirklich ins Bild.«

»Für mich schon«, beharrte Nick. »Ich bin überzeugt, dass alles irgendwie miteinander zusammenhängt. Ich weiß nur noch nicht, wie. Aber vielleicht wusste es Fuentes.«

»Also gut«, willigte Becca schließlich ein. »Weißt du, wo Fuentes wohnt?«

Nick nannte ihr die Adresse. Jetzt erwies es sich als äußerst praktisch, dass sie bei seiner Entführung einen Logenplatz gehabt hatten.

»Okay«, erwiderte Becca. »Ich kann in einer halben Stunde da sein.«

»Perfekt. Bis gleich«, verabschiedete sich Nick und legte auf. Er drehte sich zum Boot um und hätte vor Schreck beinahe das Handy fallen lassen. Direkt hinter ihm stand Marta und sah ihn mit hochgezogenen Augenbrauen an.

»Du willst dich in Fuentes' Wohnung umsehen?«, wiederholte sie. »Hochinteressant. Vielleicht solltest du mal langsam mit der Sprache rausrücken, was das ganze Theater soll. Die Heimlichtuerei, deine Nahkampfvorführung vorhin, die Selbstverständlichkeit, mit der du fremde Wohnungen betreten willst. Du tust fast so, als wärst du James Bond.«

Nick lächelte. »Nun ja. Also, genau genommen« – Nick bemühte sich, ernst zu bleiben – »bin ich das auch.«

Marta sah ihn mit ausdrucksloser Miene an, dann brach sie in schallendes Gelächter aus. »Ja, klar. Ein Junior-Geheimagent, oder was?«

»Besser hätte ich es nicht formulieren können.«

Marta lachte weiter, doch als Nick nicht reagierte, weiteten sich ihre Augen, und ihr Lachen erstarb. »Echt jetzt?«

»Echt. Ich arbeite für den BND und bin gerade im letzten Jahr meiner Ausbildung.«

»Du nimmst mich doch auf den Arm!«

»Würde ich niemals wagen.«

»Ohne Scheiß?«

»Ohne Scheiß.«

Nick amüsierte sich königlich über Martas verdatterten Gesichtsausdruck, musste aber zugeben, dass sie sich erstaunlich schnell wieder in der Gewalt hatte.

»Ich komm mit«, sagte sie entschlossen.

»Kommt nicht infrage«, widersprach Nick. »Das ist viel zu gefährlich.«

»Aber deine Bekannte kommt doch auch mit«, protestierte Marta. Offenbar hatte sie sein Gespräch schon etwas länger mit angehört.

»Das ist was anderes«, entgegnete er.

»Wieso? Traust du Becca so eine Aktion eher zu als mir?«

»Ja, das tue ich in der Tat.«

Vor lauter Empörung bekam Marta knallrote Wangen. »Und warum, bitte schön?«

»Weil Becca ebenfalls eine Agentin ist.«

Marta öffnete den Mund, um etwas zu erwidern, verstummte dann aber und schüttelte nur ungläubig den Kopf. Nick grinste. Das war das erste Mal, dass er Marta sprachlos erlebte.

»Du solltest dich für ein paar Tage vom Boot fernhalten, falls die Typen beschließen, noch einmal zurückzukommen«, gab Nick zu bedenken.

»Na schön«, grummelte Marta. »Ich frag mal Marco oder Juan, ob ich bei ihnen unterkommen kann. Ich will aber trotzdem wissen, wie es mit dem verseuchten Wasser weitergeht. Du hältst mich auf dem Laufenden, klar?«

»Klar.«

Nachdem sie ihre Telefonnummern ausgetauscht hatten, machte Nick sich auf den Weg in die Lissabonner Altstadt. Er hatte keine Ahnung, was er bei Fuentes eigentlich zu finden hoffte, aber der stellvertretende EMSA-Leiter war momentan seine größte Chance, Licht in die Sache zu bringen. Vielleicht stieß er auf einen Namen, eine Adresse, irgendeine Verbindung, die darauf schließen ließ, was es mit den angeblichen Mini-Nukes, den Schiffen, dem verseuchten Wasser oder mit dem Verschwinden seines Vaters auf sich hatte.

Und wenn du nichts findest?, fragte eine leise Stimme in seinem Inneren. Wenn Fuentes sich als Sackgasse erweist? Wenn dein Vater verschwunden bleibt, so wie schon einmal? Wenn er gefoltert wird? Wenn er vielleicht schon gar nicht mehr lebt? Was machst du dann?

Ärgerlich schüttelte Nick den Kopf und versuchte, die Stimme zum Schweigen zu bringen. So durfte er nicht denken. Er durfte nicht zulassen, dass die Angst von ihm Besitz ergriff, seinen Vater erneut zu verlieren. Es gab immer einen Weg. Und er würde ihn finden.

18

Um möglichst schnell zu Fuentes' Wohnung zu kommen, beschloss Nick, sich ein Tuk Tuk zu gönnen. Die Fahrt mit den kleinen dreirädrigen Leichtfahrzeugen, auch Autorikschas genannt, war zwar nicht ganz billig, aber immer noch besser, als zu Fuß eine gute Stunde lang durch die Nachmittagshitze zu trotten. Die meisten Tuk Tuks fuhren im Rahmen von gebuchten Stadtrundfahrten durch Lissabon, doch Nick hatte Glück und fand an einer Straßenecke nicht weit vom Hafen entfernt eine Art Taxistand, an dem die Fahrer darauf warteten, spontane Fahrgäste zu befördern.

Er ging zum vordersten Tuk Tuk in der Reihe und nannte dem Fahrer die Adresse. Als dieser gleichgültig nickte, nahm Nick auf der überdachten, zu allen Seiten offenen Sitzbank Platz. Mit einem Ruck setzte sich das Fahrzeug in Bewegung und fädelte sich lautlos in den Verkehr ein. Offensichtlich hatte er eine moderne Version mit Elektromotor erwischt.

Während sich das Tuk Tuk die engen Straßen Lissabons hinaufschlängelte, hatte Nick ein paarmal das Gefühl, dass ihnen jemand folgte. Doch in dem dichten Nachmittagsverkehr war es beinahe unmöglich, einen potenziellen Verfolger auszumachen, und auch Bruno konnte sich auf kein bestimmtes Fahrzeug festlegen, das ihnen hinterherfuhr. Seine Verfolger waren also entweder extrem gut, oder er wurde langsam paranoid. Er beschloss, wachsam zu bleiben, sich aber nicht unnötig verrückt zu machen.

Zehn Minuten später hielt das Tuk Tuk vor dem Haus, aus dem Fuentes gekommen war. Nick stieg aus.

Becca wartete bereits neben dem Eingang auf ihn. Als Nick sie sah, machte sein Herz einen kleinen Hüpfer. Bleib cool, schärfte Nick sich ein – du bist hier, um nach deinem Vater zu suchen. Nicht um zu flirten. Doch auch der beste Vorsatz konnte nicht verhindern, dass sich seine Knie anfühlten wie Pudding, während er auf sie zuging.

»Hi«, begrüßte sie ihn lächelnd.

»Hi«, echote er. »Hast du alles erledigen können?«

Becca sah ihn verständnislos an.

»Na, diese Sache, wegen der du so schnell losmusstest«, half Nick ihr auf die Sprünge.

»Ach so, das«, erwiderte Becca. »Das, ähm ... ist erledigt, ja.« Es schien ihr unangenehm zu sein, darüber zu sprechen. Aber warum sollte ihr eine dienstliche Verabredung unangenehm sein? Ob Becca ihm weiterhin etwas verheimlichte, obwohl das Leben seines Vaters auf dem Spiel stand? Ob sie vom Mossad ähnliche Instruktionen bekommen hatte wie er und nur zum Schein mit ihm zusammenarbeitete, um die Informationen dann hinter seinem Rücken an ihre Vorgesetzten weiterzugeben? Nick schob den Gedanken rasch beiseite. So weit würde Becca niemals gehen.

Er sah an dem schmalen, ockerfarben gestrichenen Haus empor. Es war ein typischer, ein wenig windschiefer Altbau mit französischen Balkonen, schien aber vor nicht allzu langer Zeit saniert worden zu sein und befand sich in einem einwandfreien Zustand. Das spiegelte sich auch in der massiven Haustür wieder, die sie nicht so ohne Weiteres würden aufbrechen können. Und überall zu klingeln, in der Hoffnung, dass einer der Mieter den Türöffner betätigte, würde zu viel Aufmerksamkeit erregen. Sie brauchten einen Plan.

»Wie gehen wir vor?«, fragte er betont fachmännisch.

Beccas Augen blitzten belustigt auf. »Ich würde vorschlagen, dass wir zunächst einmal ins Haus gehen«, erwiderte sie, wandte sich um und drückte gegen die Tür, die sich mit einem sanften Klicken öffnete.

Nick sah sie verblüfft an.

»Woher wusstest du ...?«, begann er.

»Als ich eintraf, kam gerade ein Mieter aus dem Haus. Da habe ich die Gelegenheit ergriffen und den Sperrschieber vom Türschloss zurückgeschoben.«

»Clever«, sagte Nick anerkennend.

»Glück«, erwiderte Becca schulterzuckend.

Sie traten in das kühle Dämmerlicht des Hausflurs und stiegen die ausgetretene, knarzende Treppe hinauf, die man bei der Sanierung offensichtlich ausgespart hatte. Da sie nicht wussten, in welchem Stock Fuentes wohnte, warfen sie in jeder Etage einen Blick aufs Klingelschild, wurden aber immer wieder enttäuscht.

»Bleibt nur noch die Dachgeschosswohnung«, sagte Becca, nachdem sie auch im vierten Stock kein Glück gehabt hatten. Japsend erreichten sie den obersten Treppenabsatz. Als Nick die Tür sah, blieb er so abrupt stehen, dass Becca von hinten in ihn hineinlief.

»Was ist los?«, fragte sie verwundert.

»Schsch«, machte Nick und deutete auf die Wohnungstür. Rund um das Türschloss war das Holz abgesplittert. Jemand schien sich gewaltsam Zugang zu der Wohnung verschafft zu haben.

Vorsichtig schlichen sie näher. Nick drückte vorsichtig gegen die Tür, die widerstandlos einen Spaltbreit aufschwang. Sie lauschten. Nichts zu hören. Nick sah Becca fragend an. Sie nickte stumm, und er öffnete die Tür vollständig.

Für den Anblick, der sich ihnen bot, fand Nick nur ein einziges Wort: Chaos. Der Inhalt von Regalen und Schubladen lag verstreut auf dem Boden, Möbel waren umgekippt, Sofakissen aufgeschlitzt, Bücher zerfleddert, Bilder von der Wand gerissen; das gesamte Inventar der Wohnung schien durchwühlt oder zerstört worden zu sein.

»Bruno?«, flüsterte Nick leise.

»Die Luft ist rein«, erklang die prompte Antwort in seinem Ohr.

Gemeinsam betraten sie die Wohnung. »Da ist uns offenbar jemand zuvorgekommen«, kommentierte Becca trocken und machte einen großen Schritt über den umgestürzten Garderobenständer, der gleich hinter der Tür lag.

Sie verschafften sich zunächst einen Überblick. Die Wohnung war klein, aber sehr hell, mit großen Fenstern. Eine Dachterrasse gab Ausblick über die verschachtelten Dächer der Alfama. Soweit Nick es in dem Durcheinander erkennen konnte, hatte Ricardo Fuentes einen modernen, ziemlich kostspieligen Einrichtungsgeschmack. Vor dem riesigen Smart-TV stand eine weiße Ledercouch, und ein hochfloriger Teppich bedeckte den Parkettboden. Er betrat einen Raum, der halb als Schlafzimmer, halb als Arbeitszimmer genutzt wurde. Hier präsentierte sich ein ähnliches Bild wie im Wohnraum. Der Kleiderschrank war durchwühlt, die Matratze verschoben, und ein riesiger Wandspiegel war auf den danebenstehenden Schreibtisch gekracht und hatte alles mit Tausenden von Scherben übersät.

Glassplitter knirschten unter Nicks Schuhen, als er näher trat. Er wollte gerade die mannshohe Platte des Spiegels von der Schreibtischkante stemmen, als ein dunkler Schatten unter dem Tisch hervorschoss. Reflexartig riss Nick die Hände hoch, um sich vor dem Angreifer zu schützen. Vor Schreck setzte sein Herz einige Schläge lang aus, nur um danach doppelt so schnell zu schlagen. Ein schauderhaftes Kreischen ertönte, gefolgt von einem glühenden Schmerz, der sich in seinen rechten Unterarm grub.

Und dann stand die Welt plötzlich still.

Nick wusste, was geschehen war, und kam aus seiner Deckung hervor. Als er begriff, was er da vor sich hatte, legte sich seine Anspannung und er musste unwillkürlich grinsen. Vor ihm in der Luft schwebte ein schwarzes Fellknäuel mit einem zur Fratze verzerrten Gesicht und ausgefahrenen Krallen, die, wie Nick nach einem prüfenden Blick feststellte, gut zehn Zentimeter lange blutige Kratzer auf seinem Unterarm hinterlassen hatten.

Die Verwüstung der Wohnung musste das arme Tier zu Tode erschreckt haben, und als Nick nun auch noch sein Versteck zerstören wollte, hatte es sich – getreu nach dem Motto »Angriff ist die beste Verteidigung« – gegen ihn zur Wehr gesetzt.

Schmunzelnd betrachtete Nick noch einmal die schwebende schwarze Kugel, strich sanft über das weiche Fell und trat dann aus dem Weg, um nicht ein zweites Mal von den Krallen erwischt zu werden. Als der *Sprung* endete, landete die Katze auf dem Bettvorleger, machte einen Buckel und jagte fauchend zur Tür hinaus.

»Huch!«, erklang es kurz darauf aus dem Flur. »Die ist ja total durch den Wind. Das arme Ding.«

»Deswegen muss man ja nicht gleich handgreiflich werden!«, rief Nick.

Becca kam ins Schlafzimmer und sah Nick fragend an. Als dieser anklagend seinen Arm hochhielt, erwiderte sie anerkennend: »Katze eins, Nick null.«

Nick quittierte ihre Aussage mit einem missmutigen Schnauben.

»Hab ein bisschen Mitleid mit ihr, sie hat bestimmt seit Tagen nichts gefressen«, fügte Becca hinzu. Dann sah sie sich vielsagend um. »Sie ist zwar ziemlich sauer, trotzdem nehme ich mal an, dass es nicht die Katze war, die hier gewütet hat. Wer auch immer dafür verantwortlich ist, er war auf jeden Fall nicht zimperlich.«

»Vielleicht können wir die Katze ja als Zeugin vernehmen«, witzelte Nick, wurde aber gleich wieder ernst. »Du hast recht. Ich tippe bei den Verantwortlichen auf unsere arabischen Freunde. Und sie haben etwas ganz Bestimmtes gesucht.«

»Dann kommen wir wohl zu spät«, bemerkte Becca und ließ sich auf das Bett plumpsen. »Zumindest, wenn sie das Gleiche gesucht haben wie wir.«

»Nicht so hastig«, entgegnete Nick. »Ich glaube nämlich nicht, dass sie es gefunden haben.«

»Wieso?«, fragte Becca erstaunt.

»Weil Fuentes dann schon längst wieder aufgetaucht wäre. Tot oder lebendig. Und weil es dann keinen Grund mehr gegeben hätte, Marta zu bedrohen und nach Informationen zu fragen.« Nick machte eine Handbewegung, die die gesamte Wohnung einschloss. »Was auch immer sie gesucht haben – es ist noch hier. Vorausgesetzt, dass es überhaupt existiert.«

Becca nickte nachdenklich, dann klatschte sie sich auf die Oberschenkel und stand auf. »Ich geh als Erstes die Katze füttern.«

»Okay. Ich nehme mir schon mal den Schreibtisch vor.«

Becca betrachtete den mit Scherben übersäten Arbeitsplatz. »Viel Erfolg«, sagte sie im Hinausgehen. Kurz darauf hörte er sie in der Küche auf der Suche nach Katzenfutter mit Schubladen und Schranktüren klappern.

Nick hievte den Spiegel von der Schreibtischplatte und lehnte ihn gegen die Wand. Dann untersuchte er zuerst den auf dem Boden verstreuten Inhalt aus Schubfächern und Ordnern und überflog einige Notizen, ohne jedoch auf etwas Interessantes zu stoßen. Einen Terminkalender oder ein Notizbuch konnte er nicht entdecken. Auch Computer oder Tablet waren verschwunden, obwohl eine Steckdosenleiste am Boden darauf hindeutete, dass hier mehrere technische Geräte angeschlossen gewesen waren. Dann nahm er sich die herausgerissenen Schubladen vor, untersuchte sie nach versteckten Fächern, kontrollierte Rück- und Unterseite und sah auch unter dem Schreibtisch nach. Schließlich rückte er den Tisch ein wenig von der Wand und überprüfte die Rückseite des Schubladenschranks. Doch er fand nicht den Hauch einer Spur, dass dort irgendetwas deponiert worden war.

Als er nach etwa zehn Minuten an die Theke der offenen Küche trat, hockte die Katze auf der Arbeitsfläche und leckte schnurrend eine Schüssel mit Katzenfutter leer. Becca stand daneben und streichelte gedankenversunken das schwarze Fell.

»Und?«, fragte sie, als sie Nick bemerkte.

»Nichts«, erwiderte er seufzend.

»Du bist dir hoffentlich bewusst, dass die Hinweise, die du dir erhoffst, eventuell gar nicht hier sind, oder?«, sagte sie. »Fuentes könnte genauso gut ein Schließfach bei einer Bank gemietet haben. Oder er hat einen Tresor im Büro stehen. Oder er hat alles in seinem Computer abgespeichert und keine Kopien gemacht.«

»Möglich, aber unwahrscheinlich«, widersprach Nick. »Jemand, der Informationen im Darknet anbietet, ist nie im Leben so spießig und mietet ein Schließfach an. Und wenn er die Informationen nirgendwo abspeichert, wie soll er sie dann verkaufen?«

»Also schön«, sagte Becca. »Lass uns noch mal überlegen, wonach wir eigentlich genau suchen. Und wo wir es an Fuentes' Stelle versteckt hätten.« Die Katze hatte ihre Mahlzeit beendet und sprang von der Arbeitsfläche. Satt und zufrieden tapste sie zu einem Sessel im Wohnzimmer, der von der Zerstörung verschont geblieben war, rollte sich darauf zusammen und schloss die Augen.

Während Nick der Katze nachsah, überlegte er laut: »Die Informationen sind auf jeden Fall digital. Keine Mappe mit Unterlagen oder Ähnliches. Eher eine externe Festplatte, ein USB-Stick oder eine SD-Karte.«

»Also etwas Kleines, was sich praktisch überall verstecken lässt«, warf Becca ein.

»Stimmt. Aber die üblichen Verstecke – unter Schubladen, in Stoffbezügen, hinter Bildern, in Buchdeckeln oder«, sein Blick richtete sich auf die auf dem Küchenboden verstreuten Fruit Loops, »in Müslipackungen – können wir wohl ausschließen. Da haben unsere Vorgänger bereits nachgeschaut.«

»Also ein Geheimversteck? Für etwas in der Größe eines USB-Sticks? Puh«, machte Becca. »Das wird knifflig.«

»Wenn ich kurz ...«, meldete sich Bruno.

»Nicht jetzt«, unterbrach ihn Nick und ließ seinen Blick

durch die Wohnung schweifen. »Unter den Dielen?«, fragte er dann und deutete auf den Fußboden.

»Möglich«, sagte Becca. »Oder hinter den Fußleisten.«

»Es gäbe da ...«

»Klappe«, brummte Nick unwirsch, woraufhin Becca ihn empört ansah. »Sorry, nicht du«, sagte er entschuldigend und bahnte sich durch die herumliegende Einrichtung einen Weg ins Wohnzimmer. »Hinter den Steckdosen?«, zählte er weiter auf.

Becca nickte. »Oder oberhalb der Deckenspots.«

»Ich könnte doch ...«

»Bruno, jetzt nicht!«, schimpfte Nick.

»In ausgehöhlten Möbelbeinen«, fuhr Becca fort. »Unter dem Rauchmelder. Hinter einer Badfliese.« Sie seufzte. »Also praktisch überall. Das kann Stunden dauern.«

»Mein Vater ist verschwunden«, erwiderte Nick etwas hitziger als beabsichtigt. »Und diese Informationen erklären womöglich, was mit ihm geschehen ist. Das ist mir ein paar Stunden Arbeit wert.«

Becca machte ein zerknirschtes Gesicht. »Hast ja recht. Tut mir leid.« Sie stemmte die Hände in die Hüften und atmete tief durch. »Also schön. Wo fangen wir an?«

19

»SCANNEN!«, donnerte es in seinem Ohr. Nick zuckte zusammen und verzog das Gesicht. »Hey«, rief er verärgert, »was soll denn das? Sind bei dir ein paar Schaltkreise durchgeschmort?«

»Ich könnte den Raum scannen«, wiederholte Bruno in normaler Lautstärke. »Das versuche ich dir schon die ganze Zeit zu sagen.«

»Aber ...«, begann Nick und brach dann verwirrt ab. Bruno hatte recht. In letzter Zeit hatte er den Scanner immer nur für die Suche nach Personen verwendet. Aber die CBPIs konnten darüber hinaus auch Materialien bestimmen, einen 3D-Plan eines ganzen Gebäudes erstellen, die Dichte von Substanzen ermitteln, Flugbahnen berechnen und Gott weiß was noch alles. Der Leistungsumfang der schmalen silbernen Bänder grenzte an Zauberei. Nick fragte sich nicht zum ersten Mal, was für ein Geniestreich dahinterstecken musste, eine solche Menge an ausgeklügelter Technik auf so kleinem Raum unterzubringen. Er kam sich ziemlich dämlich vor, dass Bruno ihn mit solchem Nachdruck daran erinnern musste.

»Mir ist da gerade noch eine Idee gekommen«, sagte Nick

betont beiläufig. »Ich lasse Bruno die Wohnung scannen. Vielleicht findet er etwas, das uns die Suche erleichtert.«

»Du willst mir nicht ernsthaft weismachen, dass Bruno in einer siebzig Quadratmeter großen Wohnung einen USB-Stick ausfindig machen kann?«, fragte Becca verblüfft.

»Er kann zumindest bestimmte Strukturen aufspüren, die auf Platinen, Schaltkreise, Transistoren, Silizium und so weiter hindeuten, also Elemente, aus denen ein digitales Speichermedium besteht.«

»Abgefahren«, kommentierte Becca. Sie machte eine einladende Geste und drehte sich einmal im Kreis. »Na dann, worauf wartet ihr noch?«

»Du hast die Dame gehört, Bruno«, sagte Nick. »Leg los.«

»So, so, deine Idee, hä?«, erwiderte Bruno anklagend. »Außerdem hat die Wohnung nur 65,28 Quadratmeter.«

»Ja, ja, schon gut, du Schlaumeier. Und jetzt sieh zu, ob du irgendwas findest.«

»Pah. Es ist wirklich eine Schande, wie man hier manchmal behandelt wird. Ist es zu viel verlangt, ab und zu ein bisschen Anerkennung zu bekommen? Oder Dankbarkeit? Du kannst von Glück reden, dass mich außer dir niemand hören kann, sonst würde ich mal so richtig aus dem Nähkästchen plaudern. Da würde sich der ein oder andere aber umgucken. Ich bin mir sicher, dass sich auch eine gewisse Mossad-Agentin sehr dafür interessieren würde, dass ...«

»Bruno!«, unterbrach ihn Nick.

»Ich mach ja schon«, grummelte das Interface. Für eine Minute herrschte Stille in seinem Ohr. Dann: »Einen versteckten Safe gibt's nicht. In der linken Sofaritze steckt ein ziemlich kostbarer Ohrring. Wenn ihr nach USB-Sticks sucht, befände sich ein Exemplar in der rechten Tasche des Wintermantels ganz hinten im Kleiderschrank. Aber weitaus interessanter finde ich einen Hohlraum in der rückwärtigen Wohnzimmerwand.«

Nick drehte sich zu der Wand um. Sie bestand aus einer fensterlosen, rohen Backsteinmauer. Hellere Flächen markierten die Stellen, an denen ursprünglich einige großformatige Bilder gehangen hatten, die nun jedoch zerknickt auf dem Boden lagen. Eine Stehlampe lag quer vor der Wand. Nur ein Sideboard in der Ecke hatte den Angriff einigermaßen unbeschadet überstanden, wenn man von den herausgerissenen Schubladen einmal absah.

»Er hat etwas entdeckt«, sagte Nick zu Becca. »Wo genau befindet sich der Hohlraum?«

»Rechts unten, hinter dem Sideboard, etwa dreißig Zentimeter von der Ecke entfernt«, wies Bruno ihn an.

Nick schob das Schränkchen zur Seite und ging in die Hocke. Auf den ersten Blick entdeckte er nichts Auffälliges. Er fuhr mit den Fingern über die Backsteine und klopfte dagegen. Als er den Mörtel zwischen dem dritten und vierten Stein von rechts berührte, stutzte er. Bildete er sich das nur ein, oder war der Mörtel noch feucht? Er kratzte darüber, und tatsächlich blieben einige Krümel unter seinem Fingernagel hängen. Becca, die hinter ihm stand und ihn beobachtete, sagte: »Bin gleich wieder da.«

Sie ging in die Küche und kehrte kurz darauf mit zwei

Messern zurück. Gemeinsam pulten sie die graue Masse aus den Fugen, bis der Stein mehr und mehr wackelte. Bald hatten sie ihn so weit freigelegt, dass Nick ihn gut greifen konnte. Er ruckelte ein paarmal hin und her, bis der Stein schließlich nachgab und Nick ihn ohne weitere Schwierigkeiten aus der Wand ziehen konnte.

Verblüfft schaute er sich den Stein an. Er war nur halb so tief wie ein üblicher Backstein, und die glatte hintere Kante ließ darauf schließen, dass er erst vor Kurzem abgesägt worden war. Nick beugte sich vor und lugte in den Spalt, den der Stein hinterlassen hatte. Mit einem triumphierenden »Na bitte« griff er hinein und holte eine kleine silberne, etwa einen Zentimeter dicke Scheibe hervor. Verwundert betrachtete Nick seinen Fund, bis ihm in der Mitte der glatten Oberfläche eine kleine Taste auffiel. Als er daraufdrückte, sprang aus der Seite der Scheibe der Stecker eines USB-Sticks heraus. »Bingo«, sagte Nick.

»Respekt«, meinte Becca anerkennend. »Auf das Versteck muss man erst mal kommen. Gute Arbeit, Bruno.«

»Ha!«, sagte Bruno. »Endlich mal jemand, der weiß, was sich gehört.«

Nick ignorierte den Kommentar und steckte den USB-Stick ein. »Wir sollten von hier verschwinden und uns die Infos irgendwo in Ruhe ansehen.«

Becca stimmte ihm zu. In der Wohnung gab es ohnehin keinen Computer mehr, an den sie den Stick hätten andocken können. Außerdem hatten sie ihr Glück bereits lange genug herausgefordert. Wenn plötzlich ein besorgter

Nachbar in der Tür stand oder gar die Polizei, die noch einmal nach Hinweisen suchen wollte, saßen sie ganz schön in der Klemme.

Sie beschlossen, zu Becca zu gehen, die zwei kleine Zimmer im Kellergeschoss ihres Onkels und ihrer Tante bewohnte. Sie stellten der Katze frisches Wasser und etwas zu fressen hin. Dann verließen sie so unauffällig wie möglich die Wohnung und schlichen die Treppe hinunter. Als sie auf die kleine Gasse hinaustraten und die Haustür hinter ihnen ins Schloss fiel, glaubten sie, alle potenziellen Gefahren hinter sich gelassen zu haben. Doch diese Einschätzung sollte sich schon bald als kolossaler Fehler erweisen.

20

»Können wir auf dem Weg noch irgendwo was zu essen besorgen?«, fragte Nick, während sie zu Beccas Roller gingen. »Ich habe seit heute Morgen nichts mehr gegessen und einen Bärenhunger.«

»Klar«, erwiderte Becca. »Hier in der Nähe ist ein großartiger Thailänder. Die haben auch Gerichte to go.«

»Klingt perfekt.«

»Er ist gleich um die Ecke. Lass uns die paar Meter zu Fuß gehen.«

Sie ließen Beccas Roller stehen und steuerten die nächste Straßenecke an. Weder Becca noch Nick fiel die Gestalt auf, die sich aus den Schatten des gegenüberliegenden Gehwegs schälte. Und ihnen entging auch der ganz in Schwarz gekleidete Mann, der seine Zeitung zusammenfaltete, in den nächsten Mülleimer warf und ihnen in diskretem Abstand folgte.

Kurz bevor sie den Laden erreicht hatten, klingelte Beccas Handy. Nach einem Blick auf das Display sagte sie: »Da muss ich rangehen. Kannst du für mich mitbestellen?«

Nick betrat den winzigen Laden, bestellte Frühlingsrollen, Curry-Kokos-Hähnchen, gebratene Nudeln und Ente süßsauer. Der Anblick der verschiedenen Soßen und Currys ließ ihm das Wasser im Mund zusammenlaufen. Es dauerte eine Weile, bis der Mann hinter der Theke das Essen verpackt hatte. Endlich reichte er Nick eine große Tüte mit unterschiedlichen Boxen, die einen betörenden Duft verströmten. Nick bezahlte und verließ den Laden wieder.

In der Tür stieß er mit einem Mann zusammen. Er murmelte eine Entschuldigung und drängte sich an ihm vorbei ins Freie. Nach kurzem Suchen hatte er Becca entdeckt, die gegenüber auf dem Gehweg stand und winkte. Doch anstatt zu ihr zu gehen, hielt Nick inne und runzelte nachdenklich die Stirn. Irgendetwas klingelte in seinem Unterbewusstsein. Irgendetwas stimmte nicht. Nur was?

Der Mann!, begriff Nick erschrocken. Er war dunkel gekleidet gewesen und hatte eindeutig arabische Gesichtszüge gehabt. Das war an sich nichts Ungewöhnliches, in Lissabon lebten viele Menschen arabischer Herkunft, und er konnte sie schlecht alle unter Generalverdacht stellen. Andererseits sollte er sich in ihrem speziellen Fall besser nicht zu sehr auf einen Zufall verlassen.

Er drehte sich um und sah durch das Schaufenster in den kleinen Laden hinein – direkt in das Gesicht des Mannes, der, anstatt an der Theke Essen zu bestellen, hinter der Fensterscheibe Position bezogen hatte und ihn beobachtete. Nick fluchte innerlich. So ein Mist! Hatte ihn sein Gefühl also nicht getrogen.

Instinktiv vergewisserte sich Nick, dass der USB-Stick noch in seiner Tasche steckte, als der Mann sich in Bewegung setzte. Rasch überquerte Nick die Straße und sah sich dabei unauffällig um. Im Schatten eines zerbeulten Kleinlasters rechts von ihm entdeckte er einen zweiten Araber. Und von links näherte sich eine weitere Gestalt – die Frau, die er auf Martas Boot überwältigt hatte. Jetzt bestand kein Zweifel mehr. Die Araber waren ihm bis hierher gefolgt und hatten offenbar gerade beschlossen, ihre Deckung aufzugeben.

Becca hatte von alldem noch nichts bemerkt. »Wir haben ein Problem«, raunte Nick ihr zu. »Siehst du die Frau und die beiden Männer, schwarze Klamotten, arabische Abstammung?«

Becca spähte über seine Schulter. »Ja, sehe ich.« Sie stutzte. »Moment mal. Sind das die Araber, von denen du erzählt hast?«

»Allerdings«, bestätigte Nick. »Sie müssen vor Fuentes' Haus auf uns gewartet haben. Und ich fürchte, dass sie nicht bloß auf eine freundschaftliche Plauderei aus sind. Speziell die Dame wird nicht gut auf mich zu sprechen sein.«

Becca sah erneut über seine Schulter. »Sie kommen näher«, murmelte sie. »Wenn das wirklich Fuentes' Entführer sind, sollten wir schleunigst von hier verschwinden. Sie sind in der Überzahl und mit ziemlicher Sicherheit bewaffnet.«

»Zu deinem Roller können wir nicht zurück«, wandte Nick ein. »Dazu müssten wir an ihnen vorbei.«

»Dann also in die andere Richtung. Wär doch gelacht, wenn wir sie nicht abhängen.«

Nick ließ die Tüte mit dem Essen fallen und raunte: »Jetzt!«

Sie sprinteten los. Der Überraschungseffekt, auf den Nick gehofft hatte, trat leider nicht ein. Augenblicklich nahmen die Frau und die beiden Männer die Verfolgung auf. Und sie waren verdammt schnell.

Als sie um die nächste Ecke bogen, entdeckte Nick einen Stand mit Tuk Tuks, die auf Fahrgäste warteten.

»Planänderung!«, rief er und deutete nach vorn.

Becca folgte seinem Blick und sah ihn dann entgeistert an. »Nicht ernsthaft!«

»Komm schon.«

Das erste Tuk Tuk in der Reihe war leer. Nick entdeckte den Fahrer an einem Zeitungsstand in der Nähe, wo er ein Schwätzchen mit dem Verkäufer hielt. Und um ihr Glück perfekt zu machen, hatte er den Zündschlüssel stecken lassen. Nick und Becca sprangen auf. Unter dem empörten Geschrei des Fahrers startete Nick das Tuk Tuk und gab Gas. Dieses Mal hatte er kein Elektromodell erwischt, sondern ein benzinbetriebenes, das schon mehrere Jahrzehnte auf dem Buckel zu haben schien. Der altersschwache Motor knatterte und spotzte, und Nick musste das Gaspedal vollständig durchdrücken, damit das Gefährt einigermaßen Geschwindigkeit aufnahm. Nick fluchte. Ausgerechnet jetzt musste er so eine Schrottkarre abbekommen.

Ein rascher Blick über die Schulter zeigte ihm, dass die Araber es ihnen gleichtaten. Gerade zerrte die Frau den Fahrer des zweiten Tuk Tuks rücksichtslos aus dem Fahrzeug. Ihre beiden Gefährten sprangen auf die hinteren Sitze, dann gab sie Gas.

»Bruno, du musst mich leiten«, befahl er seinem Interface.

»Wohin?«

»Ganz egal, Hauptsache, wir hängen sie ab«, erwiderte Nick.

Bruno tat sein Bestes, um Nick ohne größere Behinderungen durch die Alfama zu lotsen. Das war schon die zweite Jagd durch die verwinkelten Gassen, dachte Nick. Nur dass er diesmal nicht der Verfolger war, sondern der Verfolgte. Sie rasten durch die engen Straßen, bogen scheinbar wahllos nach links oder rechts ab, wichen auf den Gehweg aus, wenn der Verkehr stockte, und fuhren mitten über einen belebten Marktplatz, dessen Besucher vor ihnen auseinanderstoben wie ein Schwarm aufgeschreckter Fische. Doch selbst Brunos Navigationskünste konnten nicht verhindern, dass ihre Verfolger aufholten.

»Sie kommen näher!«, rief Becca. »Ihr Tuk Tuk ist eindeutig schneller als unseres!«

Nick sah sich um. Becca hatte recht. Die Araber waren nur noch knapp zehn Meter hinter ihnen, so nah, dass er das triumphierende Grinsen im Gesicht der Frau sehen konnte. Sie rief etwas in den Fahrgastraum, woraufhin sich einer der Männer aus dem Fahrzeug lehnte. In seiner Hand hielt er eine Waffe – und zielte auf sie.

»Vorsicht!«, schrie Becca.

Nick sah rasch wieder nach vorn und riss augenblicklich das Steuer herum. Trotzdem schaffte er es nicht mehr, der großen Mülltonne auszuweichen, die am Bordstein stand.

»Runter!«, rief er und ging selbst schützend hinter einem

Arm in Deckung. Ihr Tuk Tuk rammte die Tonne, die mit lautem Scheppern umkippte und ihren gesamten Inhalt über die Straße verteilte. Das Gefährt geriet gefährlich ins Schlingern, doch dann fand Nick die Kontrolle wieder und gab Vollgas.

Ihre Verfolger hatten nicht so viel Glück. Hektisch kurbelte die Frau das Steuer hin und her, um dem quer über die Fahrbahn verteilten Müll auszuweichen. Ihr Vorsprung wuchs.

Unglücklicherweise nicht für lange.

Erneut brüllte die Frau einen Befehl nach hinten, woraufhin einer der beiden Männer aus dem Fahrzeug sprang. Mit weniger Gewicht erwies sich das Tuk Tuk der Araber als noch schneller, und der mühsam gewonnene Vorsprung schmolz erschreckend rasch dahin.

Becca sah sich um. »Sie holen wieder auf!«, rief sie.

»Ich weiß«, erwiderte Nick missmutig.

»Du musst schneller fahren.«

»Kann ich nicht. Ich geb schon Vollgas.«

»Dann haben wir ein Problem.«

Nick presste die Lippen zusammen und suchte fieberhaft nach einem Ausweg. Die Araber waren bewaffnet. Wenn sie mitten in der Altstadt das Feuer eröffneten, standen Menschenleben auf dem Spiel. Ihre eigenen, aber auch die unschuldiger Passanten.

Aus dem Augenwinkel sah er, wie Becca etwas aus der Hosentasche zog und sich erneut zu ihren Verfolgern umdrehte.

»Was hast du vor?«, fragte er.

»Ich mach Fotos.«

»Du hast Nerven.«

»Vielleicht kann der Mossad sie identifizieren.«

»Falls du noch Gelegenheit bekommst, die Bilder zu verschicken«, knurrte Nick. Sie fuhren auf eine Häuserreihe zu, vor der sich die Straße gabelte.

»Nach rechts!«, wies Bruno ihn an.

Doch als Nick die Kreuzung betrachtete, kam ihm eine andere Idee. Denn genau geradeaus führte eine Fußgängergasse durch die Häuser hindurch. Eine schmale Fußgängergasse. Eine *sehr* schmale Fußgängergasse. Blitzschnell sah er sich um und taxierte das Fahrzeug ihrer Verfolger, das bedrohlich nahe herangekommen war. Dann nickte er grimmig. Das konnte funktionieren.

In der verzweifelten Hoffnung, doch noch zwei, drei Stundenkilometer mehr aus dem alten Karren herauszuholen, trat er das Gaspedal mit aller Kraft durch und hielt den Blick dabei starr auf den Eingang der Gasse gerichtet.

»Was hast du vor?«, fragte Becca alarmiert.

»Ich rette uns den Arsch.«

»Eher das Gegenteil!«, rief Becca. »Das ist doch Wahnsinn!«

Je näher sie der Gasse kamen, desto schmaler schien sie zu werden. Nick biss sich auf die Lippe. Es musste passen! Sonst waren sie geliefert.

Plötzlich peitschte ein Schuss durch die Luft. Ein dumpfer Knall zeugte davon, dass die Kugel irgendwo in ihr Fahrzeug eingeschlagen sein musste. Verdammt. Jetzt wurde es ernst. Ein zweiter Schuss ertönte, und dieses Mal prallte das Geschoss mit einem Pfeifen an dem Gestänge neben Beccas Kopf ab, die daraufhin rasch in Deckung ging, ohne dabei den Eingang der Gasse vor ihnen aus den Augen zu lassen. Offenbar konnte sie sich nicht entscheiden, ob die größere Gefahr nun vor oder hinter ihr lauerte.

Nick merkte, wie Panik in ihm aufstieg. »Bruno, sag mir bitte, dass das passt!«, murmelte er so leise, dass Becca ihn nicht hörte.

»Es passt«, erwiderte die Stimme in seinem Ohr. »Die Gasse ist fünf Zentimeter breiter als das Tuk Tuk.«

Fünf! Also zweieinhalb auf jeder Seite. Na bravo ... Nick verfluchte seinen unerschütterlichen Optimismus. Eines Tages würde er ihn noch das Leben kosten. Nur bitte, bitte nicht heute. Er war noch nicht bereit zu sterben. Ohne den Fuß vom Gas zu nehmen, hielt er auf die Gasse zu. Noch drei Meter. Noch zwei. Noch einer.

Becca krallte sich mit weit aufgerissenen Augen in den Sitz. Wieder ertönte ein Schuss, Putz spritzte von der Hauswand neben ihnen. Dann wurden sie von den dunkel aufragenden Mauern der Gasse verschluckt. Funken sprühten, als die rechte Seite der Karosserie an der Wand entlangschrammte. Nick versuchte, das Gefährt so gut wie möglich geradeaus zu lenken.

Ein schreckliches Krachen und Bersten ertönte hinter ihnen. Becca warf einen Blick über die Schulter und stieß einen Freudenschrei aus.

Endlich nahm Nick den Fuß vom Gas. Als das Gefährt

zum Stehen gekommen war, drehte auch er sich um. Der Anblick war höchst befriedigend. Das Tuk Tuk ihrer Verfolger war mit voller Wucht gegen die Hausecke geknallt. Die Fahrerin hatte es mitsamt Windschutzscheibe aus dem Gefährt geschleudert. Sie lag stöhnend am Eingang der Gasse auf dem Boden. Der Mann hing wie ein nasser Waschlappen über dem Fahrersitz, zwar bei Bewusstsein, aber eindeutig außer Gefecht gesetzt. Sie schienen nicht ernsthaft verletzt zu sein, aber eine weitere Verfolgung konnten die beiden – zumindest im Moment – getrost abhaken.

Nick reckte triumphierend die Faust. »Na bitte. Ich hab's doch gewusst.« In Wahrheit war ihm gerade ein gigantischer Stein vom Herzen gefallen, aber das musste Becca ja nicht wissen. »Ihr Tuk Tuk war nicht nur neuer und schneller, sondern auch ein paar entscheidende Zentimeter breiter als unseres.«

»Lass uns verschwinden«, sagte Becca. »Wir sollten unser Glück nicht zu sehr herausfordern. Der Dritte ist sicher auch noch irgendwo in der Nähe.«

Nick gab vorsichtig Gas und manövrierte das Gefährt aus der Gasse heraus. »Soll ich uns zu deinem Roller zurückfahren?«, fragte er.

»Nein, besser nicht«, erwiderte Becca. »Den kann ich auch morgen noch holen.«

»Na schön. Dann fahren wir den Rest der Strecke mit dem Bus. Irgendjemand hat bestimmt die Polizei alarmiert, und in dem Ding hier komm ich mir vor wie auf dem Präsentierteller.«

Nachdem sie einige Straßenzüge zwischen sich und die Gasse gebracht hatten, parkte Nick das Tuk Tuk am Straßenrand. Sie stiegen aus und wollten sich auf den Weg zur nächsten Bushaltestelle machen, als Bruno sagte: »Vielleicht solltest du zunächst einen Blick in deine linke Hosentasche werfen.«

»Meine linke Hosentasche? Wieso das denn? Der USB-Stick steckt doch in der rechten.« Dennoch tastete Nick gehorsam die linke Tasche ab. Erwartungsgemäß war sie leer.

»Nicht vorn. Hinten!«, kommandierte Bruno.

Nick steckte seine Hand in die hintere Tasche, und zu seiner Überraschung ertasteten seine Finger einen Gegenstand, den er dort nicht hineingesteckt hatte. Als er sie wieder herauszog, hielt er einen kleinen Plastikwürfel in der Hand, nicht größer als sein Daumennagel, den er zwar noch nie gesehen hatte, dessen Funktion er aber sofort begriff.

»Ein Tracker!«, rief Becca verwundert aus. »Wie kommt der denn dahin?«

Nick hätte sich am liebsten geohrfeigt. Warum war er nicht selbst darauf gekommen? Der Araber musste ihm den GPS-Sender in die Tasche gesteckt haben, als er mit ihm in der Tür des Ladens »zusammengestoßen« war. Warum auch sonst hätten die Araber so auf Tuchfühlung gehen sollen?

Auf der Straße näherte sich ein Pick-up. Nick wartete, bis er auf gleicher Höhe war, dann warf er den Tracker auf die Ladefläche.

»Das wird sie hoffentlich auf eine falsche Fährte führen«, sagte er zufrieden. »Zumindest vorerst.«

»Unglaublich, wie skrupellos die vorgehen«, meinte Becca. »Die Informationen, nach denen sie suchen, müssen ein Vermögen wert sein.«

»Umso wichtiger, dass wir schleunigst herausfinden, was auf dem Stick ist«, erwiderte Nick.

21

Die nächste Bushaltestelle war ganz in der Nähe, und auch der Bus ließ nicht lange auf sich warten. Die zwanzigminütige Fahrt samt Umsteigen verlief ereignislos, und ohne weitere Verfolger zu bemerken, erreichten sie das Haus von Beccas Onkel und Tante. Es befand sich in einer ruhigen Siedlung am Rande von Lissabon, mit schmucken Häuschen und kleinen, üppig bewachsenen Vorgärten. Es war bereits Abend, und die Zypressen vor dem Haus warfen lange Schatten.

»Du wartest am besten draußen«, sagte Becca, während sie ihren Schlüssel aus der Tasche kramte. »Mein Onkel und meine Tante sind ein bisschen ... unentspannt, was männlichen Besuch angeht. Vor allem um diese Uhrzeit.« Sie deutete auf ein Fenster im Souterrain auf der linken Seite des Hauses. »Du kannst durch das Fenster reinkommen. Aber pass auf, dass die Nachbarn dich nicht sehen. In diesem kleinen Vorstadtidyll kennt jeder jeden. Und es wird gewaltig getratscht.«

Nick kam sich vor wie ein Einbrecher, der ein Objekt ausspioniert, während er so unauffällig wie möglich auf dem Gehweg herumstand und darauf wartete, dass Becca das

Fenster öffnete. Ein älteres Pärchen kam herangeschlurft. Als die Frau Nick bemerkte, fixierte sie ihn mit misstrauischem Blick, und auch der Mann runzelte argwöhnisch die Stirn. Es entspannte die Situation nicht unbedingt, dass genau in dem Moment, in dem sie an Nick vorbeigingen, das Kellerfenster hinter ihm geöffnet wurde und Becca leise »Hey, Nick. Die Luft ist rein!«, rief. Der Mann blieb stehen, und die Falten auf seiner Stirn vertieften sich. Nick ignorierte Beccas Rufen, setzte sein gewinnendstes Lächeln auf und hob lässig eine Hand zum Gruß. Er war sich nicht sicher, ob er die beiden damit versöhnlicher stimmte oder noch mehr verschreckte, aber zumindest erreichte er, dass die Frau den Mann am Arm packte und hastig weiterzog.

Nick wartete, bis die beiden hinter einer Ecke verschwunden waren, dann drehte er sich um und huschte Richtung Fenster.

Kaum hatte er den Vorgarten betreten, ließ ihn ein tiefes Grollen erstarren. Vorsichtig sah er sich um. Zwischen den Büschen, die die Grenze zum benachbarten Grundstück markierten, stand ein kleiner Pitbull-Mischling und fixierte ihn mit einem dumpfen Knurren. Sabber tropfte ihm von den hochgezogenen Lefzen. Großartig! War sogar der Hund von dem Vorstadtidyll infiziert und bewachte aus Solidarität das Nachbargrundstück mit? Langsam schob Nick sich auf das Fenster zu. Die letzten Meter ging er rückwärts, um den Pitbull im Auge behalten zu können. Je näher er dem Haus kam, desto lauter wurde das Knurren, bis es schließlich eine ziemlich besorgniserregende Lautstärke angenommen hatte.

Meine Güte, das war anstrengender als gedacht. Nick hob beruhigend die Hände. »Ruhig, Kleiner, ganz ruhig. So ist's brav.«

Ein Klappern am Fenster ließ ihn zusammenzucken. Becca streckte den Kopf aus der schmalen Öffnung heraus. »Wo bleibst du denn so lange?«, wisperte sie.

»Ich versuche, mich mit den Nachbarn anzufreunden«, erwiderte Nick gepresst. »Leider ohne Erfolg. Weder bei den Zwei- noch bei den Vierbeinern.«

Becca sah an ihm vorbei zum Nachbarhaus. »Ach so.« Sie kicherte und rief dann: »Bruno, aus!«

»Wie bitte?«, empörte sich Nicks Interface.

Der sabbernde Köter hingegen verwandelte sich schlagartig in ein engelsgleiches Schoßhündchen. Das Knurren erstarb, dann machte er Platz und legte den Kopf auf den Vorderpfoten ab.

Mit offenem Mund drehte Nick sich zu Becca um. »*Wie* hast du den Hund genannt?«

Becca grinste. »Lustiger Zufall, oder? Darf ich vorstellen? Das ist Bruno, der Nachbarshund. Er ist schrecklich vorlaut, aber in Wahrheit tut er keiner Fliege was zuleide.«

»Muss wohl am Namen liegen«, brummelte Nick, was sein Interface mit einem beleidigten »Püh« quittierte.

»Komm rein«, forderte Becca ihn auf. »Bevor du noch mehr Aufmerksamkeit erregst.«

Unter Hund Brunos wachsamem Blick glitt Nick mit den Füßen voran durch die schmale Öffnung und ließ sich fallen. Kaum hatte er den Boden berührt, schloss Becca rasch das Fenster hinter ihm. Als er sich zu ihr umdrehte, sah er, dass sie nur mühsam ein Lachen unterdrücken konnte.

»Alles okay?«, brachte sie schließlich glucksend hervor.

»Geht so«, murrte er. »Das hatte ich mir irgendwie einfacher vorgestellt.«

»Du weißt doch: Hunde, die bellen, beißen nicht«, erwiderte sie feixend. »Soll ich uns was zu essen machen? Nachdem unsere Frühlingsrollen den Arabern zum Opfer gefallen sind.«

Ein Grummeln aus Nicks Magengegend beantwortete die Frage. Becca hatte zwar nur Brot und ein paar Scheiben Käse zu bieten, aber Nick war so hungrig, dass er keine Ansprüche stellte.

Während er an einem altersschwachen Resopaltisch Platz nahm, das Käsebrot verschlang und alles mit einem Glas Milch hinunterspülte, sah er sich in der kleinen Souterrainwohnung um. Sie bestand aus einem Wohnraum mit Küchenzeile, Sofa und Fernseher. In einem Nebenraum befand sich Beccas Schlafzimmer, eine weitere Tür führte in ein winziges Bad. Die Einrichtung war auf den ersten Blick spärlich und unpersönlich, doch mit der Zeit fielen Nick immer mehr Dinge auf, die auf einen Hang zum Esoterischen hindeuteten. An einer Wand hing ein großes, mit einem Mandala bedrucktes Tuch; in einer Ecke stand ein kleines Sideboard mit Duftkerzen und Räucherstäbchen; außerdem entdeckte er eine Sammlung bunter Halbedelsteine, die oft als Heilsteine zum Einsatz kamen. Wahrscheinlich nutzten Beccas Onkel und Tante die Wohnung für Meditationen oder spiritistische Sitzungen, wenn sie keinen Besuch hatten. Becca jedenfalls war viel zu pragmatisch, um sich für so einen Kram zu interessieren.

Zehn Minuten später und halbwegs gesättigt setzten sie sich auf die Couch, um sich den Inhalt des USB-Sticks anzusehen. Auf dem Couchtisch herrschte Chaos. Neben und unter Beccas Laptop lagen Unterlagen und Bücher in hebräischer Schrift sowie ein silbernes rundes Amulett.

»Oh, Mist!«, fluchte Becca und steckte den Anhänger hastig ein. »Warte kurz.« Dann sammelte sie die Dokumente ein, bevor er einen näheren Blick darauf werfen konnte, und stopfte sie in die nächstbeste Schublade. Nick nahm an, dass es sich um Unterlagen zu ihrem aktuellen Fall handelte. Aber warum tat sie dann so geheimnisvoll? Er wusste doch, worum es bei ihrem Auftrag ging.

Nachdem sie Ordnung geschafft hatte, setzte sie sich neben ihn, legte sich den Laptop auf den Schoß und klappte ihn auf. »So, es kann losgehen«, sagte sie. »Hast du den Stick?«

Nick kramte die silberne Scheibe aus der Hosentasche. Sie war erstaunlich schwer, und Nick suchte nach einer weiteren Funktion, die das ungewöhnliche Gewicht erklärte. USB-Sticks wurden heutzutage in allen möglichen Varianten angeboten: Mit integriertem Maßband, als Schlüsselanhänger, Flaschenöffner, Taschenlampe; einmal hatte Nick sogar einen Stick gesehen, der sich mit wenigen Handgriffen in einen Transformer verwandeln ließ. Doch dieses Exemplar schien bis auf den Schalter in der Mitte keine weiteren

Eigenschaften zu besitzen. Vermutlich hatte man etwas schwereres Material benutzt, um ihn besonders edel wirken zu lassen.

Er reichte Becca den Stick, die ihn in einen freien Slot ihres Laptops steckte. »Dann wollen wir mal sehen«, sagte sie und klickte auf das Ordnersymbol für die externe Festplatte, das in ihrem Explorer aufploppte.

Gespannt starrte Nick auf den Bildschirm. Ein Fenster öffnete sich mit der Aufforderung, ein Passwort einzugeben.

»So ein Mist!«, schimpfte Becca. »Die Daten sind passwortgeschützt. Und jetzt?«

Nick verzog das Gesicht. Für Carol und Trinity wäre es vermutlich ein Leichtes, das Passwort zu knacken. Aber Carol war leider nicht hier. Wo sollten sie jetzt das Passwort herbekommen? Selbst wenn Fuentes sich damit genauso wenig Mühe gegeben hatte wie etwa neunzig Prozent der Durchschnittsbevölkerung und den Namen seiner Katze oder das Geburtsdatum seiner Mutter benutzt hatte – sie wussten zu wenig über ihn, um selbst die gängigsten Möglichkeiten durchzuprobieren. Und wenn er ein wirklich sicheres Passwort gewählt hatte, mit einer zufälligen Zeichen- und Zahlenkombination, dann hatten sie ohne einen Codeknacker überhaupt keine Chance.

Verdrossen starrte er auf den Bildschirm – und stutzte. Er ging näher heran, um sicher zu sein, dass er sich nicht verguckt hatte.

»Was ist?«, fragte Becca.

»Der Okay-Button«, erwiderte Nick. »Er sieht so aus, als

sei er aktiv. Als ob du ihn anklicken könntest, auch ohne Passwort.«

Becca nahm den Button ebenfalls näher in Augenschein und zuckte dann mit den Schultern. »Probieren wir es aus.«

Sie steuerte den Cursor auf den Button und klickte darauf. Die graue Fläche leuchtete gelb auf. Das Fenster zur Passworteingabe verschwand, und es öffnete sich ein neues mit dem Dateienverzeichnis.

»Ich fass es nicht«, sagte Becca verdutzt. »Wer macht denn so was? Ein Passwort einbauen, das man gar nicht braucht?«

»Im Datensichern scheint Fuentes jedenfalls nicht der Cleverste zu sein«, erwiderte Nick. »Uns kann's nur recht sein.« Er verschaffte sich rasch einen Überblick über die Dateien, die auf dem Stick gespeichert waren. Gerade hatte er die Namen der ersten drei Ordner gelesen – *Wasserproben Gutierrez, Projekt Orion, Simulation MiniNuke, Angebot Iran_Neu* –, als plötzlich ein neues Fenster aufploppte. In nüchterner Schrift auf grauem Hintergrund stand dort:

Passwort Error. Datenzerstörung beginnt in ...

Unter dem Text erschien ein Countdown in großen roten Zahlen:

... 3 ... 2 ... 1 ...

Dann wurde der Bildschirm schwarz.

22

Hastig riss Becca den Stick aus dem Laptop. Gleich darauf zuckte sie zusammen und ließ die metallene Scheibe fallen. »Autsch!«, rief sie und hielt sich die Finger. »Die ist total heiß.«

Nick starrte von dem schwarzen Bildschirm zum Stick auf dem Tisch, von dem eine dünne Rauchsäule aufstieg. »Sieht ganz so aus, als hätte man das Passwort doch gebraucht«, sagte er.

Becca seufzte. »Ja. Indem wir es ignoriert haben, scheinen wir eine Art Selbstzerstörungsmechanismus in Gang gesetzt zu haben.«

»Abgefahren.«

»Wohl eher *ver*fahren. Wir haben gerade Beweismaterial zerstört.«

Nick beäugte den Stick misstrauisch, der inzwischen zu rauchen aufgehört hatte. »Jetzt weiß ich auch, warum das Ding so schwer ist. Wahrscheinlich befindet sich unter dem Gehäuse irgendeine Vorrichtung, die nach entsprechendem Befehl den Speicherchip zerstört.« Vorsichtig tippte er mit dem Finger gegen das Metall. Es war noch warm, aber nicht mehr heiß. Er hob den Stick auf und roch daran. »Eindeutig verkokelt«, konstatierte er. »Aber vielleicht kann unsere IT-Abteilung da noch was machen. Die Frage ist nur, wie ich den Stick nach Berlin kriege.«

»Wieso *eure* IT-Abteilung?«, fragte Becca. »Wohl eher unsere. Schließlich bin ich in einem offiziellen Fall hier, und auf dem Stick sind ... waren ... hochbrisante Informationen, die in direktem Zusammenhang damit stehen.«

»Aber Becca«, entgegnete Nick, »in deinem Fall geht es um ein verschwundenes Boot. In meinem Fall geht es um meinen verschwundenen Vater. Ich überlasse dir doch nicht meine momentan einzige Hoffnung, Licht in die Sache zu bringen.«

»Sofern wir Daten wiederherstellen können, informieren wir dich natürlich darüber«, wandte Becca ein und streckte dann auffordernd die Hand aus. »Komm schon, Nick. Ich hab Kontakte hier in Lissabon. In vierundzwanzig Stunden wissen wir, ob noch irgendwelche Informationen lesbar sind.«

Nick schnaubte. »Ja klar. Als ob der Mossad einem ausländischen Geheimagenten brisante Informationen überlassen würde. Was wir hier machen, läuft auf privater Ebene. Aber sobald du offiziell den Mossad einschaltest, kriege ich frühestens irgendwas mitgeteilt, wenn ihr den Fall abgeschlossen habt. Vergiss es.« Er schloss die Faust um den Stick und verschränkte demonstrativ die Arme vor der Brust.

Beccas Augen blitzten ärgerlich auf. Nick erwiderte ihren Blick ungerührt und machte keine Anstalten, den Stick herauszugeben.

Schließlich seufzte Becca und rieb sich mit einer Hand über die Augen. »Also schön. Vertagen wir die Entscheidung auf morgen. Heute geht ohnehin nichts mehr, dafür ist es zu spät.«

Nick entspannte sich etwas und ließ die Arme sinken. Den Stick behielt er vorsichtshalber in der Hand. »Konntest du die Dateinamen lesen, bevor der Bildschirm schwarz wurde?«, fragte er in etwas versöhnlicherem Tonfall.

»Nur ein paar«, erwiderte Becca. »Ein Ordner hieß *Wasserproben* irgendwas. Und ein anderer *Projekt_Orion.*«

»Projekt Orion ...«, murmelte Nick. »Das sagt mir irgendwas. War das nicht ein Forschungsprojekt der NASA aus den Fünfzigerjahren? Bruno?«

»Exakt. Die NASA hat an einem neuartigen atomaren Antrieb geforscht. Raumschiffe sollten mithilfe kleinster Atombombenexplosionen fortbewegt werden. Das Projekt wurde auf politischen Druck hin abgebrochen, aber die Studien liegen nach wie vor unter Verschluss, um einen Missbrauch durch Terroristen zu verhindern.«

Nick wiederholte Brunos Infos für Becca. »Ein Antrieb durch die Explosion von Atombomben?«, fragte sie und wiegte nachdenklich den Kopf. »Soll das bedeuten, dass irgendjemand die alten Orion-Projekt-Akten ausgegraben hat und diesen Antrieb nun heimlich weiterentwickelt? Nur im Wasser anstatt im Weltall?«

»Es würde zumindest die radioaktiven Rückstände erklären«, überlegte Nick. »Die Frau hat Marta nach Mini-Nukes gefragt. Das geht in die gleiche Richtung.«

»Mini-Nukes ... so nennt man kleine Atombomben«, warf Becca ein.

»Ganz genau.« Nick fiel in grüblerisches Schweigen.

»Mir gefällt das alles nicht«, meinte Becca und stand auf. »Ich ruf jetzt meinen Boss an und sag ihm, was wir entdeckt haben.«

»Warte noch!« Nick hielt sie zurück. »Vielleicht hältst du mich jetzt für verrückt, aber irgendetwas sagt mir, dass es hier weder um einen atomaren Antrieb noch um eine Kernwaffe geht. Ich glaube, dass Fuentes sich da in etwas verrannt hat. Für mich stehen ganz klar die verschwundenen Schiffe im Vordergrund. Überleg doch mal – sie begegnen uns überall! Das Schiff vor Tel Aviv, unser Segelboot. Und die Geschichte von den Fischern.«

»Hm«, machte Becca. Nun war sie es, die eine Weile nachdenklich vor sich hin starrte. »Nehmen wir mal an, du hast recht«, sagte sie schließlich. »Warum verschwinden die Schiffe dann? Testet tatsächlich jemand eine besonders ausgeklügelte Tarnkappentechnologie, bei der irgendwie Radioaktivität freigesetzt wird?«

»Möglich. Aber unser Segelboot war nicht einfach nur unsichtbar. Es war weg! Und dann war es auf einmal wieder da. Da steckt mehr dahinter.«

Becca sah ihn einige Sekunden ungläubig an, dann lachte sie plötzlich auf. »Du willst nicht allen Ernstes behaupten, dass irgendjemand euer Schiff wegteleportiert hat, oder?«

»Warum nicht?«, erwiderte Nick.

Becca schnaubte. »Ich bitte dich! Wir sind hier nicht in

einem Science-Fiction-Film aus den Achtzigern, sondern in der Realität. Ich bin mir sicher, dass es eine plausible Erklärung für alles gibt.«

»So wie für unsere Fähigkeiten?«, fragte Nick herausfordernd. »Gibt es eine plausible Erklärung dafür, dass wir uns plötzlich hundertmal so schnell bewegen wie alle anderen?«

»Natürlich gibt es die«, entgegnete Becca trotzig. »In unserem Körper laufen unter gewissen Voraussetzungen spezielle biochemische Reaktionen ab, die uns eine überdurchschnittliche Performance ermöglichen. Temporäre Hyperkaliämie, erhöhter Adrenalinspiegel, eine außergewöhnlich hohe neuromuskuläre Reizübertragung ... das kommt in der Kombination nur äußerst selten vor, ist aber vollkommen rational erklärbar.«

»Wer sagt denn, dass Teleportation nicht ebenfalls rational erklärbar ist?«, wandte Nick ein. »Nur weil wir es nicht verstehen, bedeutet das nicht, dass es nicht möglich ist. Albert Einstein hat schon vor hundert Jahren Theorien über die Krümmung von Raum und Zeit aufgestellt. Warum sollte es Wissenschaftlern nicht gelungen sein, diese Theorien zu beweisen? Ist es wirklich so unvorstellbar, dass unser Raumgefüge mithilfe eines Kraftfeldes manipuliert werden kann, damit ›Sprünge‹ von A nach B möglich werden? Es gibt so vieles, was unseren Verstand übersteigt, aber dennoch existiert. Außerdem«, fuhr er fort, »hast du doch selbst gesehen, wie unser Schiff verschwunden ist. Warum hältst du das Ganze dann für so abwegig?«

»Ehrlich gesagt, weiß ich nicht mehr, was ich gesehen habe, Nick«, erwiderte Becca kopfschüttelnd. »Das ist alles viel zu verrückt.« Sie stand auf und ging zu einer Stehlampe in der Zimmerecke. Erst als das warme Licht den Raum flutete, fiel Nick auf, wie dunkel es geworden war. Auf dem Weg zurück zur Couch zog Becca geistesabwesend das Amulett aus der Tasche, nahm es zwischen beide Hände und führte sie an den Brustkorb. Dabei sah sie gedankenverloren zu Boden. Nick beobachtete sie verwundert. Offenbar hatte sie sich doch von den spiritistischen Schwingungen der kleinen Wohnung anstecken lassen. Irgendwie passte das gar nicht zu der sonst so rationalen Mossad-Agentin.

Als Becca Nicks Blick bemerkte, schien ihr erst aufzufallen, was sie da tat. Hastig steckte sie das Amulett wieder ein. »Eine Sache verstehe ich noch nicht«, sagte sie betont sachlich. »Warum ist Fuentes entführt worden?«

»Es gab noch einen Ordner auf dem Stick«, warf Nick ein. »Er hieß *Angebot Iran_Neu*.«

»Interessant. Das würde deine Theorie bestätigen, dass Fuentes die Informationen zum Kauf angeboten hat. Mit dem kleinen Unterschied, dass unsere Verfolger von heute dem Aussehen nach zu schließen keine Iraner waren.«

»Vielleicht sind die Araber ebenfalls auf das Angebot aufmerksam geworden, hatten aber keine Lust, dafür zu bezahlen.«

»Also wollen sie Fuentes auf andere Weise zum Reden bringen?«

»Warum nicht? Fuentes scheint nicht gerade ein Profi zu

sein, da kann man schnell mal auf die Nase fallen mit dem Versuch, bei den bösen Buben mitzumischen.«

»Okay, noch mal von vorn«, sagte Becca. »Damit ich kapiere, wie alles zusammenhängt. Du vermutest, dass sich diese Umwelttante ...«

»Sie heißt Marta«, unterbrach Nick sie amüsiert.

»... dass sich diese Marta mit dem Fund von radioaktiv verseuchtem Wasser an die EMSA gewandt hat und so mit Ricardo Fuentes in Kontakt gekommen ist. Der hat sich zunächst rein beruflich für die Proben interessiert und höchstwahrscheinlich selbst Nachforschungen angestellt. Dabei ist er zu dem Schluss gekommen, dass irgendjemand entweder das Projekt Orion wiederaufleben lässt oder heimlich Atombombentests unter Wasser veranstaltet. Anstatt es den Behörden zu melden, hat er beschlossen, aus den Informationen Kapital zu schlagen. Er bietet sie zum Kauf an, wodurch er die Araber auf den Plan ruft. Die kaufen ihm die Informationen aber nicht ab, sondern entführen ihn, um die Infos aus ihm herauszupressen. Doch das gelingt anscheinend nicht. Entweder schweigt Fuentes beharrlich, oder er weiß weniger, als er vorgibt. Auf jeden Fall versuchen die Araber nun auf anderem Weg, an die Infos zu gelangen. Sie durchwühlen seine Wohnung, und als sie nichts finden, machen sie sich auf die Suche nach Fuentes' Quellen, um sich die Informationen selbst zusammenzusuchen. So weit richtig?«

»Es sind zwar alles nur Vermutungen, aber so könnte es gelaufen sein«, bestätigte Nick.

»Okay. Das Einzige, worüber ich mir noch nicht im Klaren bin, ist, wie Allende ins Bild passt.«

Nick schaute nachdenklich vor sich hin. »Und wenn er gar nichts mit der Sache zu tun hat? Wenn es reiner Zufall war, dass sein Name mit dem Vorfall vor Tel Aviv in Verbindung gebracht wurde?«

»Das würde auch erklären, warum ich nichts Verdächtiges über ihn gefunden habe. Ich war sogar in seinem Forschungslabor an der Uni. Dort hat er definitiv nicht die entsprechende Ausstattung, um an moderner Tarnkappentechnologie zu arbeiten. Oder«, fügte sie mit einer ergebenen Geste hinzu, »an der Teleportation ganzer Schiffe.«

»Wenn Allende also ausscheidet, die Informationen auf dem Stick zerstört sind und Fuentes verschwunden bleibt«, fasste Nick zusammen, »dann haben wir exakt nichts in der Hand.«

Becca seufzte. »So sieht's aus. Wir befinden uns in einer klassischen Sackgasse.«

»Was zugleich bedeutet, dass ich nicht den geringsten Anhaltspunkt habe, wo ich nach Ben suchen soll«, fügte Nick niedergeschlagen hinzu. »Ich weiß nicht, warum unser Segelboot verschwunden ist, wohin es verschwunden ist, wer es hat verschwinden lassen, und warum Ben nicht mehr darauf war, als es wiederaufgetaucht ist. Das ist doch alles totaler Mist!«, rief er und schlug mit der Faust auf das Sofapolster.

Becca legte ihm eine Hand auf die Schulter. »Ich verstehe, dass du dir Sorgen machst«, sagte sie sanft. »Aber ich bin sicher, dass es Ben gut geht. Wir finden ihn. Und wir finden raus, was es mit der ganzen Sache auf sich hat. Aber für heute sollten wir Schluss machen. Es war ein langer Tag, und uns steckt schön was in den Knochen.«

Nick starrte grimmig vor sich hin. Dann atmete er tief durch und sah auf. »Du hast recht. So kommen wir nicht weiter. Vertagen wir das Grübeln auf morgen. Meinst du, ich könnte hier schlafen? Auf der Couch?«

»Klar.« Becca ging ins Schlafzimmer und kehrte kurz darauf mit einer Decke und einem Kissen zurück. »Hier. Mit einer Zahnbürste kann ich leider nicht dienen.«

»Schon gut. Meine Zähne werden es überleben.«

Zehn Minuten später kroch Nick unter die Decke. Das Sofa hatte schon ein paar Jahre auf dem Buckel und war ziemlich durchgesessen, aber immer noch besser, als den ganzen Weg bis zum Hafen zu laufen und allein auf dem Schiff zu schlafen. Kaum hatte er das Licht gelöscht, merkte er, wie müde er war, und es dauerte keine drei Atemzüge, bis er in einen tiefen Schlaf sank.

Ein gedämpftes Klingeln ließ Nick hochschrecken. Er fühlte sich, als hätte er nur wenige Minuten geschlafen. Ein Blick auf sein Handy bestätigte den Verdacht: Er hatte erst vor einer Viertelstunde die Lampe ausgeschaltet. Durch den Spalt unter Beccas Schlafzimmertür drang Licht, und Nick hörte Becca leise sprechen. Offenbar telefonierte sie. Er schloss die Augen und versuchte, wieder einzuschlafen. Doch schon nach wenigen Sekunden packte ihn eine seltsame Unruhe. Er schalt sich selbst, schließlich ging es ihn nichts an, mit wem Becca telefonierte. Es konnte sich genauso gut um ein Privatgespräch handeln. Doch ein nagendes Gefühl in seinem Innern zwang ihn aufzustehen. Leise schwang er die Beine vom Sofa. Als er sich erhob, quietschten die ausgeleierten Sprungfedern. Nick verharrte und lauschte reglos. Doch die Tür zum Schlafzimmer blieb geschlossen. Er schlich vorsichtig näher an die Tür heran. Er konnte kaum etwas verstehen. Einige Wortfetzen ließen darauf schließen, dass sie Hebräisch redete.

»Bruno, kannst du übersetzen?«, wisperte er.

»Tut mir leid. Ist zu leise, ich versteh kaum was. Außerdem spricht sie irgendeinen Dialekt, den ich nicht in der Datenbank habe.«

Nick schlich näher, bis er nur noch wenige Zentimeter von der Tür entfernt war. »Besser?«, fragte er.

»Halbwegs«, erwiderte Bruno. »Sie sagt, dass sie die Observierung abbrechen will. Oder hieß das Beobachtung? Der Dialekt ist schrecklich kompliziert. Das sei einfach nicht ihre Art ... Dann muss ich es eben auf eigene Faust hinkriegen ... Du kannst das Zeug gern haben. Aber ich bezweifle, dass irgendjemand etwas damit anfangen kann ... Ja, ich weiß, ich bin zu negativ. Vielleicht ist genau das das Problem ... Alles klar. Ich melde mich.« Auf der anderen Seite der Tür wurde es still, und auch Bruno schwieg kurz. Dann sagte er: »Sie hat aufgelegt.«

Nick huschte rasch zurück auf die Couch und schlüpfte unter die Decke. Mit wem hatte Becca telefoniert? Mit jemandem vom Mossad? *Dann muss ich es eben auf eigene Faust hinkriegen*, hatte sie gesagt. Meinte sie damit, dass sie den Fall ohne ihn, Nick, weiterverfolgen wollte? Und welches »Zeug« wollte sie dem Anrufer geben, womit ihrer Meinung nach niemand etwas anfangen konnte? Den Stick? Würde sie das wirklich wagen, obwohl sie sich vorhin deswegen gestritten hatten?

Ärgerlich schüttelte Nick den Kopf. Was er gehört hatte, konnte alles Mögliche bedeuten. Es half ihm nicht weiter, wenn er jetzt irgendetwas in die Bruchstücke hineininterpretierte, die Bruno übersetzt hatte. Becca war seine einzige Vertraute. Sie war seine Freundin, und sie würde ihn niemals auf diese Weise hintergehen.

In Beccas Schlafzimmer wurde das Licht gelöscht. Nick zwang sich, sein Gehirn auszuschalten. Es war müßig, über ihre Worte zu spekulieren. Morgen würde er sie einfach darauf ansprechen und die Sache aus der Welt schaffen. Doch seine Gedanken hörten nicht auf, sich zu drehen, und es war bereits tiefe Nacht, als er endlich einschlief.

23

Er trat hinaus auf den Balkon. Die Nacht war mild, trotzdem fröstelte er und er zog sich die Strickjacke enger um die Schultern. Dann stützte er sich auf die Brüstung und sah gedankenverloren hinauf in den sternenklaren Himmel. Seit Stunden hatte er sich im Bett hin und her geworfen und vergeblich versucht, die Stimmen in seinem Kopf zum Schweigen zu bringen. Am Ende hatte er entnervt aufgegeben. Wenn sich der Schlaf nicht einstellte, konnte er genauso gut aufstehen und sich den Gedanken stellen, die so unaufhörlich an ihm nagten.

Er war so kurz vor dem Ziel! Er hatte so viele Rückschläge in Kauf nehmen müssen, hatte so viele Jahre investiert, bis ihm endlich der große Durchbruch gelungen war. Er hatte eine der bahnbrechendsten Erfindungen der Menschheit gemacht. Und noch viel wichtiger: Er hatte einen Rufmord aufgedeckt, der das Leben eines unschuldigen Menschen ruiniert hatte. Doch was nützte das alles, wenn niemand davon erfuhr?

Er sah hinunter zum Fluss, der als glänzendes schwarzes Band durch die Landschaft mäanderte. Ihm kam eine Idee. Eine äußerst gefährliche Idee. Aber wenn sie funktionierte, dann hatte er alles erreicht, wofür er die letzten Jahrzehnte gearbeitet hatte.

Er hatte immer gewusst, dass es ein Risiko war, an die Öffentlichkeit zu gehen. Er hatte sich bemüht, einen unauffälligen Weg zu finden, einen, der keine so große Aufmerksamkeit erregen, keine so hohen Wellen schlagen würde. Doch nachdem nun auch seine letzte Option gescheitert war, blieb ihm keine andere Wahl mehr. Wenn er jetzt nicht handelte, war seine gesamte Arbeit umsonst gewesen. Das Risiko war groß – aber es war es wert.

Mit grimmiger Entschlossenheit wandte er sich um und ging zurück ins Haus. Er würde sofort die nötigen Maßnahmen in die Wege leiten. Der Schutz der Dunkelheit würde seinen Leuten dabei zugutekommen. Und wenn alles glattlief, würde die Welt schon morgen erfahren, wie falsch sie in den letzten achtzig Jahren gelegen hatte.

24

Der Duft frisch aufgebrühten Kaffees stieg ihm in die Nase. Nick schlug die Augen auf. Sonnenlicht fiel durch die schmalen Fenster, und ein Blick auf sein Handy zeigte ihm, dass es bereits neun Uhr war. Hastig setzte er sich auf.

Becca stand in der kleinen Küche und schenkte sich eine Tasse Kaffee ein. »Guten Morgen«, sagte sie lächelnd und streckte ihm die Tasse hin. »Auch eine?«

»Nein danke«, erwiderte Nick. Er fand, dass Kaffee zwar großartig roch, aber dafür umso scheußlicher schmeckte.

»Sehr viel mehr habe ich leider nicht im Angebot. Außer Cornflakes mit Milch.«

Nick grinste. »Perfekt.«

Er ging ins Bad, zog sich an und machte sich dann über die Cornflakes her. Beccas Telefonat kam ihm wieder in den Sinn, aber er war sich nicht sicher, ob er sie wirklich darauf ansprechen sollte. Becca verhielt sich ihm gegenüber ganz normal. Vermutlich hatte er etwas vollkommen Falsches in ihre Worte hineininterpretiert. Außerdem wollte er nur ungern zugeben, dass er sie belauscht hatte. Wahrscheinlich war es am besten, die Sache auf sich beruhen zu lassen.

»Und was machen wir jetzt?«, fragte Becca, nachdem er

die zweite Portion Cornflakes vertilgt hatte und die Schüssel in die Spüle stellte.

»Zuerst möchte ich zurück zum Boot gehen«, sagte er. »Für den Fall, dass Ben doch wiederaufgetaucht ist.«

»Und falls nicht?«, fragte Becca.

»Keine Ahnung«, gestand Nick. »Ein Schritt nach dem anderen.«

Sie verließen das Haus auf dem gleichen Weg, wie sie hineingekommen waren – Becca durch die Vordertür, Nick durch das Fenster. Dieses Mal erwartete ihn kein geifernder Bruno, und auch sonst lag die Nachbarschaft wie ausgestorben da. Weil sie den Roller am Abend zuvor an Fuentes' Wohnung hatten stehen lassen, liehen sie sich an einer Leihstation zwei E-Scooter aus, und eine halbe Stunde später bogen sie auf die *Avenida Infante Dom Henrique* ein, der Straße, die parallel zum Tejo verlief und an sämtlichen großen und kleinen Häfen vorbeiführte, inklusive des Kreuzfahrtterminals. Doch an diesem Morgen war keines der riesigen Schiffe am Kai zu sehen.

Trotzdem schien irgendeine Veranstaltung am Terminal stattzufinden. Je näher sie kamen, desto mehr staute sich der Verkehr auf der Avenida, bis er schließlich vollständig zum Erliegen kam. Nick sah sich erstaunt um. Passanten liefen über die verstopfte Straße zum Terminal und schlossen sich der Menschenmenge an, die hinaus aufs Wasser starrte. Krankenwagen bahnten sich mit Blaulicht und Sirene einen Weg durch die Autos und bogen auf den Parkplatz ein, gefolgt von Einsatzwagen der Feuerwehr und der Polizei. Und zu guter Letzt rasten zwei Übertragungswagen des portugiesischen Fernsehens heran. Irgendetwas musste am Hafen geschehen sein. Ein ungutes Kribbeln breitete sich in seinem Innern aus.

»Kannst du erkennen, was da los ist?«, fragte er Becca.

»Nein. Sieht nach einem größeren Unfall aus.«

»Lass uns hinfahren«, bat er sie.

»Warum?«

»Weiß auch nicht. Ich hab da ein ganz komisches Gefühl.«

»Na schön«, erwiderte Becca.

Sie fuhren an den ungeduldig hupenden Autos vorbei bis zur Einfahrt des Terminals. Nachdem sie die Scooter auf dem großzügigen Parkplatz abgestellt hatten, näherten sie sich der aufgeregten Menschenmenge. Die Leute sprachen durcheinander, gestikulierten wild und zeigten immer wieder hinaus aufs Wasser.

Nick bahnte sich einen Weg durch die Menge. Doch als er endlich in der vordersten Reihe angekommen war, sah er – nichts. Der Tejo floss in ruhigem Tempo gen Meer, ein paar Möwen kreischten, und in der Ferne zog ein Frachtschiff weiter flussaufwärts. Er schnappte einige Satzfetzen der Umstehenden auf, und sie verstärkten seine böse Vorahnung.

»... weg. Einfach so ...«

»... in Luft aufgelöst ...«

»... vollkommen unmöglich ...«

Nick drehte sich zu Becca um. »Denkst du das Gleiche wie ich?«, fragte er angespannt.

Bevor Becca antworten konnte, erklang ein Geräusch, das ihm nur allzu vertraut vorkam: ein hohes, schrilles Sirren. Der Ton war um ein Vielfaches lauter als gestern und schien von mehreren Stellen gleichzeitig zu kommen. Die Schaulustigen am Kai schrien auf und hielten sich gequält die Ohren zu. Die Luft über dem Wasser begann zu flirren, und eine Sekunde später lag ein Kreuzfahrtschiff an der Kaimauer, nur wenige Meter von Nick und den anderen in der ersten Reihe entfernt.

Die Umstehenden wichen ängstlich zurück, und es dauerte nicht lange, bis sich der Schreck der Zuschauer in Panik verwandelte. Kopflos stob die Menge auseinander. Einige stolperten zu Boden, wo sie rücksichtslos niedergetrampelt wurden. Zwei oder drei fielen ins Wasser und riefen um Hilfe. Doch Nick nahm das Chaos um ihn herum kaum wahr. Er starrte auf das riesige Schiff vor ihm. Auch an Bord erklangen Schreie, und als Nick den Kopf in den Nacken legte, erkannte er Passagiere an Deck, die panisch nach einer Möglichkeit suchten, das Schiff zu verlassen. Einige mussten von Mitreisenden sogar daran gehindert werden, von Bord zu springen.

Die Crew, die ebenso durcheinander und erschüttert war wie die Passagiere, beeilte sich, die Ausgänge zu öffnen, um größeres Unglück zu verhindern. Sofort ballten sich die Fahrgäste vor den Ausgängen und verließen fluchtartig das Schiff.

Immer mehr Rettungskräfte bogen auf den Parkplatz des Terminals ein, kümmerten sich um niedergetrampelte

Schaulustige und unter Schock stehende Passagiere. Die Feuerwehr begann damit, das Gelände abzusperren, und die Polizei versuchte, die panischen Menschen unter Kontrolle zu bekommen. Aus den zwei Übertragungswagen waren inzwischen fünf geworden, und in sicherer Entfernung begannen erste Kamerateams mit einer Livereportage. Kurzum: Es herrschte vollkommenes Durcheinander.

Nick und Becca zogen sich in eine halbwegs ruhige Ecke im Schatten des Terminalgebäudes zurück. Nick kaute erregt auf seiner Unterlippe herum, während er versuchte, zu verdauen, was er gerade mitangesehen hatte.

»Ich muss mal kurz telefonieren«, sagte Becca. Sie holte ihr Handy hervor, warf Nick einen entschuldigenden Blick zu und entfernte sich ein paar Schritte. Nick bekam nur noch mit, wie sie jemanden auf Hebräisch begrüßte, mehr verstand er nicht. Und ihm war auch nicht zum Lauschen zumute. Wahrscheinlich rief sie ihren Vorgesetzten an, um ihn über die neuesten Entwicklungen in Kenntnis zu setzen. Nach wenigen Minuten hatte sie das Gespräch beendet und kehrte zu ihm zurück.

»Das war genau wie bei unserem Boot«, stieß Nick hervor. »Ganz genau so. Selbst das komische Sirren war dasselbe.« Er sah Becca herausfordernd an. »Glaubst du es jetzt?«, fragte er. »Hier ist gerade wie aus dem Nichts ein riesiges Kreuzfahrtschiff aufgetaucht. Vor den Augen von Hunderten von Zeugen. Wenn du dafür eine ›vernünftige‹ Erklärung hast, wie du es nennst, dann bin ich sehr gespannt darauf.«

Auch Becca war die Verwirrung anzumerken. Doch wie immer gewann ihre pragmatische Seite rasch die Oberhand. »Ich gebe zu, dass deine Theorie immer wahrscheinlicher wird«, sagte sie nachdenklich. »Aber wenn wir es hier wirklich mit Teleportation zu tun haben, dann ... Überleg mal, Nick: Das Kreuzfahrtschiff ist mindestens zwanzig Mal so groß wie euer Segelboot. Es muss eine ungeheuer mächtige Technologie dahinterstecken, wenn sie in der Lage ist, tonnenschwere Objekte zu teleportieren.«

»Und solch eine Technologie benötigt eine Menge Energie«, spann Nick den Faden weiter. »Natürlich! Daher stammt die Radioaktivität im Wasser: Es sind Rückstände der nuklearen Energiequelle, die das Teleportieren ermöglicht! Ich wette mit dir, wenn man das Wasser rund um das Kreuzfahrtschiff auf Radioaktivität testet, würden neue Höchstwerte dabei herauskommen.«

»Okay. Nehmen wir mal an, du hast recht. Warum um Himmels willen lässt jemand ein Kreuzfahrtschiff verschwinden?«

»Es gibt nur eine Möglichkeit, das herauszufinden«, erwiderte Nick. »Wir müssen rauskriegen, wer dahintersteckt.«

»Aber wie?«, fragte Becca. »Wir haben nicht den geringsten Anhaltspunkt.«

»Bruno, ist das verschwundene Schiff schon in den Nachrichten?«, fragte Nick. Es war ein Strohhalm, an den er sich klammerte, aber besser als nichts.

»Allerdings. Die ersten Sondersendungen laufen.«

»Hat sich schon irgendjemand gemeldet, der die Verantwortung dafür übernimmt?«

»Nein.«

»Mist!«, fluchte Nick. »Hier ist gerade eine wissenschaftliche Sensation geschehen – und niemand will die Lorbeeren dafür einheimsen? Das ist doch total verrückt!«

Ein leises *Ping* kündigte an, dass auf Beccas Handy eine Nachricht eingegangen war. Sie zog ihr Telefon hervor und überflog den Text. Dann stieß sie einen unterdrückten Fluch aus und steckte das Handy wieder ein.

»Ich muss schnell was erledigen«, sagte sie mit versteinerter Miene.

»Jetzt?«, fragte Nick und deutete auf den Trubel um sie herum. »Wo es vielleicht auf jede Minute ankommt?«

»Ja, jetzt. Und zwar allein. Ist was ... Privates.« Als sie Nicks entgeistertes Gesicht sah, fügte sie etwas versöhnlicher hinzu: »Tut mir echt leid. Dauert auch nicht lang. Ich ruf dich an.«

Verwirrt sah Nick Becca hinterher. Was konnte in diesem Moment wichtiger sein als das Verschwinden des Kreuzfahrtschiffes? Etwas Privates, hatte sie gesagt ... er bezweifelte, dass das stimmte. Nein, der einzige Grund, weswegen Becca alles stehen und liegen lassen würde, wäre eine Anweisung vom Mossad. Und die Tatsache, dass sie ihm das verschwieg, war ein klarer Beweis dafür, dass der Mossad Becca befohlen hatte, ihn loszuwerden.

Würde Becca das wirklich tun? Würde sie ihn einfach abservieren und den Fall ohne ihn weiterverfolgen, obwohl sie wusste, wie viel für ihn auf dem Spiel stand? Er beobachtete, wie Becca sich auf einem der Scooter langsam ihren Weg durch Einsatzkräfte und Schaulustige in Richtung Ausfahrt bahnte. Es gab nur einen Weg, das herauszufinden. Er musste wissen, wohin sie unterwegs war.

25

Nick hatte Glück. Es herrschte Hochsaison in Lissabon, und es waren derart viele Touristen unterwegs, dass er keine Mühe hatte, Becca unbemerkt zu folgen. Becca fuhr auf direktem Weg Richtung Innenstadt, wo sie schließlich den Scooter am Straßenrand parkte und zu Fuß weiterging, weil es schier unmöglich war, unfallfrei durch die dicht bevölkerte Fußgängerzone zu manövrieren. Nick überlegte gerade, ob sie sich hier irgendwo mit einem Kontaktmann treffen wollte, als sein Handy klingelte.

»Ja?«, meldete er sich.

»Faber hier. Hallo Nick«, sagte der Direktor. »Alles in Ordnung bei dir?«

»Geht so«, erwidert Nick kurz angebunden.

»Hast du was von Ben gehört?«

»Nein, nichts.«

»Verflixt. Bist du noch in Lissabon?«

Was für eine seltsame Frage? Als würde er die Stadt verlassen, bevor er wusste, was mit Ben geschehen war.

»Ja, natürlich.«

»Hast du von dem Kreuzfahrtschiff gehört?«

»Allerdings«, knurrte Nick. »Ich war sozusagen in erster

Reihe dabei. Woher wissen Sie davon? Aus den Nachrichten?«

»Ja, es läuft auf allen Kanälen. Ich gebe zu, dass ich deinem Bericht von dem verschwundenen Segelboot etwas skeptisch gegenüberstand. Aber jetzt ... Wo seid ihr da bloß wieder reingeraten?«

Nick verdrehte die Augen. Bei Faber klang es fast, als wären sie selbst an dem ganzen Dilemma schuld. Dabei hatten sie doch bloß einen ruhigen, unspektakulären Segelurlaub miteinander verbringen wollen.

Der Direktor druckste ein wenig herum, bevor er weitersprach. »Ich habe leider keine guten Neuigkeiten für dich. Mossad und SIRP verweigern jegliche Amtshilfe. Ihrer Meinung nach liegen keine Beweise vor, dass Ben nicht freiwillig verschwunden ist.«

»Was soll das heißen?«, rief Nick empört. »Dass Ben spontan beschlossen hat, den Urlaub ohne seinen Sohn zu verbringen, und sich klammheimlich davonmacht? So ein Schwachsinn!«

»Das weiß ich, Nick. Aber den Kollegen von Mossad und SIRP reichen meine Beteuerungen nicht aus. Wahrscheinlich würde ich an ihrer Stelle genauso reagieren. Das klingt jetzt hart, aber ich kann leider nichts mehr für dich tun. Vielleicht ist es am besten, wenn du zurück nach Berlin kommst.«

Nick schnaubte. »Auf gar keinen Fall! Solange ich nicht weiß, was mit Ben ist, gehe ich nirgendwohin!«

»Also schön.« Im Hintergrund waren Stimmen zu hören.

Faber hielt kurz inne, dann sagte er: »Ich muss Schluss machen. Pass auf dich auf!« Faber trennte das Gespräch. Nick starrte verdrossen auf das Display, bevor er das Handy wegsteckte. Wütend kickte er einen Stein zur Seite. Musste eigentlich immer erst jemand in Lebensgefahr schweben oder am besten gleich die gesamte Welt untergehen, bevor irgendjemand irgendetwas unternahm? *Mossad und SIRP verweigern jegliche Amtshilfe* ... pah. Diese ganzen Ränke- und Machtspielchen zwischen den einzelnen Geheimdiensten gingen ihm gehörig auf den Geist. Erst jetzt merkte er, wie sehr ihn das Gespräch aus der Fassung gebracht hatte. Er musste aufpassen, Becca vor lauter Wut nicht aus den Augen zu verlieren.

Sie hatten inzwischen den Vorplatz der *Igreja de Santa Engrácia* erreicht, einer strahlend weißen Kirche am Rand der Innenstadt. Becca ging jedoch zielstrebig an dem barocken Bauwerk vorbei, überquerte die dahinterliegende Straße und betrat den *Jardim Botto Machado*, einen kleinen Park, in dem hochgewachsene Bäume den Besuchern ein wenig Schatten spendeten. Als Becca sich suchend umblickte, ging Nick rasch hinter einem der breiten Baumstämme in Deckung.

Sie mussten nicht lange warten. Von der anderen Seite des Parks näherte sich ein junger Mann. Als Becca ihn entdeckte, winkte sie. Er erwiderte den Gruß und steuerte auf sie zu. Dem Aussehen nach war er ebenfalls Israeli. Nicks Eingeweide zogen sich schmerzhaft zusammen. Es sah ganz so aus, als würde sich sein Verdacht bestätigen.

Auf die Entfernung konnte er kaum etwas erkennen. Er musste näher an die beiden ran. Vorsichtig arbeitete er sich weiter vor. Zum Glück stand Becca mit dem Rücken zu ihm, und der Mann achtete offenbar nicht auf seine Umgebung, sodass Nick bald nur noch wenige Meter entfernt war. Um zu verstehen, was sie sagten, reichte es jedoch nicht.

Die beiden schienen in eine lebhafte Diskussion vertieft zu sein. Becca machte immer wieder eine abwehrende, beinahe entschuldigende Geste, während der Mann zunehmend ungeduldiger wurde. Schließlich kramte Becca in ihrer Tasche, zog einen Briefumschlag und einen kleinen runden Gegenstand hervor und reichte beides dem Mann. Ein Sonnenstrahl fiel durch das Blätterdach, und der Gegenstand blitzte silbern auf. Der Stick!

Nick fühlte sich, als hätte ihm jemand einen Faustschlag verpasst. Er hatte heute Morgen überhaupt keinen Gedanken mehr an den USB-Stick verschwendet, und Becca hatte das eiskalt ausgenutzt und ihn ohne sein Wissen eingesteckt. Es war eingetreten, was er niemals für möglich gehalten hätte – Becca hatte ihn verraten!

Der Mann nahm den Stick entgegen und ließ ihn in seine Hosentasche gleiten. Dann nickte er Becca zu, drehte sich um und ging in die entgegengesetzte Richtung davon.

Auch Becca wandte sich zum Gehen. In Gedanken versunken näherte sie sich dem Baum, hinter dem Nick stand. Doch Nick machte keine Anstalten mehr, anderswo Schutz zu suchen. Sollte Becca ihn doch sehen. Er war so enttäuscht und verletzt, dass ihm alles egal war.

Als sie etwa auf gleicher Höhe mit ihm war, blickte Becca auf und blieb wie erstarrt stehen. »Nick!«, rief sie überrascht. »Was machst du hier?«

Doch Nick antwortete nicht. Es zerrten gerade so viele unterschiedliche Gefühle an ihm – Wut, Entsetzen, Enttäuschung –, dass er glaubte, innerlich zu zerbrechen. Wenn er jetzt den Mund öffnete, um etwas zu sagen, würde wahrscheinlich nur ein Schrei über seine Lippen kommen. Diese Blöße wollte er sich nicht geben. Becca sollte nicht merken, wie sehr ihn ihr Verrat verletzt hatte. Wortlos drehte er sich um und ging auf den Ausgang des Parks zu.

»Warte, Nick!«, rief Becca. »Ich kann dir alles erklären.«

Nick beschleunigte seine Schritte.

»Nick, bitte! Es ist nicht so, wie es aussieht.« Becca ging nun ebenfalls schneller, um ihn einzuholen.

Nicht so, wie es aussieht. Etwas Besseres fiel ihr nicht ein? Merkte sie denn nicht, wie schwer dieser Vertrauensbruch wog? Glaubte sie wirklich, alles durch eine simple Erklärung wiedergutmachen zu können? Sie war eine Verräterin! Wie sollte er ihr jemals wieder vertrauen?

Vielleicht wäre es das Klügste, sich hier und jetzt Beccas floskelhafte Ausreden anzuhören, ihr an den Kopf zu werfen, was er über sie dachte, und einen Schlussstrich unter ihre Freundschaft zu ziehen. Doch Nick spürte, dass er dazu nicht die Kraft besaß. Ohne sich noch einmal umzusehen, rannte er los.

26

Nick blieb erst stehen, als seine Lungen anfingen zu brennen. Sein Puls schlug so heftig, dass er das Gefühl hatte, ihm würde das Herz aus der Brust springen. Keuchend sackte er auf dem Bordstein zusammen. Erst jetzt bemerkte er, dass ihm Tränen über das Gesicht liefen. Ärgerlich wischte er sie weg.

Er war doch kein kleines Kind mehr!

Nachdem er wieder zu Atem gekommen war, sah er sich um. Er war losgelaufen, ohne auf seine Umgebung zu achten, hatte nur so schnell wie möglich Abstand zwischen sich und Becca bringen wollen. Er befand sich auf einem kleinen Platz. Um ihn herum waren Cafés und Bars, die Tische gefüllt mit lachenden Menschen, die unbeschwert ihr Leben genossen.

Wie gern würde er jetzt ebenfalls an einem dieser Tische sitzen, mit Ben über Nebensächlichkeiten plaudern und sich höchstens den Kopf darüber zerbrechen, ob er eine Cola oder eine Sprite bestellen sollte. Stattdessen war gerade seine gesamte Welt zusammengebrochen. Er fühlte sich wie ein Häufchen Elend. Becca hatte ihn verraten; vom BND würde er keinerlei Unterstützung bekommen; Marta wollte er nicht weiter in die Sache hineinziehen. Er war allein. Und er wusste nicht, was er noch machen sollte.

Ihm wurde schmerzlich bewusst, dass sein Vater bereits seit über einem Tag spurlos verschwunden war. Wenn er wenigstens einen Anhaltspunkt hätte, eine Ahnung, was mit ihm geschehen war. Aber nicht zu wissen, ob Ben gefangen gehalten wurde, ob er an irgendeinen entlegenen Winkel der Welt teleportiert worden war und dort festsaß, ob er verletzt auf Hilfe wartete oder ob er überhaupt noch lebte – das machte ihn fertig.

Was sollte er nun machen? Was konnte er tun, um Ben zu finden? Alles hing irgendwie mit dem Verschwinden der Schiffe zusammen. Irgendjemanden gab es, der im Hintergrund die Fäden zog, und Nick hatte keine Ahnung, wie er an diesen Hintermann herankommen sollte. Mal davon abgesehen, dass sich nach den heutigen Ereignissen die ganz hohen Tiere um den Fall kümmern würden. Mossad, SIRP und sämtliche anderen Geheimdienste würden ihre besten Agenten schicken, um herauszufinden, was mit dem Kreuzfahrtschiff geschehen war. Höchst unwahrscheinlich, dass so ein kleiner Fisch wie er unter den Umständen überhaupt etwas auszurichten vermochte. Und es blieb fraglich, ob sich die hohen Tiere bei der Aufklärung um das Einzelschicksal eines ehemaligen BND-Agenten scheren oder Bens Verschwinden schlicht als Kollateralschaden betrachten würden. Nein, es blieb dabei – er war auf sich allein gestellt. Und er konnte absolut nichts ausrichten.

Da war sie wieder – diese elende Hilflosigkeit, die er kaum

ertrug. Es musste doch irgendeine andere Möglichkeit geben, irgendeinen anderen Weg, den er nur nicht sah, weil er viel zu aufgewühlt war, um klar denken zu können.

Schwerfällig stand Nick auf und ging los, an den voll besetzten Tischen der Restaurants vorbei, mutlos und ohne ein Ziel vor Augen. Die angeregten Gespräche und das Lachen der Touristen um ihn herum vermischten sich zu einem einheitlichen dumpfen Klangteppich, als hätte er sich Watte in die Ohren gesteckt. Bis sich ein Satz aus dem Einheitsbrei herausschälte, der ihn unwillkürlich aufhorchen ließ: *... Parallelen zum einst als Verschwörungstheorie abgestempelten Philadelphia-Experiment ...*

Nick sah sich suchend um. Vor einer Sportsbar stand ein großer Fernseher, auf dem normalerweise Fußballspiele oder andere Sportereignisse übertragen wurden. Momentan war jedoch ein Nachrichtensender eingestellt. Mehrere Menschen hatten sich um den Bildschirm versammelt und lauschten einer Reporterin, die sich am Rande des Kreuzfahrtterminals in Lissabon befand und den Nachrichtensprecher über die aktuelle Lage informierte. Nick ging näher heran.

Hinter der Berichterstatterin waren die Einsatzkräfte zu sehen, die das Gelände weiträumig abgesperrt hatten und sich in notdürftig errichteten Zelten um die Passagiere des Kreuzfahrtschiffs kümmerten. Gerade berichtete die Reporterin, dass es im Gegensatz zu den angeblichen Ereignissen im Hafen von Philadelphia keine Verletzten gab. Einige Passagiere standen unter leichtem Schock, und es gab eine

Handvoll Schürfwunden und verstauchte Knöchel, die aber alle auf die anschließende Panik zurückzuführen seien.

»Kannst du uns mehr über das Verschwinden des Schiffs erzählen, Sylvia?«, fragte der Nachrichtensprecher. »Weiß man inzwischen, was in der Zeit geschehen ist, in der das Schiff ... nun ja ... weg war?«

»Das weiß man tatsächlich, Javier«, erwiderte die Reporterin. »Die Aussagen der Passagiere decken sich mit Berichten von norwegischen Touristen, die vor wenigen Minuten bekannt geworden sind. Demnach ist das Schiff exakt in der Zeit, in der es hier am Terminal verschwunden war, im Oslo-Fjord gesehen worden. Einige Urlauber haben das Schiff fotografiert, sodass kaum Zweifel möglich sind.«

Der Nachrichtensprecher war fraglos ein Profi, doch bei der Aussage seiner Kollegin musste er sich beherrschen, damit ihm nicht die Gesichtszüge entglitten. »Nichts für ungut, Sylvia. Aber wenn ich dich richtig verstanden habe, dann hast du gerade gesagt, dass ein tonnenschweres Kreuzfahrtschiff von Lissabon in einen norwegischen Fjord und wieder zurück teleportiert wurde. Teleportation. Das war bis heute Vormittag noch reine Science-Fiction.«

»So ist es, Javier. Wir haben es hier mit einer wissenschaftlichen Sensation zu tun. Einer Sensation, die umso unglaublicher ist, weil sich bisher niemand als Verantwortlicher zu erkennen gegeben hat. Falls es überhaupt jemanden gibt. In einschlägigen Kreisen werden bereits Theorien über Wurmlöcher und die spontane Krümmung des Raum-Zeit-Gefüges diskutiert, also Phänomene, die selbstauslösend sind und nicht – zumindest nicht vorsätzlich – von Menschen verursacht wurden.«

Nick schob sich durch die Umstehenden hindurch, bis er freien Blick auf den Bildschirm hatte. Seine Lethargie war wie weggeblasen.

»Du hast vorhin das Philadelphia-Experiment erwähnt, Sylvia. Carl Allen – oder Carlos Miguel Allende, wie er sich auch nannte – hatte damals die Navy beschuldigt, geheime Versuche zur Teleportation durchgeführt zu haben. Wäre es nicht denkbar, dass die Navy achtzig Jahre später erneut auf diesem Gebiet forscht?«

»Tatsächlich hat die Navy bereits mehrere Anfragen bekommen, dementiert aber aufs Schärfste. Weder damals noch heute habe sie derartige Experimente durchgeführt. Parallelen zwischen den Vorfällen sind jedoch nicht von der Hand zu weisen. Es bleibt also die Frage: Hatte Carl Allen mit seiner Behauptung, für die er von der ganzen Welt verspottet wurde, vielleicht doch recht? Ist aus dem Philadelphia-Experiment das Lissabon-Experiment geworden?«

Nick hatte genug gehört. Rasch quetschte er sich durch die Zuschauer hindurch zurück auf die Straße. Seine Gedanken rasten. Der Nachrichtensprecher hatte wie beiläufig erwähnt, dass Carl Allen sich ein Pseudonym zugelegt hatte: Carlos Miguel Allende. *Allende!* Das konnte kein Zufall sein. Außerdem war er sich sicher, dass er den Namen kannte. Er hatte ihn schon einmal gehört. Oder gelesen ... *gelesen*!

Wie vom Donner gerührt blieb Nick stehen. Natürlich!

Das Bild in Allendes Haus. Das Porträt, das im Gegensatz zu allen anderen keinen General in schicker Uniform zeigte, sondern einen Zivilisten in schlichter Alltagskleidung. Und der Name auf der Plakette unter dem Bild lautete: Carlos Miguel Allende. In Arturo Allendes Haus hing ein Porträt von Carl Allen, dem Mann, der die Spekulationen über die Teleportation ausgelöst hatte.

Das war das Puzzlestück, das ihm die ganze Zeit über gefehlt hatte. Er wusste zwar noch nicht, in welcher Verbindung die beiden Männer miteinander standen, aber es gab keinen Zweifel mehr: Arturo Allende war der Drahtzieher hinter dem Verschwinden der Schiffe. Er hatte das nötige Wissen, die nötigen Mittel – und ganz offenbar auch ein persönliches Motiv. Wenn jemand wusste, was mit Ben geschehen war, dann er.

Wie elektrisiert lief Nick los. Für ein Taxi oder Tuk Tuk hatte er nicht mehr genug Geld, und für mehrmaliges Umsteigen mit dem Bus fehlte ihm die Geduld. Er beschloss, die halbe Stunde bis zu Allendes Villa zu Fuß zu laufen. Das würde ihm helfen, seine Gedanken zu sortieren. Und es würde ihm genug Zeit verschaffen, einige Dinge in Erfahrung zu bringen.

27

»Bruno, ich möchte, dass du alles, wirklich *alles,* recherchierst, was du über Arturo Allende herausfinden kannst. Wo ist er geboren, aufgewachsen, Geschwister, Lebenspartner, woran forscht er und so weiter? So schnell es geht.«

»Alles klar.«

Während sich Nick Straße um Straße auf Allendes Villa zuarbeitete, brütete er über sämtlichen Informationen, die er bisher über den Professor besaß. Becca – der Gedanke an die Mossad-Agentin versetzte ihm einen heftigen Stich, den er jedoch verbissen ignorierte – hatte bei ihrer Recherche nichts Verdächtiges über Allende herausgefunden. Und obwohl Nick befürchten musste, dass sie ein falsches Spiel mit ihm gespielt hatte, glaubte er ihr in diesem Punkt. Hätte sie mehr über Allende gewusst, wäre der Mossad längst aktiv geworden. Nein, Becca hatte ebenso im Dunkeln getappt wie er. Der Professor hatte es meisterhaft verstanden, seine Spuren zu verwischen. Das Einzige, was ihn auch nur im Entfernten verdächtig wirken ließ, waren seine Ausflüge mit dem Helikopter. Je länger Nick darüber nachdachte, desto wahrscheinlicher erschien es ihm, dass Allende für seine geheimen Forschungen ein zweites Labor besaß, an einem gut versteckten Standort, damit ihm niemand zufällig auf die Schliche kam. Nick presste grimmig die Lippen aufeinander. Er musste herausfinden, wo Allende hinflog. Doch wie sollte er das anstellen?

»Ich hab ein bisschen was gefunden«, meldete sich Bruno zu Wort. »Aber ich bezweifle, dass dich das weiterbringt.«

»Lassen wir es auf einen Versuch ankommen«, erwiderte Nick.

»Arturo Diago Allende, geboren 1961 in einem kleinen Dorf nahe Porto«, begann Bruno. »Sein Vater ist aus den USA eingewandert, seine Mutter ist Portugiesin. Er hat Physik studiert, danach ist er in die Forschung gegangen. Anfangs hat er noch regelmäßig Aufsätze in wissenschaftlichen Zeitschriften veröffentlicht, doch in den letzten Jahren hat er sich immer mehr zurückgezogen und gilt als zunehmend exzentrisch. Niemand bezweifelt sein Genie, trotzdem hat er es mittlerweile geschafft, seinen guten Ruf zu verspielen.

Vor etwa fünfzehn Jahren hat er ein Patent für einen Magnetspulenverstärker angemeldet, das ihm seitdem jedes Jahr eine Menge Geld einbringt. Er ist nicht verheiratet, hat keine Kinder, keine Geschwister. Im Polizeiregister gibt es etwa ein Dutzend Einträge wegen Falschparkens. Ansonsten ist er ein vollkommen unbescholtener Bürger. Viel mehr gibt es nicht zu sagen.«

»Bist du sicher?«, hakte Nick nach.

»Er hat ein Herz für Tiere.«

»Wie bitte?«

»Er spendet regelmäßig für den WWF. Aber wie schon gesagt, ich bezweifle, dass dich das weiterbringt.«

Nick schnaubte. »Da hast du ausnahmsweise recht.« Er verfiel wieder in dumpfes Grübeln. Irgendeinen Ansatzpunkt musste es doch geben, um Allende auf die Spur zu kommen. Wo mochte sich dieses zweite Labor befinden? Wie sah so ein Labor aus? Und wie hatte Nick sich die Vorgehensweise bei der Erforschung der Teleportation vorzustellen? Wenn Allendes Technologie bereits so weit gediehen war, dass er ein ganzes Kreuzfahrtschiff samt Passagieren verschwinden lassen konnte, dann hatte er vorher mit Sicherheit diverse Testläufe durchgeführt. Und zwar deutlich öfter als ein Fischkutter hier oder ein Segelboot da.

Nick blieb wie angewurzelt stehen. Natürlich. Das war es! Allende musste diese Testläufe beobachtet haben. Sie hatten also an einem Ort stattgefunden, der sich im offenen Meer befand, abgelegen war, wenig Aufsehen erregte und zugleich groß genug war, um mit einem Helikopter darauf zu landen. Und wenn die radioaktiven Rückstände im Wasser von der Teleportation verursacht wurden, dann mussten die Werte um das Labor herum besonders hoch sein. Nick fiel nur ein Ort ein, auf den all diese Eigenschaften zutrafen: die Insel, von der Marta erzählt hatte!

Nick ging weiter, rannte jetzt beinahe. »Bruno, schau im Register des Liegenschaftsamtes von Lissabon nach, wem die Insel namens *Palheiro de Terra* gehört. Laut Marta befindet sie sich in Privatbesitz.«

»An die Daten komm ich nicht ran«, erwiderte sein CBPI.

»Ähm, nur damit ich dich richtig verstehe: Du kannst problemlos diverse Geheimdienstdatenbanken fremder Länder durchsuchen, nicht aber ein einfaches Liegenschaftsregister?«

»Es geht hier weniger um *nicht können* als um *nicht dürfen.*«

Nick verdrehte die Augen. Nicht die Diskussion schon wieder. »Ich bin mir hundertprozentig sicher, dass die Infos aus den Geheimdienstdatenbanken genauso tabu sind wie das Lissabonner Liegenschaftsregister«, gab er zu bedenken. »Bruno, bitte. Es geht immerhin um Ben.«

»Genau genommen darf ich nur dann auf Verschlusssachen zugreifen, wenn Gefahr in Verzug ist. Und da nicht ersichtlich ist, ob Ben sich tatsächlich in Gefahr befindet ...«

»Oh, und ob hier Gefahr in Verzug ist«, knurrte Nick. »Du befindest dich in ganz akuter Gefahr, formatiert zu werden, wenn du mir nicht augenblicklich diese Information beschaffst.«

»Na schön«, brummte Bruno. »Moment.«

Drei Sekunden später meldete er sich wieder. »Die Insel gehört einem gewissen Carl Allen. Amerikaner. Hat die Insel vor fünfzehn Jahren von einem Portugiesen namens Pablo Montante erworben.«

»Sagtest du gerade Carl Allen?«, fragte Nick entgeistert.

»In der Tat. So undeutlich spreche ich ja nun wirklich nicht.«

Nick hätte am liebsten einen lauten Jubelschrei ausgestoßen. Bingo! Die *Palheiro de Terra* gehörte Allende. Er hatte sie unter falschem Namen gekauft. Und hatte sich dabei ausgerechnet als derjenige ausgegeben, der vor so vielen Jahrzehnten alles ins Rollen gebracht hatte.

Sein Telefon klingelte. Er zog es aus der Tasche und sah auf das Display. Becca. Ärgerlich drückte er den Anruf weg und steckte das Handy zurück. Egal, was sie ihm zu sagen hatte, er wollte es nicht wissen. Doch gleich darauf zog er das Handy wieder hervor, öffnete seine Kontakte und tippte auf eine Nummer.

Nach dem dritten Klingeln meldete sich eine Stimme. »Ach nein, wie nett. Gibt's dich also auch noch?«, fragte Marta spitz.

»Ähm, ja, wieso?«, erwiderte Nick verwirrt.

»Oh, wenn ich mich nicht täusche, hatten wir die Abmachung, dass du mich über sämtliche Ereignisse auf dem Laufenden hältst. Und irgendetwas sagt mir, dass seit gestern eine ganze Menge passiert ist. Wovon ein verschwundenes Kreuzfahrtschiff im Lissabonner Hafen nur eine Sache ist. Mit dem Unterschied, dass ich davon nicht von dir, sondern aus den Nachrichten erfahren habe.«

»Du hast recht«, erwiderte Nick zerknirscht. »Ich hätte dich schon viel früher anrufen sollen. Aber es ist tatsächlich eine ganze Menge passiert. Außerdem wollte ich dich nicht noch mehr in die Sache reinziehen und ...«

»Lass gut sein, Nick. Spar dir deine Ausreden.«

»Das sind keine Ausreden. Ich habe wirklich ... ach, egal. Hör zu, auch wenn du gerade nicht gut auf mich zu sprechen bist – ich glaube, dass ich herausgefunden habe, wie alles zusammenhängt. Kannst du mir noch mal von der Insel erzählen, vor der ihr getaucht seid? Ich brauche so viele Details wie möglich.«

Marta schwieg für eine Weile. Dann brummelte sie: »Nenn mir einen Grund, warum ich dir helfen sollte.«

Das klang zwar abweisend, aber Nick ahnte, dass sie ihren Widerstand bald aufgeben würde. Immerhin wollte sie ebenfalls wissen, wie alles miteinander zusammenhing. »Bitte, Marta«, beschwor er sie. »Ich kann verstehen, dass du sauer auf mich bist. Ich mach es wieder gut, versprochen.«

Marta seufzte. »Na schön. Aber ich weiß wirklich nicht, was an der Insel so wichtig sein sollte. Sie gehört zu den Wilden Inseln, einer Inselgruppe südlich von Madeira. Die Inseln sind portugiesisches Staatsgebiet und stehen unter Naturschutz, aber einige kleinere befinden sich in Privatbesitz.«

»Okay, so weit klar. Und wie sieht es auf den Inseln aus?«, fragte Nick.

»Hmm«, machte Marta. »Die meisten sind ziemlich karg. Viele Felsen, wenig Grün. Es gibt nirgendwo eine Trinkwasserquelle. Und um die meisten Inseln herum sind gefährliche Riffe. Es ist beinahe unmöglich, mit einem Boot an den Inseln zu landen. Deswegen ist die gesamte Inselgruppe unbewohnt.«

»Auch die *Palheiro de Terra*?«

»Ja, natürlich. Es gibt eine kleine Hütte, in der sich mal eine Vogelbeobachtungsstation befand. Aber meines Wissens steht sie leer.«

»Habt ihr nur vor der Insel getaucht, oder seid ihr auch an Land gegangen?«, fragte Nick.

»Nein, sind wir nicht. Ich sagte doch, dass es wegen der Riffe so gut wie unmöglich ist, vom Wasser aus auf die Insel zu gelangen. Ein Freund von mir hat es versucht. Dabei wäre er fast gekentert. Frag mich jetzt bloß nicht, wie man zu dieser Beobachtungsstation kommt. Ich habe nämlich keinen blassen Schimmer.«

»Gibt es einen Hügel auf der Insel?«, hakte Nick weiter nach.

»Ja«, erwiderte Marta zunehmend verwirrt. »Warum willst du das alles so genau wissen?«

Nick ignorierte die Frage. »Wie hoch ist dieser Hügel?«

»Ach du liebes bisschen, also vermessen habe ich ihn nicht. Ich schätze, so zwanzig, dreißig Meter vielleicht?«

»Hmmm«, machte Nick nachdenklich. Ein Gedanke formte sich in seinem Kopf, der immer deutlicher Gestalt annahm.

»Keine Ahnung, wieso ausgerechnet um die *Palheiro de Terra* herum die Werte so hoch sind«, fuhr Marta fort, als Nick nicht weitersprach. »Vielleicht gibt es irgendwelche Strömungen, die das radioaktive Wasser dorthin getrieben haben, und der Ursprung ist in Wahrheit ganz woanders. Ich würde mich an deiner Stelle nicht zu sehr auf diese Insel versteifen. Wahrscheinlich hat sie mit der Sache überhaupt nichts zu tun. Warum interessierst du dich so dafür?«

»Weil die Insel Allende gehört«, erwiderte Nick. »Weil ich glaube, dass er dort ein unterirdisches Forschungslabor betreibt. Und weil ich glaube, dass dort mein Vater festgehalten wird.«

Am anderen Ende der Leitung herrschte Stille. Nick konnte Martas verblüfftes Gesicht förmlich vor sich sehen. Noch bevor die Aktivistin etwas erwidern konnte, sagte er: »Danke für die Infos. Ich melde mich. Versprochen.« Dann legte er auf. Er überlegte kurz, ob es wirklich klug gewesen war, Marta seine Vermutungen anzuvertrauen. Andererseits hatte sie sich ein paar Informationen redlich verdient. Und für Reue war es jetzt ohnehin zu spät.

Bevor er das Handy wegsteckte, fiel ihm auf, dass er mehrere Nachrichten und verpasste Anrufe von Becca bekommen hatte. Er las die ersten zwei Textnachrichten – *Melde dich, sobald du das liest.* Und: *Bitte, Nick, es ist wichtig!* – und steckte das Handy zurück in die Tasche. Das könnte ihr so passen.

»Bruno, wie weit ist es noch bis zu Allendes Villa?«, fragte er.

»Zehn Minuten, wenn du in dem Tempo weitergehst.«

»Gut«, antwortete Nick grimmig und beschleunigte seine Schritte nochmals.

Nach einer Weile meldete sich Bruno wieder zu Wort. »Darf ich dich was fragen?«

»Ich werde immer misstrauisch, wenn du so anfängst«, entgegnete Nick. »Ist doch sonst nicht deine Art.«

»Warum bist du dir so sicher, dass Allende zu Hause ist? Er könnte genauso gut auf der Insel sein.«

»Aus dem gleichen Grund, weswegen er sein Labor auf

einer abgeschiedenen Insel im Meer errichtet hat«, erwiderte Nick. »Er will die Testläufe mit eigenen Augen beobachten. Heute hat er den spektakulärsten Testlauf seiner Karriere gemacht. Das hat er sich unter gar keinen Umständen entgehen lassen. Und von dem Balkon seiner Villa aus kann man rein zufällig bis hinunter zum Hafen sehen. Allende ist zu Hause, hundertprozentig.«

»Nehmen wir mal an, dass du recht hast. Und nehmen wir weiterhin an, dass Allende dich überhaupt zu sich reinlässt. Was genau hast du dann vor?«

»Na, was schon – ich stelle ihn zur Rede, und nachdem er alles zugegeben hat, soll er mich mit dem Helikopter auf die Insel fliegen.«

»Ach so. Na, wenn's weiter nichts ist«, erwiderte Bruno trocken, und Nick überlegte für den Rest des Weges, warum von allen Entwicklern dieser Welt ausgerechnet Herr Müller seine künstliche Intelligenz mit Sarkasmus hatte ausstatten müssen.

28

Nick stapfte durch das Tor auf Allendes Villa zu und überlegte, wie er am besten vorging. Mit der Tür ins Haus fallen? Oder lieber erst in Sicherheit wiegen und dann geschickt die Falle zuschnappen lassen? Er musste gestehen, dass er Allende nicht so richtig einschätzen konnte. Mit seinen Segelohren, den wirren Haaren und dem abenteuerlichen Kleidungsstil machte der Mann einen fast schon einfältigen Eindruck auf ihn – aber das mochte täuschen. Immerhin hatte er die Teleportation erfunden. Wer weiß, was er noch alles in petto hatte.

Nicks Überlegung, welche Strategie er anwenden sollte, wurde jäh unterbrochen, als ein Taxi in die Einfahrt einbog und vor dem Brunnen zum Stehen kam. Überrascht beobachtete er, wie sich die hintere Tür öffnete, Marta ausstieg und ohne ein Wort des Grußes an ihm vorbeistiefelte. So ein Mist! Hätte er vorhin am Telefon doch bloß die Klappe gehalten.

»Was machst du denn hier?«, fragte er halb verärgert, halb gequält.

»Denkst du ernsthaft, ich sitze noch länger untätig rum?«, erwiderte Marta. »Ich will endlich wissen, was hier gespielt wird. Und zwar nicht erst, wenn du dich bequemst, mich anzurufen.«

Immer zwei Stufen auf einmal nehmend, sprang sie die Treppe zur Eingangstür hinauf.

»Marta, warte!«, rief Nick. »Lass uns erst überlegen, wie ...« Als Marta auf den Klingelknopf drückte, brach er resigniert ab. So viel zum Thema Strategie.

Im Haus waren Schritte zu hören. »Können wir uns wenigstens darauf einigen, dass ich spreche und du zuhörst?«, zischte Nick. Marta zuckte nur mit den Schultern, und Nick beschloss ganz optimistisch, das als ein Ja zu interpretieren.

Die Tür öffnete sich. Die Haushälterin schien heute frei zu haben, denn Allende selbst erschien im Türrahmen. Er hatte sich kleidungstechnisch mal wieder selbst übertroffen. Seine grau karierte Hose war zu kurz und gab den Blick auf Socken mit Katzenprint frei; auf dem zerknitterten kanariengelben Jackett prangte ein Soßenfleck auf dem Revers.

»Ja, bitte?«, fragte er ein wenig erstaunt. Als sein Blick auf Nick fiel, runzelte er kurz die Stirn, dann hellte sich sein Gesicht schlagartig auf. »Bist du nicht der Junge von Ben Nader?«

»Ganz genau. Guten Tag, Professor Allende«, erwiderte Nick. »Das ist meine Freundin Marta Gutierrez. Sie war ebenfalls bei Ihrem Empfang vor zwei Tagen.«

Allendes Blick blieb an Martas Dreadlocks hängen. »Ja, aber natürlich. Ich erinnere mich. Bitte, kommt doch herein.« Er machte eine einladende Geste und gab die Tür frei.

Nick wunderte sich. Er hatte zwar keine offene Ablehnung

erwartet, aber dass Allende derart zugänglich war, überraschte ihn doch. Marta und er betraten die Eingangshalle und folgten dem beschwingt vor sich hin summenden Professor durch diverse Zimmer und Flure, bis sie ein erstaunlich gemütlich eingerichtetes Wohnzimmer erreicht hatten. Allende bedeutete ihnen, auf einem der Sofas Platz zu nehmen, und setzte sich ihnen gegenüber in einen riesigen geblümten Ohrensessel, in dem er, ohnehin nicht der Allergrößte, fast gänzlich zu verschwinden schien. Nick nahm sich vor, nicht auf diesen optischen Trick hereinzufallen; Allende mochte zwar klein und harmlos wirken, war aber nicht zu unterschätzen.

»Was kann ich für euch tun?«, fragte Allende und lächelte ihnen aufmunternd zu.

»Wie können Sie es wagen, mit Ihren bescheuerten Experimenten die Umwelt zu verseuchen?«, platzte Marta heraus.

Nick verdrehte die Augen. Dieses Mädchen trieb ihn noch in den Wahnsinn!

Allende hingegen sah mit großen Augen von Marta zu Nick. »Wie bitte?«, fragte er verwirrt. »Ich verstehe nicht ganz.«

»Oh, Sie verstehen sehr gut«, setzte Marta an.

»Marta, bitte!«, flehte Nick, doch Marta wischte seinen Einwand beiseite wie eine lästige Fliege und redete einfach weiter. »Jedes Mal wenn Sie ein Schiff verschwinden lassen, weist das Wasser erhöhte radioaktive Werte auf. Ein Abfallprodukt Ihrer Energiequelle, nehme ich an. Es ist eine bodenlose Frechheit, dass Sie eine solche Umweltverschmutzung billigend in Kauf nehmen. Haben Sie jemals darüber nachgedacht, welche Konsequenzen Ihr Vorgehen für das gesamte Ökosystem nach sich zieht?«

»Erhöhte radioaktive Werte ...« Allende blickte grüblerisch zu Boden. Seine Lippen bewegten sich stumm, und Nick war, als murmle er irgendwelche Formeln vor sich hin. Plötzlich zuckte Allende zusammen und sah Marta an, als wäre ihm erst jetzt bewusst geworden, was sie gerade gesagt hatte. »Ihr wisst, dass ich das mit den Schiffen war?«, fragte er perplex.

Marta wollte antworten, doch dieses Mal war Nick schneller. »Allerdings, Professor«, sagte er und warf Marta einen derart finsteren Blick zu, dass sie ihren Kommentar hinunterschluckte und beleidigt die Arme vor der Brust verschränkte.

»Wie habt ihr es herausgefunden?«, fragte Allende. »Ich habe sorgfältig darauf geachtet, keine Spuren zu hinterlassen.«

»Das stimmt«, bestätigte Nick. »Und es wäre Ihnen auch fast geglückt. Sie haben nur einen einzigen Fehler gemacht.«

»Ach ja? Und welchen?« Allende sah ihn neugierig an. Er schien kein bisschen verärgert zu sein, dass Nick ihm auf die Schliche gekommen war. Er wirkte eher wie ein eifriger Schüler, der wissen wollte, welchen Fehler er in der Matheaufgabe gemacht hatte und wie er ihn in Zukunft vermeiden konnte.

»Sie haben ein Porträt von Carlos Miguel Allende alias

Carl Allen in Ihrer Galerie hängen – von dem Mann, der den Mythos des Philadelphia-Experiments in Umlauf gebracht hat. Ohne das Bild hätte Ihnen vermutlich jeder geglaubt, dass die Namensgleichheit reiner Zufall ist, aber so …«

»Das Philadelphia-Experiment WAR KEIN MYTHOS!«, schrie Allende und schlug so heftig auf den Beistelltisch neben dem Sessel, dass die daraufstehende Vase gefährlich ins Wanken geriet. Doch er hatte sich sofort wieder im Griff. »Und genau das habe ich heute bewiesen«, fügte er hinzu und lehnte sich mit einem Lächeln zurück, in das sich eine Spur Genugtuung mischte – und Triumph.

Als Nick diese winzige Gemütsregung bemerkte, brannte bei ihm eine Sicherung durch. Er wusste selbst nicht, woher diese plötzliche Wut kam – wahrscheinlich hatte sie sich in den letzten Tagen angestaut, war gewachsen aus der Sorge, Hilflosigkeit und Angst, die er durchlebt hatte. »Wissen Sie was?«, rief er und sprang auf. »Ihr ganzer wissenschaftlicher Hokuspokus ist mir scheißegal! Von mir aus können Sie sich selbst auf den Mond teleportieren, wenn es Ihnen Spaß macht. Aber bei einem Ihrer sogenannten Experimente ist mein Vater verschwunden. Ich habe keine Ahnung, was mit ihm passiert ist. Ich weiß nicht, wo er ist, wie es ihm geht … *Fuck*, ich weiß nicht mal, ob er überhaupt noch lebt! Sie sind wahrscheinlich der Einzige, der mir weiterhelfen kann, doch Sie haben nichts Besseres zu tun, als sich in Ihrer eigenen Genialität zu suhlen. Das ist so was von erbärmlich, dass ich kotzen könnte. Das ganze

Theater um das Philadelphia-Experiment interessiert mich im Grunde überhaupt nicht. Ich will nur eins wissen, und ich frage Sie das exakt ein einziges Mal: WO IST MEIN VATER?«

Allende starrte ihn an. Sein Lächeln war einem schuldbewussten Gesichtsausdruck gewichen. Er schloss kurz die Augen, dann seufzte er und sah Nick an. »Deinem Vater geht es gut.«

»Wo ist er?«, drängte Nick.

»Auf meiner Insel. Ich gebe zu, dass er nicht ganz freiwillig dort ist, aber man hat sich gut um ihn gekümmert. Und selbstverständlich kann er nun, da meine Mission erfüllt ist, gehen.«

»Ihre *Mission*?«, fragte Marta ungläubig. »Wovon zum Teufel sprechen Sie? Kidnapping im Dienst der Wissenschaft?«

»Natürlich nicht«, entgegnete Allende und rutschte unbehaglich auf dem Sessel hin und her. »Ich musste nur dafür sorgen, dass ... Ach, das ist alles so kompliziert. Wenn dein Vater in meinen Vorschlag eingewilligt hätte, wäre all das gar nicht nötig gewesen.«

Nick schnaubte. »Ach so, dann ist er also selbst schuld an seiner Gefangenschaft? Dass ich nicht lache. Ich will mit ihm reden.«

»Das kann ich leider nicht zulassen«, erwiderte Allende bedauernd. »Aber ich versichere dir nochmals, dass es ihm gut geht. Ich werde veranlassen, dass er so schnell wie möglich zurück aufs Festland gebracht wird.«

»Und Sie glauben, damit wäre die Sache erledigt?« Nick schäumte noch immer vor Wut. »Für wen halten Sie ...?«

Dieses Mal fiel ihm Marta ins Wort. »Wie wäre es, wenn Sie uns die ganze Geschichte erzählen? Von vorn? Für Nick mag das gerade alles nicht so wichtig sein. Mich hingegen interessiert brennend, warum Schiffe verschwinden und irgendwo anders wieder auftauchen und was dieser Spinner Carl Allen oder Carlos Allende oder wie auch immer mit der ganzen Sache zu tun hat.«

Allendes Mundwinkel zuckten. »Carl war kein Spinner!«, rief er aufgebracht. »Das ist ja genau der Punkt. Er war ...« Der Professor hielt inne und seufzte schließlich resigniert. »Ach, was soll's. Ich erzähle euch alles. Und dann könnt ihr selbst entscheiden, ob ihr das Ganze für Hokuspokus haltet, Spinnerei – oder für die größte Erfindung des 21. Jahrhunderts, die unter allen Umständen geheim gehalten werden muss.«

29

Wie vom Blitz getroffen sprang Allende auf. »Wo sind meine Manieren? Ich habe euch noch gar nichts angeboten. Möchtet ihr etwas trinken? Wasser, Tee? Champagner, zur Feier des Tages?«

»Nein danke«, brummte Nick. So einfach ließ er sich nicht um den Finger wickeln. Allende sollte gefälligst zur Sache kommen, damit sie Ben möglichst bald zurückholen konnten.

Doch der Professor beachtete ihn gar nicht, wuselte aus dem Raum und kam kurz darauf mit einem Tablett zurück, auf dem drei Gläser Champagner standen. Nick lehnte erneut ab; Marta hingegen hatte weniger Hemmungen.

Allende setzte sich in den Sessel und nahm einen Schluck der perlenden Flüssigkeit. Dann stellte er das Glas ab, zog ein knallblaues Taschentuch hervor und wischte sich über die Stirn. Nick trommelte ungeduldig mit den Fingern auf das Sofapolster.

»Carl Allen war mein Großvater«, begann der Professor endlich. »Er war Anfang zwanzig, als er beobachtete, wie die *USS Eldridge* im Hafen von Philadelphia verschwand.« Er faltete das Taschentuch zusammen und steckte es wieder weg. »Das Philadelphia-Experiment gab es wirklich. Allerdings hatte die Navy nie vorgehabt, das Schiff zu teleportieren. Sie wollte lediglich eine neuartige Tarnkappentechnologie testen. Mithilfe eines elektromagnetischen Kraftfeldes sollte das Licht so um die *Eldridge* herum gebrochen werden, dass das Schiff unsichtbar wird. Doch aufgrund eines falschen Versuchsaufbaus und einer Übersteuerung der Energiequelle hat das Kraftfeld, anstatt das Licht zu brechen, den Raum gekrümmt.«

»Soll das heißen«, warf Marta ungläubig ein, »dass die Navy die Teleportation ›aus Versehen‹ entdeckt hat?«

»So könnte man das sagen«, stimmte Allende ihr zu. »Aber nachdem das Experiment katastrophale Schäden an Schiff und Besatzung verursacht hatte, beschloss die Navy, den Vorfall zu vertuschen. Sie haben ganze Arbeit geleistet: Sämtlichen Augenzeugen wurde per Gehirnwäsche das Gedächtnis gelöscht. Und das hat auch wunderbar funktioniert.«

»Nur bei Ihrem Großvater nicht«, wandte Nick ein.

»Exakt«, bestätigte Allende. »Ein paar Jahre nach dem Vorfall ist er mit seiner Beobachtung an die Öffentlichkeit gegangen. Die seriösen Medien haben ihm nicht geglaubt, aber für Verschwörungstheoretiker war die Geschichte ein gefundenes Fressen. Als die Navy davon Wind bekam und feststellte, dass es zu spät war, Allen mundtot zu machen, hat sie genau das Gleiche getan wie alle anderen auch: Sie hat meinen Großvater für verrückt erklärt.«

»Was sollte das Pseudonym?«, fragte Marta. »Warum nannte Allen sich Carlos Miguel Allende?«

Allende fing wieder an, unbehaglich auf dem Sessel herumzurutschen. »Ich gebe zu, dass mein Großvater ein wenig ... ungewöhnlich war. Er hat während seines Lebens öfter Pseudonyme benutzt: Carl Meredith Allen, Colonel Carl M. Allen, Dr. Karl Merditt Allenstein ... Ich weiß, was ihr jetzt denkt«, fügte er hinzu, als er Martas und Nicks skeptische Gesichter sah. »Er war schon immer etwas speziell. Aber er war nicht verrückt.«

»Ansichtssache«, murmelte Nick.

Allende sah ihn scharf an. »Was hast du gesagt?«

Nick zuckte schuldbewusst zusammen. Eigentlich hätte Allende das nicht hören sollen. Er setzte zu einer Entschuldigung an, doch der Professor winkte ab.

»Weißt du«, sagte er, »genau da liegt das Problem. Ja, mein Großvater war anders. Aber es gab keinen Grund, sich über ihn lustig zu machen. Er war immer freundlich, hilfsbereit, liebenswürdig. Doch alles, was die Leute in ihm gesehen haben, waren seine Marotten. Sie haben ihn ausgelacht für seine abstehenden Ohren, seine kauzige Art, seine fantasievollen Anekdoten. Er hat sich immer weiter in seine eigene Welt zurückgezogen, bis ihn irgendwann niemand mehr ernst nahm.«

Allende starrte zu Boden und zupfte unbewusst an seinem Ärmel herum. »Mir ging es genauso, wisst ihr?«, fuhr er schließlich fort. »Ich konnte mit gleichaltrigen Kindern nichts anfangen. Während alle anderen Jungs auf dem Fußballplatz waren, habe ich in meinem Zimmer naturwissenschaftliche Experimente durchgeführt. Ich hatte kaum

Freunde. Meine Klassenkameraden haben sich ständig über mich lustig gemacht.« Allende starrte vor sich hin und war so in Gedanken versunken, dass er ihre Anwesenheit vollkommen vergessen zu haben schien.

»Professor?«, fragte Marta schließlich sanft.

»Wie?« Allende schreckte auf. »Ach so, ja. Natürlich. Ich war dreizehn oder vierzehn, als mein Vater mir die Geschichte vom Philadelphia-Experiment erzählte. Ich bin richtig wütend geworden, als ich erfahren habe, dass es meinem Großvater genauso ergangen war wie mir – dass alle über ihn lachten, nur weil er anders war. Ich beschloss, Carl zu rächen und der ganzen Welt zu beweisen, dass er recht gehabt hatte. Ich wollte unsere Familienehre wiederherstellen. Vielleicht habe ich darin in Wahrheit auch eine Chance gesehen, mich gegen mein eigenes Mobbing zu wehren. Wenn mich niemand ernst nahm, sollte wenigstens meinem Großvater Gerechtigkeit widerfahren.«

»Sie haben mit dreizehn Jahren beschlossen, die Möglichkeit zur Teleportation zu beweisen?«, fragte Nick mit sarkastischem Unterton.

Allende kicherte. »Ein großes Vorhaben für einen Teenager, nicht wahr? Und schau, wohin es mich gebracht hat. Aus der fixen Idee wurde mit der Zeit eine Obsession. Ich habe mich in die Sache verbissen, habe über ein halbes Jahrhundert daran geforscht – und am Ende habe ich es geschafft. Ich musste eine Menge Rückschläge in Kauf nehmen, aber heute Vormittag wurde die Welt Zeuge einer perfekt durchgeführten Teleportation.« Allende lehnte sich zurück, kicherte erneut in sich hinein und nahm einen großen Schluck Champagner. Er war offenbar höchst zufrieden mit sich selbst.

Nick teilte seine Hochstimmung nicht. »Eine Menge Rückschläge?«, fragte er und sah Allende finster an. »Meinen Sie damit zufällig die Fischer, die bis in die Arktis teleportiert wurden und die dieses Erlebnis seitdem in Alkohol ertränken?«

Allendes zufriedener Gesichtsausdruck wandelte sich schlagartig in Reue. »Stimmt, das war einer der Testläufe, die mir vor Augen geführt haben, dass ich noch nicht am Ziel bin. Nachdem einige kleinere Tests erfolgreich verlaufen waren, wollte ich die Technologie an einem größeren Objekt testen. Einer meiner Mitarbeiter hat das nötige Equipment nachts auf dem Fischkutter installiert. Ich kannte die Fischer, sie hatten ihre Fischgründe ganz in der Nähe meiner Insel. Als sie in Sichtweite kamen, habe ich die Apparatur aktiviert. Ursprünglich sollte der Kutter nur etwa eine Seemeile versetzt werden, doch das ist leider gehörig schiefgegangen. Glücklicherweise konnte ich das Schiff wieder zurückholen, aber das Experiment hat körperliche und geistige Spuren bei den Männern hinterlassen. Ihr könnt mir glauben, ich habe nächtelang nicht geschlafen, so sehr hat mich dieser Vorfall umgetrieben. Ich habe mir geschworen, keine Versuche mehr durchzuführen, solange ich mir nicht sicher bin, die Technologie zu einhundert Prozent zu beherrschen. Die Fischer werden von mir seitdem übrigens finanziell unterstützt – anonym, versteht sich.«

»Und was ist mit dem Schiff, das plötzlich vor Tel Aviv aufgetaucht ist?«, hakte Nick weiter nach. »War das auch einer der missglückten Versuche?«

Allende kratzte sich am Kopf. »Meine Güte, ihr wisst wirklich über alles Bescheid. Ich hatte gehofft, dass es niemandem aufgefallen ist. Das Schiff war höchstens eine halbe Minute dort.«

»Eine halbe Minute zu viel«, erwiderte Nick trocken. »Es gab Augenzeugen, die das Schiff gesehen haben. Der Vorfall hat den Mossad auf den Plan gerufen.«

»Du lieber Himmel!«, rief Allende aus. »Auch das noch. Das Ganze war einer meiner letzten Versuche, mit meinem eigenen Schiff und meinem eigenen Mitarbeiter. Es sind dabei weder Mensch noch Maschine zu Schaden gekommen. Dass das Boot vor Tel Aviv gelandet ist, war ein Versehen, aber das konnte ich mit einer letzten Kalibrierung der Instrumente beheben.« Allende schüttelte den Kopf. »Was soll's? Es wird keine weiteren Teleportationen mehr geben. Deswegen wird der Mossad sicher bald das Interesse verlieren.«

»Warum?«, fragte Nick. »Warum diese Heimlichtuerei? Sie haben Ihr ganzes Leben damit verbracht, die Teleportation zu erforschen. Diese Technologie ist eine Sensation. Warum gehen Sie damit nicht an die Öffentlichkeit? Sie würden schlagartig berühmt werden. Und steinreich.«

Allende nickte. »Du hast recht. Aber Ruhm interessiert mich nicht. Und Geld habe ich schon genug. Ich wollte lediglich meinen Großvater rehabilitieren. Und dieses Ziel habe ich erreicht. Nach dem heutigen Tag wird niemand mehr behaupten, dass Carl Allen sich die ganze Geschichte nur ausgedacht hat.«

»Trotzdem verstehe ich nicht, warum Sie die Technologie geheim halten wollen«, beharrte Nick.

Allende sah Nick nachdenklich an. »Kannst du dir das wirklich nicht denken? Sobald ich die Entdeckung offiziell mache, werden sämtliche Militärs, Geheimdienste und Verbrechersyndikate dieser Welt versuchen, die Technologie in die Finger zu bekommen. Stell dir einen Bankräuber vor, der sich auf diese Weise Zugang zu einem Tresorraum verschafft, in Seelenruhe die Regale leer räumt und sich anschließend wieder zurückteleportiert, ohne die geringste Spur zu hinterlassen. Oder einen Kriegsangriff, bei dem sich der Gegner einfach hinter die feindlichen Reihen teleportiert. In den falschen Händen könnte die Technologie enormen Schaden anrichten.

Ich habe nach einem Weg gesucht, die Medien darauf aufmerksam zu machen, ohne zu viele Details preiszugeben. Ursprünglich hatte ich eine Vorführung in Fachkreisen geplant, doch die Kollegen haben allesamt abgelehnt. Dann bin ich euch auf dem Polizeirevier begegnet. Mir kam spontan die Idee, deinem Vater die Teleportation vorzuführen – er ist ein angesehener Staatsdiener, ihm würde man sicherlich glauben. Aber er hat ebenfalls abgelehnt.«

»Also war das die wissenschaftliche Demonstration, über die Sie nicht näher ins Detail gehen wollten?«, rief Nick aus.

»So ist es. Nach seiner Absage war ich zunehmend verzweifelt und habe mich zu einem ... nun ja, zu einem etwas fragwürdigen Schritt entschieden. Einer meiner Mitarbeiter hat die Technologie auf eurem Schiff installiert, und am nächsten Morgen habe ich deinen Vater samt Schiff zu meiner Insel teleportiert. Er war zwar höchst fasziniert, weigerte sich aber immer noch, ein öffentliches Statement abzugeben. Ich habe ein wenig ...« Allende räusperte sich verlegen. »Nun ja, ein wenig Druck ausgeübt, woraufhin er mir erzählte, dass er mit Victor Drago in Verbindung stand und in diesem Zusammenhang jahrelang einer Gehirnwäsche unterzogen wurde. Er meinte, wenn irgendjemand das herausfände, würde man ihm seine Aussage ohnehin nicht glauben. Ich war am Boden zerstört, sah aber ein, dass dein Vater recht hatte. Da er nun von der Technologie wusste, musste ich ihn notgedrungen auf der Insel festsetzen, das Boot habe ich ohne ihn wieder zurückgeschickt.

Aus meiner Verzweiflung heraus beschloss ich, jegliche Vorsicht in den Wind zu schlagen und das Kreuzfahrtschiff verschwinden zu lassen. Das Risiko hat sich gelohnt. Das Manöver war ein voller Erfolg. Die Leute haben erkannt, dass Teleportationen möglich sind und mein Großvater recht gehabt hat. Das war alles, was ich erreichen wollte. Ich werde mich aus der Forschung zurückziehen und die Technologie für die nachfolgenden Generationen sicher verwahren. Niemand wird je erfahren, dass ich hinter allem stecke. Und dein Vater darf selbstverständlich gehen – sofern er mir verspricht, meinen Namen aus der ganzen Angelegenheit herauszuhalten.«

Allende nahm sein Champagnerglas und leerte es mit einem großen Schluck. Nick betrachtete den Professor nachdenklich. Er hatte nur zum Teil recht gehabt mit seiner Einschätzung. Allende war nicht zu unterschätzen, zumindest, was seine Intelligenz und seine Genialität auf dem Gebiet der Physik betraf. Aber gefährlich war er nicht. Höchstens gefährlich gutmütig. Er glaubte tatsächlich, dass niemand die Spur bis zu ihm zurückverfolgen konnte, hatte keine Ahnung, was hinter seinem Rücken vor sich ging, wusste nichts von den Arabern oder von Fuentes. Nick seufzte. Wenn er die richtigen Schlüsse ziehen konnte, dann konnten die anderen das auch. Und es war nur noch eine Frage der Zeit, bis sie hier auftauchten.

30

Wenn ich dein Grübeln kurz unterbrechen dürfte«, meldete sich Bruno zu Wort. »Eine unbekannte Person hat gerade das Haus betreten. Ich habe sie bereits am Brunnen bemerkt und bin davon ausgegangen, dass sie klingelt. Aber so, wie es aussieht, hat sie sich selbst reingelassen.«

Nick sah alarmiert zu Allende. »Befindet sich noch jemand im Haus?«

»Nein«, erwiderte Allende. »Meine Haushälterin hat ein paar Tage frei.«

»Erwarten Sie noch jemanden?«, fragte Nick weiter.

»Nicht doch«, erwiderte der Professor. »Ich hatte einen ruhigen Abend geplant. Vielleicht mit einer Partie Schach gegen mich selbst. Wieso?«

Nick sprang auf. Verflixt. Das war schneller gegangen als befürchtet.

»Was ist los?«, fragte Marta.

»Wir bekommen Besuch«, erwiderte Nick. »Und zwar von der unerwünschten Sorte.«

Rasch lief er zu den bodentiefen Fenstern, die auf die Terrasse hinter dem Haus führten, und spähte vorsichtig hinaus. Doch einige hohe Buchsbaumskulpturen versperrten ihm die Sicht in den Garten. »Weitere Personen?«, murmelte er leise.

»Auf dem Grundstück nicht«, erwiderte Bruno. »Bis zur Straße reicht mein Scanner nicht.«

Mist! Waren die Araber bereits auf Allendes Spur gekommen und hatten nun jemanden vorgeschickt, um die Lage auszukundschaften?

»Was soll das heißen, *unerwünschter Besuch*?«, fragte Allende verwirrt und erhob sich nun ebenfalls. »Und woher weißt du das überhaupt?«

»Erkläre ich Ihnen später«, entgegnete Nick. »Haben Sie so etwas wie einen Panikraum?«, fragte er.

»Einen Panikraum?«

»Einen Raum, in den man sich einschließen kann, wenn man angegriffen wird.«

»Nein, natürlich nicht. Wozu denn?«

»Einen Keller?«

»Auch nicht. Das Haus ist nicht unterkellert. Was hat das denn alles mit dem Besucher zu tun?«

Nick zwang sich, tief durchzuatmen. Allende war nicht nur gutmütig, er war regelrecht naiv!

»Die Person hat die Eingangshalle durchquert«, vermeldete Bruno. »Sie scheint auf dem Weg hierher zu sein.«

»Kommt man von hier aus in den ersten Stock?«

»Nein, der Weg zur Treppe ist abgeschnitten.«

»Verdammt!«, fluchte Nick. »Ihr bleibt hier. Ich bin gleich wieder da.«

»Ich verstehe wirklich nicht, was das soll«, beschwerte

sich Allende empört. »Das ist immer noch mein Haus. Wenn sich tatsächlich jemand unbefugt hier aufhält, würde ich doch zumindest erst ...«

»Professor Allende, wenn Ihnen Ihr Leben lieb ist, tun Sie, was ich Ihnen sage«, platzte es aus Nick heraus. Befriedigt sah er, wie sich Allende mit einer Mischung aus Empörung und Verblüffung zurück in den Sessel fallen ließ. Dann wandte er sich um und huschte in den Flur hinaus.

»Wo befindet sich die Person jetzt?«, wisperte Nick.

»Auf dem Weg zum Speisesaal. Offenbar kennt sie sich aus.«

»Bewaffnet?«

»Schusswaffe. Halbautomatik, wie mir scheint.«

»Fuck«, murmelte Nick. Er hatte zwar in der Schule etliche Trainingseinheiten für Nahkampf- und Eins-zu-eins-Situationen absolviert, trotzdem machte es einen gehörigen Unterschied, wenn der Gegner im Gegensatz zu einem selbst bewaffnet war. Nick überlegte fieberhaft. Seine einzige Chance war, einen Überraschungsangriff zu starten und den Eindringling von hinten zu überwältigen, bevor er das Wohnzimmer mit Allende und Marta erreicht hatte. In diesem Fall kam ihm die riesige Villa mit ihren vielen Fluren und Durchgangszimmern zugute. Er gab Bruno einen entsprechenden Befehl, und das Interface lotste ihn durch einen beidseitig begehbaren Abstellraum und einen schmalen Flur, der früher wahrscheinlich den Bediensteten vorbehalten war.

»Jetzt die nächste Tür rechts. Dahinter befindet sich der Speisesaal«, vermeldete Bruno. Das Herz hämmerte in Nicks Brust; seine Sinne waren zum Zerreißen gespannt. Er durfte sich jetzt keinen Fehler erlauben.

Vorsichtig drückte Nick die Klinke hinunter und spähte in den Saal, in dem während Allendes Empfang das Büfett aufgebaut gewesen war. Er konnte gerade noch erkennen, wie eine Gestalt durch die geöffnete Flügeltür in den angrenzenden Raum schlich. Die Haare waren unter einem Käppi verborgen, die Statur war schmal und eindeutig weiblich. Die Araberin!

Nick folgte ihr leise und hielt sich nah an der Wand, damit die Frau ihn nicht entdeckte, falls sie sich umsah. Kurz darauf hatte auch er die Flügeltüren erreicht, die in den Raum mit Allendes Kunstsammlung führten. Die Frau war vor dem Porträt von Carlos Miguel Allende stehen geblieben und betrachtete es mit schief gelegtem Kopf.

Das war seine Chance. Sie war abgelenkt und hatte ihm den Rücken zugewandt. Es trennten sie nur knapp vier Meter. Jetzt oder nie!

Nick setzte alles auf eine Karte und rannte los.

Noch drei Meter.

Ein beinahe unmerkliches Zucken ging durch den Körper der Frau. Sie hatte ihn bemerkt.

Zwei Meter.

Die Hand der Frau glitt zu der Waffe an ihrer Hüfte. Er musste sie erreichen, bevor sie damit auf ihn zielen konnte.

Ein Meter.

Dann verschwand die Frau.

Nick starrte fassungslos auf die Stelle, wo sie gerade noch gestanden hatte. Eine Ahnung begann in ihm aufzusteigen. Während sein Gehirn wie in Zeitlupe die einzelnen Puzzlestücke zusammensetzte, erklang hinter ihm plötzlich ein ohrenbetäubendes Krachen.

Nick, ohnehin schon bis zum Zerreißen angespannt, zuckte erschrocken zusammen und fuhr herum. Im gleichen Moment verstummte der Lärm, und Nick bot sich eine geradezu skurrile Szenerie. Die Metallskulptur in der Mitte des Raumes, über die sich Marta und er vor ein paar Tagen lustig gemacht hatten, war zur Hälfte eingestürzt. Die andere Hälfte schwebte wie schwerelos in der Luft, was in diesem Fall aber nicht dem Geschick des Künstlers geschuldet war, sondern der Tatsache, dass Nicks Erschrecken einen *Sprung* ausgelöst hatte. Neben oder besser halb in der Skulptur stand die Frau und hob schützend den Arm vor das Gesicht.

Nick stellte sich in sicherer Entfernung neben das Stillleben und verschränkte die Arme. Trotz des Zeitlupentempos war sein Hirn inzwischen zu einem Ergebnis gelangt. Und diese Erkenntnis erlaubte es ihm, jegliche Vorsicht fallen zu lassen. Die Frau, die gerade halb unter fragwürdiger Kunst begraben wurde, war keineswegs die Araberin. Sich von jetzt auf gleich in Luft aufzulösen und an einem anderen Ort wiederaufzutauchen, konnte nur eine.

Ein Ruck ging durch die Gestalt. Während die Trümmerteile der Skulptur weiterhin in der Luft schwebten, bewegte sich die Frau wieder in für Nick »normaler« Geschwindigkeit. Sie wich vor den schwebenden Metallteilen zurück, zog mit einer eleganten Bewegung ihre Waffe aus dem Holster und drehte sich zu Nick um. Doch anstatt einen Schuss abzufeuern, sah sie ihn an, als wäre sie gerade einem Geist begegnet. »Du?«, fragte sie verblüfft.

»Hallo, Becca«, sagte Nick betont gelassen. »Hast du jemand anders erwartet?«

Verwirrt steckte die Mossad-Agentin die Waffe wieder weg und sah ihn aus großen Augen an. »Ich dachte, du wärst ...«

Weiter kam sie nicht. Ihre Bewegungen erstarrten, und sie verstummte mitten im Satz. Zumindest aus Nicks Perspektive. Becca konnte im Gegensatz zu ihm ihre Fähigkeit zu *springen* zwar steuern, den *Sprung* dafür aber nur wenige Sekunden aufrechterhalten. Gerade war er zu Ende gegangen, doch ein neuer würde vermutlich nicht lange auf sich warten lassen. Nick nutzte die Zeit, indem er Beccas Pistole an sich nahm. Dann stellte er sich absichtlich zwei Meter weiter nach links als vorher und wartete.

Aus Nicks Sicht verging etwa eine halbe Minute, bis Becca sich wieder bewegte. Sie schaute sich suchend nach ihm um und sah überrascht auf die Waffe in seiner Hand. Unwillkürlich tastete sie in ihr Holster, wo ihre Finger ins Leere griffen. Sie schloss kurz die Augen, seufzte dann und sah ihn mit hochgezogenen Augenbrauen an. »Ernsthaft?«

Wortlos ließ Nick das Magazin aus der Halterung gleiten und reichte ihr die nutzlos gewordene Waffe zurück.

»Zu gütig«, bemerkte Becca spitz. »Würdest du mir jetzt bitte verraten, was du hier tust?«

»Das Gleiche könnte ich dich fragen.«

»Mir ist klar geworden, dass Allende hinter allem steckt.«

»So weit war ich auch schon«, erwiderte Nick trocken. »Im Gegensatz zu dir habe ich jedoch an der Tür geklingelt.«

»Ha. Im Gegensatz zu *dir* habe ich ...«

Erneut erstarrte Becca mitten im Satz. Ihr *Sprung* war vorbei. Nick seufzte. Für diese Art der Unterhaltung fehlte ihm gerade die Geduld. Er atmete tief durch, damit sich sein Adrenalinspiegel beruhigte, doch es brachte nichts. Sein *Sprung* dauerte an. Unruhig lief er auf und ab, bis Becca wieder aus ihrer Starre erwachte.

»Könntest du bitte aufhören zu springen?«, fragte sie genervt. »Das wird langsam albern.«

»Albern?«, entgegnete er gereizt. »Tut mir wirklich leid, dass ich dir solche Unannehmlichkeiten bereite. Aber offenbar bin ich zu wütend, um den Sprung zu beenden.«

»Wütend? Auf wen?«

»Auf dich.«

»Wieso auf mich?«

»Oh, lass mich mal überlegen. Zum Beispiel, weil du dich hier reinschleichst und mich mit einer Waffe bedrohst. Und weil du entgegen unserer Abmachung Fuentes' USB-Stick an den Mossad übergeben hast.«

»Moment mal. Als ich gesehen habe, dass Allende Besuch hat, dachte ich, die Araber hätten es auf ihn abgesehen. Ich hatte keine Ahnung, dass du hier bist.«

»Woher wusstest du, dass Allende nicht allein ist?«

»Ich habe das Haus mit einem Infrarotgerät gescannt. Das hat mir insgesamt drei Personen angezeigt. Da bin ich zunächst vom Schlimmsten ausgegangen.«

»Tja, es ist eben eine Kunst, Informationen richtig zu interpretieren. Die Araber sind jedenfalls nicht hier. Noch nicht.«

»Und wer ist die dritte Person?«

»Marta.«

»Ah.« Becca verzog das Gesicht. Wider Willen musste Nick beim Anblick ihrer mürrischen Miene lachen, und er spürte, wie die Anspannung in seinem Körper nachließ. Wenige Sekunden später waren beide Sprünge vorbei.

Das Krachen und Scheppern der zusammenbrechenden Skulptur erinnerte ihn wieder daran, was den *Sprung* eigentlich ausgelöst hatte. Becca musste bei ihrem Ausweichmanöver aus Versehen dagegengestoßen sein. Während die letzten Trümmerteile zu Boden fielen, betrachtete Becca ihn kritisch.

»Na endlich«, sagte sie dann. »Wurde auch Zeit. Wo waren wir? Ah ja. Deine grundlosen Anschuldigungen.«

»Grundlos? Dass ich nicht lache.«

»Ja, grundlos. Also ... Erstens: Ich bin davon ausgegangen, dass sich Allende in akuter Gefahr befindet. Deswegen habe ich mich ins Haus geschlichen. Zweitens: Die Szene, die du im Park beobachtet hast, hat mit unserer Sache überhaupt nichts zu tun. Ich habe Aaron keineswegs den Stick übergeben, sondern ... etwas anderes.«

»Klein, rund und silbern? Was für ein Zufall«, höhnte Nick.

»Warum bist du mir überhaupt gefolgt? Ich habe doch ausdrücklich gesagt, dass ich etwas Privates erledigen muss.«

»Nennen wir es Instinkt. Und der hat mich offenbar nicht getrogen.«

»Irrtum. Wie sagtest du so schön? Es ist eine Kunst, Informationen richtig zu interpretieren.«

»Ach ja? Dann sag mir doch einfach, wie es wirklich war, damit ich gar nicht in die Verlegenheit komme, etwas interpretieren zu müssen.«

Zu Nicks Erstaunen wurde Becca rot. »Ich ... Ach, was soll's? Dann erfährst du es eben. Aber du musst versprechen, es keiner Menschenseele zu verraten.«

»O...kay«, erwiderte Nick erstaunt.

»Ich ... ich hab nach einer Möglichkeit gesucht, meinen *Sprung* zu verbessern. Es wurmt mich wahnsinnig, dass ich ihn nicht länger als ein oder zwei Sekunden aufrechterhalten kann. Ich hab schon alles versucht, von asiatischer Kampfkunst bis zu autogenem Training. Nichts hat geholfen.« Becca seufzte, dann fuhr sie verlegen fort: »Meine Tante ist eine sehr spirituelle Person. Sie glaubt an die Heilkraft von Steinen und die Macht des Inneren selbst und so Zeugs. Als sie mir davon erzählte, dachte ich mir: Was soll's? Versuche ich es halt mal. Aaron ist so eine Art Guru meiner Tante, und er hat mich mit dem entsprechenden Material versorgt.«

»Das glaub ich jetzt nicht!«, entfuhr es Nick. »Du bist der rationalste Mensch, den ich kenne. Und dann lässt du dich auf so einen Quatsch ein? Wie hab ich mir das vorzustellen – dass du dir Steine auflegst, um den Energiefluss zu erhöhen? Hast du auch Räucherstäbchen angezündet, um böse Geister zu vertreiben?«, witzelte er.

Die Röte auf Beccas Wangen vertiefte sich. »Das war der letzte Strohhalm, an den ich mich geklammert habe«, erwiderte sie verteidigend. »Ich war selbst nicht überzeugt davon. Vermutlich hat es deswegen auch nicht funktioniert. Ich habe Aaron gesagt, dass ich unsere Meditationsübungen abbreche. Diese ganze Selbstbeobachtung, sein wahres Selbst finden und so ein Gedöns – das ist nichts für mich. Daraufhin hat er mir eine saftige Rechnung präsentiert. Ich hab ihn für verrückt erklärt, das war viel mehr, als wir vereinbart hatten. Aber er hat auf die Summe bestanden und gedroht, die Rechnung notfalls an den Mossad zu schicken, falls er sein Geld nicht sofort bekommt. Außerdem wollte er das Amulett wiederhaben, das er mir geliehen hatte, irgendein Talisman von ihm, der mein inneres Chi freisetzen sollte. Der Zeitpunkt war äußerst ungünstig, aber ich hatte keine Wahl. Wenn mein Chef herausbekommen hätte, das ich einem Guru von meinen Fähigkeiten erzählt habe, wäre das das Ende meiner Karriere gewesen. Aaron wohnt in der Nähe des Parks, deswegen hab ich mich dort mit ihm verabredet und ihm das Geld und das Amulett gegeben. Ende der Geschichte.«

Nick erinnerte sich an den silbernen Anhänger. Größe und Form waren dem des USB-Sticks tatsächlich sehr ähnlich. Und auch die anderen esoterischen Utensilien wie

Heilsteine und Mandala passten ins Bild. Obwohl Nick spürte, wie unangenehm Becca das Thema war, konnte er sich ein Grinsen nicht verkneifen. Seine Wut war verflogen. Ein bisschen ärgerte er sich noch, aber in erster Linie über sich selbst, weil er Becca so vorschnell verurteilt hatte.

»Also schön«, sagte er in versöhnlicherem Tonfall. »Dann wäre der Punkt geklärt. Und wie bist du auf Allende gekommen?«

»Ich nehme an, dass ich die gleichen Schlüsse gezogen habe wie du«, erwiderte Becca, sichtlich erleichtert darüber, dass sie das Thema gewechselt hatten. »Als in den Nachrichten über das Philadelphia-Experiment berichtet wurde und irgendjemand den Namen Carlos Miguel Allende erwähnte, hat es *Klick* gemacht.«

»Jep, genauso hab ich mir das auch zusammengereimt.«

»Hast du Allende schon zur Rede gestellt? Und weiß er, wo Ben ist?«

»Ben ist bei ihm auf der Insel. Ist 'ne längere Geschichte. Aber ihm geht's gut. Und Allende selbst ist so naiv wie ein Chorknabe. Er wollte das Ansehen seines Großvaters wiederherstellen und sieht seine Mission mit dem heutigen Tag als erfüllt an. Er glaubt allen Ernstes, dass niemand die Spur bis zu ihm zurückverfolgen kann und die Entdeckung der Teleportation in Vergessenheit geraten wird.«

Becca schnaubte. »Wahnsinn. Wie kann man gleichzeitig so intelligent und so dumm sein?« Sie schüttelte den Kopf. »Tja, da hat der Herr Professor die Rechnung leider ohne unsere Freunde aus Gohar gemacht.«

31

»Ohne wen?«, fragte Nick.

»Unsere arabischen Verfolger«, erwiderte Becca. »Der Mossad hat herausgefunden, wer sie sind. Aber vielleicht sollten wir das zusammen mit Allende besprechen, damit er weiß, was auf ihn zukommt. Wo ist er eigentlich?«

»Komm mit, ich zeig's dir.«

Kurz darauf betraten sie den Salon, in dem Marta und Allende gewartet hatten. Er war leer.

Nick sah sich suchend um. »Marta? Professor? Es ist alles okay. Ich hab den Eindringling sichergestellt«, fügte er hinzu, woraufhin Becca die Augen verdrehte.

Martas Kopf erschien hinter der Rückenlehne der Couch. »Oh, hi«, sagte sie betont lässig. Dann rappelte sie sich auf. »Professor, Sie können aufstehen. Die Lage ist unter Kontrolle.«

Langsam tauchte nun auch Allendes Gesicht hinter der Couch auf. Verwundert blickte er von Nick zu Becca. »Moment mal, Sie kenne ich doch«, sagte er und erhob sich mühsam. »Sie sind eine meiner Studentinnen.«

»Nicht ganz, Professor«, erwiderte Becca. »Das war nur Tarnung. In Wahrheit arbeite ich für einen Geheimdienst.«

»So, so«, brummte Allende und kam hinter der Couch hervor. »Und ich dachte, ich hätte alle erforderlichen Vorsichtsmaßnahmen getroffen. Aber wie es scheint, seid ihr mir auf die Spur gekommen.«

»Und dabei wird es aller Voraussicht nach nicht bleiben«, bemerkte Becca. »Wir wissen von mindestens einer anderen Organisation, die kurz davor ist, die verschwundenen Schiffe bis zu Ihnen zurückzuverfolgen. Und mit denen ist weiß Gott nicht zu spaßen.«

Allende begann, nervös an seinem Kragen herumzunesteln. »Wie darf ich das verstehen?«

»Diese Leute sind so skrupellos, dass sie über Leichen gehen, um Ihre Technologie in die Hände zu kriegen. Das haben Nick und ich am eigenen Leib zu spüren bekommen«, erwiderte Becca. »Aber vielleicht erkläre ich es besser von Anfang an.«

»Das wäre ganz wundervoll. Bitte, setzt euch doch.« Allende deutete auf das Sofa. Er bot auch Becca Champagner an, doch sie lehnte ab und kam gleich zur Sache.

»Sagt Ihnen der Name Ricardo Fuentes etwas? Der stellvertretende Leiter der EMSA?«

»Aber natürlich«, erwiderte Allende. »Er ist vor einigen Tagen entführt worden. Die Polizei hat mich dazu befragt, weil ich einen Tag zuvor einen Termin mit ihm hatte. Dabei ging es aber lediglich um gewässerpolitischen Schnickschnack, nichts, was mit der Entführung im Zusammenhang stand. Haben sie den armen Mann inzwischen gefunden?«

»Nein, haben sie nicht. Und sie haben auch nach wie vor keine Ahnung, wer dahintersteckt. Im Gegensatz zu uns«, fügte Becca mit ernster Miene hinzu.

»Hervorragend«, wandte Allende ein, »aber was hat das mit meiner Technologie zu tun?«

»Einfach alles, Professor«, sagte Becca und sah kurz zu Marta hinüber. »Als Marta sich mit dem Fund von radioaktivem Wasser an Fuentes wandte, hat er begonnen, Nachforschungen anzustellen. Irgendwie ist er dabei zu dem Schluss gekommen, dass es sich bei der radioaktiven Strahlung im Meerwasser um die Rückstände einer nuklearen Waffe handelt, die vor der Küste Lissabons heimlich getestet wurde. Er hat geglaubt, dass irgendjemand das Orion-Projekt der NASA wiederaufgenommen hat, und diese Informationen hat er auf einer Plattform im Darknet zum Kauf angeboten.«

»Das Orion-Projekt? So ein Unsinn.« Allende schüttelte vergnügt den Kopf.

»Der Chatverlauf war mehr schlecht als recht verschlüsselt«, fuhr Becca unbeirrt fort. »Meine Kollegen konnten ihn knacken und haben herausgefunden, dass Fuentes mit einem iranischen Unterhändler handelseinig geworden ist. Er hätte ein hübsches Sümmchen für die Informationen kassiert. Doch leider ist ihm jemand in die Quere gekommen.«

»Die Araber«, mutmaßte Nick.

»Genau«, bestätigte Becca. »Die Fotos, die ich während der Verfolgungsjagd gemacht habe, waren Gold wert. Der

Mossad konnte alle drei identifizieren. Sie gehören zu den Topspionen von Gohar.«

»Gohar?«, fragte Nick stirnrunzelnd. »Nie gehört.«

»Kein Wunder«, erwiderte Becca. »Es ist eine kleine Monarchie zwischen Saudi-Arabien und dem Oman. In den vergangenen Jahrhunderten war es eher ruhig um das Land. Doch seitdem Scheich Abdullah bin Raschid II. neues Staatsoberhaupt geworden ist, versucht das Land, größeren Einfluss zu bekommen. Und dazu scheint jedes Mittel recht zu sein. Sie haben einen äußerst schlagkräftigen Geheimdienst aufgebaut und beteiligen sich erfolgreich am internationalen Waffenhandel. Es wird sogar gemunkelt, dass sie ein eigenes Atomprogramm ins Leben gerufen haben. Wir nehmen an, dass sie ebenfalls an Fuentes' Angebot interessiert waren, aber kein Geld dafür ausgeben wollten. Also haben sie kurzerhand beschlossen, die Informationen aus ihm herauszupressen. Einer von Fuentes' Fehlern war, seine Identität nicht gut genug zu verschleiern, deswegen konnten sie ihn problemlos in Lissabon ausfindig machen.«

»Das ist unschön«, sagte Allende, »aber nicht übermäßig beunruhigend. Ich halte es für unwahrscheinlich, dass Fuentes Details über meine Forschung herausgefunden hat. Mit dem Orion-Projekt lag er schon mal falsch.«

»Ich würde es lieber nicht darauf ankommen lassen«, entgegnete Nick. »Spätestens seit heute Vormittag wird bei allen Beteiligten der Groschen gefallen sein, worum es bei der ganzen Sache geht und wer dahintersteckt. Die Aktion mit dem Kreuzfahrtschiff war nicht gerade diskret.«

»Wir müssen Ihre Technologie sicherstellen, bevor die Goharer sie in die Finger bekommen«, wandte Becca ein. »Diese Typen werden keinen Stein auf dem anderen lassen, bis sie gefunden haben, wonach sie suchen.«

Allende winkte ab. »Ich bitte euch, seid doch nicht so dramatisch. Zugegeben, ich hätte niemals damit gerechnet, dass mir ein ausländischer Schurkenstaat so schnell auf die Spur kommt. Aber ich versichere euch, dass niemand meine Technologie finden wird. Mein Forschungszentrum ist nicht in Lissabon, sondern an einem anderen, äußerst gut verborgenen Ort.«

Nick sah Allende mit hochgezogenen Augenbrauen an und fragte übertrieben liebenswürdig: »Dieser angeblich so gut verborgene Ort befindet sich nicht zufällig auf der *Palheiro de Terra*?«

Der Professor starrte Nick mit offenem Mund an. »Wie ... woher ... woher weißt du das?«, stammelte er.

»Es genügte ein Blick in die Daten des zuständigen Liegenschaftsamtes. Sie besitzen eine Insel und sind öfter mit Ihrem Helikopter unterwegs – da muss man nur eins und eins zusammenzählen.«

»Aber ich habe die Insel unter falschem Namen gekauft«, protestierte Allende.

»Ja, unter dem Namen Ihres Großvaters Carl Allen«, entgegnete Nick.

Becca stöhnte auf und schüttelte ungläubig den Kopf. Nick konnte ihre Reaktion nachvollziehen. Auch er spürte, wie sich in ihm zunehmende Verzweiflung über die Unbedarftheit des Professors ausbreitete. Am liebsten hätte er Allende an den Schultern gepackt und kräftig geschüttelt.

»Nichts für ungut, Professor, aber für wie dumm halten Sie alle anderen eigentlich?«, rief er aufgebracht. »Wenn wir diese Rückschlüsse ziehen, dann können andere das auch. Es ist nur noch eine Frage der Zeit, bis die Goharer auf der Insel auftauchen. Und dann wird genau das eintreten, was Sie eigentlich verhindern wollen – dass die Technologie in die Hände eines machthungrigen Herrschers gerät, der sie für seine eigenen Zwecke missbraucht!«

Allende starrte ihn an, während seine Finger wieder nervös an seinem Kragen herumnestelten. Er schien erst verarbeiten zu müssen, was Nick ihm gerade eröffnet hatte.

Becca hatte unterdessen ihr Handy hervorgeholt und eine Nummer eingetippt. Sie redete zunächst in raschem Hebräisch auf ihren Gesprächspartner ein, lauschte kurz und wandte sich dann an Nick. »Wie lauten die Koordinaten der Insel?«

»Bruno?«, gab Nick die Frage weiter.

»30° 9' 37,9" Nord; 15° 52' 32,7" West«, antwortete das Interface wie aus der Pistole geschossen.

Nick wiederholte die Koordinaten, und Becca leitete sie weiter. Dann legte sie auf.

»Ich habe meinen Boss über die neuesten Entwicklungen in Kenntnis gesetzt. Die Indizien reichen aus, um eine Satellitenüberwachung der Insel zu veranlassen.«

Nick reckte den Daumen hoch und wandte sich wieder an Allende. »Gibt es außer der Insel noch weitere Orte, an denen Sie an der Technologie geforscht haben? Oder wo Sie Material oder Unterlagen lagern?«

Allende sah ihn zunächst verständnislos an, doch dann schien er zu begreifen. »Andere Orte? Nein, es befindet sich alles ausschließlich auf der Insel.«

»Könnte man auf den Schiffen noch etwas finden, die sie teleportiert haben?«

»Nein, die nötigen Apparaturen haben meine Mitarbeiter gleich nach der Rückkehr der Schiffe wieder eingesammelt.«

»Wenn also jemand vorhätte, die Technologie zu stehlen, ist die Insel die einzige Anlaufstelle, richtig?«, resümierte Nick.

»So ist es«, bestätigte Allende.

»Dann sollten wir zusehen, dass wir vor den goharischen Spionen dort sind«, sagte Nick. »Am schnellsten wäre wohl der Helikopter.«

»So ein Humbug!«, rief Allende verärgert. »Niemand wird mein Forschungszentrum finden. Ich bringe euch doch nicht auf meine Insel, um etwas zu verhindern, was gar nicht eintreten wird. Warum sollte ich das tun?«

»Begreifen Sie denn immer noch nicht?«, rief Nick wütend.

Ein Klingeln unterbrach ihn. Becca zog ihr Handy hervor und nahm den Anruf entgegen. Je länger sie zuhörte, desto mehr verfinsterte sich ihr Blick. Sie antwortete kurz angebunden, dann legte sie auf.

»Das war mein Boss. Sie haben sofort die Satellitenüberwachung gestartet. Auf der Insel ist keine Aktivität festzustellen, aber von der Küste aus nähert sich ein Schnellboot, das direkten Kurs auf die Insel hält.«

Nick sah Allende fragend an. »Sind Sie immer noch der Meinung, dass die Technologie auf Ihrer Insel sicher ist?«

»Allerdings«, antwortete Allende und verschränkte trotzig die Arme. »Man kann mit einem Boot nicht an der Insel landen. Es würde an den unterirdischen Felsen zerschellen. Und der geheime Zugang ist viel zu gut versteckt. Ich lasse es also gern darauf ankommen.«

»Mein Vater ist auf der Insel«, knurrte Nick. »Wenn sich die Spione Zugang zur Insel verschaffen, ist sein Leben in Gefahr. Wir lassen hier überhaupt nichts darauf ankommen. Wir fliegen auf die Insel. Jetzt. Entweder fliegen Sie uns hin, oder ich fliege selbst.«

Ohne ein weiteres Wort stapfte er zur Terrassentür, öffnete sie und trat auf die Terrasse hinaus. Marta und Becca wechselten einen Blick miteinander, zuckten mit den Schultern und folgten ihm. Als Allende begriff, dass Nick seine Drohung ernst meinte, lief er ihnen eilig hinterher.

»Hast du schon einmal einen Hubschrauber geflogen?«, raunte Marta Nick zu, während sie auf den Landeplatz zumarschierten.

»Nein«, erwiderte Nick grimmig. »Aber ein Flugzeug. So groß wird der Unterschied schon nicht sein.«

»Und was hast du vor, wenn wir auf der Insel sind?«

»Na, was schon? Ich werde die Technologie zerstören.«

»Mein Lebenswerk zerstören?«, keuchte Allende, der Mühe hatte, mit ihnen Schritt zu halten. »Bist du wahnsinnig? Die

Entdeckung der Teleportation ist mein Vermächtnis. Die Welt ist noch nicht bereit für diese bahnbrechende Technologie, aber vielleicht werden künftige Generationen in der Lage sein, verantwortungsvoll damit umzugehen. Wir legen mein Labor still und bringen die Unterlagen an einen sicheren Ort. Eine Zerstörung kommt nicht infrage!«

Nick fuhr herum und blieb so abrupt stehen, dass Allende beinahe mit ihm zusammengestoßen wäre. »Nennen Sie mir einen Ort auf der Welt, an dem man etwas verstecken kann, das praktisch die gesamte Menschheit in ihren Besitz bringen will«, verlangte er. Allende sah ihn mit funkelnden Augen an, blieb aber eine Antwort schuldig. »Sehen Sie?«, fuhr Nick fort. »Ein solcher Ort existiert nicht. Früher oder später würde man das Versteck finden. Wir müssen die Technologie zerstören. Das ist die einzig vernünftige Möglichkeit.«

32

Nick sah aus dem Fenster. So weit das Auge reichte, glitzerten blaugraue Wellen unter ihm, nur durchbrochen von weißen Schaumkronen oder dem dunklen Schatten eines Schiffes. »Wie weit ist es noch?«, fragte er in das Headset, mit dessen Hilfe sie sich trotz des dröhnenden Lärms der Rotoren miteinander verständigen konnten.

Allende wandte sich zu ihm um. »Wir sind gleich da. Man kann die Insel bereits erkennen«, erwiderte er und deutete auf eine kleine Erhebung, die sich in einiger Entfernung abzeichnete. Der Professor hatte es am Ende nicht auf Nicks Flugkünste ankommen lassen und beschlossen, selbst zu fliegen. Sie waren seit etwa einer halben Stunde in der Luft, und Nick wurde von Minute zu Minute nervöser.

Becca, die seit dem Start per Chatfunktion mit dem Mossad kommuniziert hatte – ein Telefonat war bei dem Geräuschpegel unmöglich –, steckte ihr Handy weg und sah Nick mit düsterer Miene an. »Wir haben ein Problem.«

»Noch eins?«, scherzte Nick, wurde aber sogleich wieder ernst. »Was ist los?«

»Das Boot der Goharer ist verschwunden«, erwiderte sie. Als Nick sie verständnislos ansah, fuhr sie fort: »Es hat die

Insel vor etwa fünf Minuten erreicht, sie einmal umrundet – und war dann plötzlich weg.«

»Ist es gekentert?«, fragte er.

»Laut meinem Kollegen sah es eher so aus, als wäre es in die Insel hineingefahren. Vielleicht eine optische Täuschung aufgrund der groben Satellitenbilder. Auf jeden Fall ist es seit circa einer Minute nicht mehr zu sehen.«

Nick wandte sich an Allende. »Könnte es sein, dass die Typen Ihren ach so gut getarnten geheimen Eingang entdeckt haben, Professor?«

Allende brummelte etwas Unverständliches auf Portugiesisch, dann sagte er zerknirscht: »Ihr hattet recht. Ich habe mich zu sicher gefühlt. Aber ich kann mir beim besten Willen nicht erklären, woher sie von der Höhle wussten.«

»Erzählen Sie mir von dem Eingang«, verlangte Nick.

Allende deutete nach vorn. Die Insel war jetzt besser zu erkennen. Es war ein zerklüftetes Eiland, nicht größer als ein halber Quadratkilometer. Im vorderen Bereich gab es einige flache felsige Buchten. Ab etwa der Mitte der Insel erhob sich ein steiler Hügel, dessen Rückseite beinahe senkrecht ins Meer abfiel.

»Seht ihr die Klippe im hinteren Teil der Insel?«, fragte Allende. »In der Felswand befindet sich eine Höhle, die mit einem kleinen Boot befahren werden kann. Von der Höhle führt ein Tunnel bis in die unterirdischen Labore. Das ist der Zugang, den meine Mitarbeiter benutzen. Die Felsen sind dort so zerklüftet und der Höhleneingang so schmal und verschachtelt, dass er vom Wasser aus so gut wie nicht zu erkennen ist. Man muss schon genau wissen, wonach man sucht.«

»Was mal wieder beweist, dass unsere Freunde außerordentlich gut informiert sind«, wandte Nick ein.

»Oder außerordentlich clever«, fügte Becca hinzu.

Sie hatten die Insel fast erreicht. Am Fuße des Hügels kam eine kleine Hütte in Sicht, die in einer windgeschützten Senke stand. Davor befand sich eine ebene Fläche, auf die Allende den Helikopter zusteuerte. Die Insel selbst lag vollkommen verlassen da. Keine Menschenseele war zu sehen, und auch das Boot der Goharer suchten sie vergebens.

Langsam senkte sich der Helikopter zu Boden. Der Wind der Rotoren peitschte durch das knorrige, trockene Gras, das zwischen den Felsen Halt gefunden hatte. Nachdem sie sicher gelandet waren, schaltete Allende den Motor aus. Sie nahmen die Headsets ab, öffneten die Sicherheitsgurte und stiegen aus.

Das Erste, was Nick auffiel, war die Stille. Obwohl sie sich auf dem offenen Meer befanden, wehte kaum Wind. Einige Seevögel, die in den Klippen nisteten und von dem Lärm des Helikopters aufgeschreckt worden waren, zogen über ihnen ihre Kreise in der Luft, und in den Buchten am flachen Ende der Insel brachen sich die Wellen am Ufer. Ansonsten herrschte eine beinahe gespenstische Ruhe. Ihre lautstarke Ankunft war entweder von niemandem bemerkt worden, oder ihr wurde keine große Aufmerksamkeit beigemessen, weil man mit wichtigeren Dingen beschäftigt war. Dem Stehlen der Technologie zum Beispiel.

Allende wollte sich auf den Weg zur Hütte machen, doch Nick hielt ihn zurück. »Warten Sie«, sagte er. »Bruno, kannst du ausmachen, wie viele Personen auf der Insel sind? Und wo?«

»Eine Person befindet sich im Haus«, antwortete das CBPI. »Mehr kann ich nicht erkennen. Falls das Forschungszentrum unter dem Hügel liegt, ist das Gestein zu dick für meine Scanner.«

»Wer ist Bruno?«, fragte Allende verwirrt.

»Mein Interface. Es ortet lediglich eine Person in der Hütte. Könnte das einer Ihrer Mitarbeiter sein? Ich würde nämlich gern wissen, was auf uns zukommt, bevor wir da reinmarschieren.«

»Interface«, murmelte Allende. »Wirklich faszinierend, diese Geräte. Wir mussten leider dafür sorgen, dass dein Vater seines nicht aktivieren kann, damit er niemandem seinen Aufenthaltsort mitteilt. Oh, und die Person in der Hütte ist vermutlich er.«

Nick ließ alle Vorsicht fallen und sprintete los. Ruckartig öffnete er die unverschlossene Tür der Hütte und sah sich um. Er stand in einer kleinen Küche; in der Spüle stapelte sich Geschirr, auf dem Esstisch standen halb volle Kaffeetassen, doch ansonsten war niemand zu sehen. Zwei Türen führten in die Schlafzimmer. Das erste, spartanisch eingerichtet mit Bett und Schrank, war leer. Erst im zweiten Zimmer hatte er Glück.

Auf dem Bett saß Nicks Vater, mit den Händen an einen Bettpfosten gefesselt und mit einem dicken Knebel im Mund.

»Ben!«, rief Nick und rannte zu ihm. Hastig löste er das Klebeband, mit dem der Knebel befestigt war. Ben spuckte den Stoffklumpen aus und atmete erleichtert auf.

»Nick«, sagte er. »Wo kommst du denn her?«

»Lange Geschichte«, erwiderte Nick und wandte sich dem Knoten zu, mit dem das Seil um Bens Hände festgebunden war. Nachdem er eine Weile vergeblich daran herumgenestelt hatte, zog er das Klappmesser hervor und säbelte das Seil kurzerhand durch. Dann fiel er seinem Vater um den Hals.

»Bin ich froh, dass es dir gut geht!«

Ben erwiderte die Umarmung und löste sich erst daraus, als Becca, Marta und Allende in der Tür erschienen.

Wutentbrannt fuhr Nick herum. »DAS nennen Sie gut behandeln?«, knurrte er den Professor an.

Allende zuckte ungelenk mit den Schultern. »Meine Mitarbeiter wollten verhindern, dass er irgendjemandem seinen Standort verrät. Immerhin ist Señor Nader ein ausgebildeter Agent, da wollten wir nichts riskieren. Aber meine Mitarbeiter haben ihn mit ausreichend Essen und Trinken versorgt.«

Nick kochte vor Wut. Er wollte zu einer Antwort ansetzen, doch sein Vater legte ihm beruhigend eine Hand auf die Schulter. »Vielleicht vertagen wir diese Diskussion besser auf später«, sagte er. Seine Stimme klang heiser. Becca griff zu einem Glas Wasser, das auf einer Kommode stand, und reichte es ihm.

»Vielen Dank«, sagte Ben und leerte das Glas mit großen

Schlucken. Dann gab er es Becca zurück. »Da ihr hier alle zusammen aufgetaucht seid, gehe ich davon aus, dass ihr wisst, worum es geht«, fuhr er schließlich fort.

»Allerdings«, erwiderte Nick. »Und nicht nur wir. Einige Spione aus Gohar haben ebenfalls die richtigen Schlüsse gezogen. Sie befinden sich bereits auf der Insel.«

»Aus Gohar?« Bens Miene verfinsterte sich. »Das Land bereitet uns schon seit einiger Zeit Kopfschmerzen. Und jetzt sind sie kurz davor, eine der mächtigsten Technologien des 21. Jahrhunderts in die Finger zu bekommen.«

Er sprang auf. Für einen Moment gaben seine Beine unter ihm nach, doch er fing sich sofort wieder. »Das müssen wir unbedingt verhindern! Es wäre eine Katastrophe, wenn die Goharer in der Lage wären, Teleportationen durchzuführen.«

»Meine Rede«, erwiderte Nick. »Sie sind vom Meer aus in die unterirdischen Labore eingedrungen. Wir müssen uns beeilen!«

»Jetzt verstehe ich auch, was der Alarm vorhin zu bedeuten hatte«, sagte Ben. »Ich habe gehört, wie Ihre beiden Mitarbeiter losgerannt sind. Kurz darauf waren sie verschwunden.«

»Gibt es von der Hütte aus einen Zugang zu den Laboren?«, fragte Becca.

»Aber natürlich. Er befindet sich hinter dem Bücherregal.« Sie betraten die Küche und Allende eilte zu einem wuchtigen hölzernen Regal. Dort schob er einige dicke Lexika zur Seite, hinter denen ein Kartenscanner zum Vorschein kam.

Der Professor zog eine Chipkarte aus der Brusttasche seines Hemdes und ließ sie durch den Schlitz gleiten. Ein leises Klicken ertönte. Das schwere Regal schwang lautlos zur Seite und gab den Blick auf einen langen, in den blanken Fels gehauenen Tunnel frei, der alle paar Meter mit einer Grubenlampe beleuchtet wurde.

»Der Gang ist eher zweckmäßig«, sagte Allende beinahe entschuldigend. »Aber die Labore selbst sind mit der modernsten Technik ...«

»Unwichtig«, unterbrach ihn Ben unwirsch. »Wird dieser Zugang videoüberwacht?«

»Selbstverständlich. Es gibt sowohl eine Videoüberwachung als auch einen Bewegungsmelder«, erwiderte Allende. »Sobald jemand den Tunnel betritt, wird ein Alarm ausgelöst.«

»Verdammt.« Ben legte nachdenklich die Stirn in Falten. »Dann wird der Gang zu einem Problem. Sobald wir ihn betreten, wissen die Goharer, dass wir kommen. Sie müssen nur am Ende des Tunnels warten und können uns dann einen nach dem anderen außer Gefecht setzen.«

»Wir müssten sie irgendwie ablenken«, überlegte Becca. »Sodass sie gar nicht auf den Gang achten.«

»Und ich weiß auch schon, wie!«, rief Nick triumphierend. »Ich werde das Labor von der Höhle aus betreten und sie so lange auf Trab halten, bis ihr den Gang durchquert habt.«

»Und wie willst du in die Höhle kommen?«, fragte Becca. »Wir haben doch gar kein Boot.«

»Ganz einfach«, erwiderte Nick. »Ich werde schwimmen.«

»Bist du lebensmüde?«, rief Marta.

»Das ist viel zu gefährlich«, stimmte Becca Marta zu. »Die Strömung würde dich gegen die Felsen schmettern. Oder unter Wasser ziehen.«

»Ich bin ein ausgezeichneter Schwimmer«, beharrte Nick. »Und uns läuft die Zeit davon. Wenn wir noch länger hier rumstehen und diskutieren, steigen die Goharer mit den Unterlagen unterm Arm ins Boot und fahren gemütlich zurück nach Hause.«

»Trotzdem«, beharrte Marta. »Das ist totaler Wahnsinn.«

Nick ignorierte sie und sah stattdessen zu seinem Vater. Ben betrachtete ihn nachdenklich, dann sagte er: »Die Idee ist gut. Ich würde selbst in die Höhle schwimmen, ich befürchte jedoch, dass ich dafür nicht fit genug bin. Aber sie dürfen dich auf keinen Fall zu früh bemerken; sie haben mit Sicherheit jemanden auf dem Boot zurückgelassen. Du wirst ein Stück tauchen müssen, ohne Ausrüstung. Traust du dir das zu?«

»Ja«, sagte Nick entschlossen. »Schließlich werde ich nicht zum Geheimagenten ausgebildet, um tatenlos dabei zuzusehen, wie die Verbrecher mit der Beute entkommen – nur, weil es für mich eventuell gefährlich werden könnte.«

Ben schmunzelte, und Nick glaubte eine Spur Stolz in seinen Augen aufblitzen zu sehen. »Na dann: Packen wir's an!«

33

Nick lief den Hügel hinauf, bis er die Felskante erreicht hatte, hinter der die Klippen senkrecht ins Meer abfielen. Allende hatte ihm die Stelle beschrieben, an der sich die Höhle befand, und tatsächlich konnte er von hier oben die leicht versetzt stehenden Felsen erkennen, die den Eingang vom Meer aus verbargen. Er blickte zum Wasser hinab, das gute zwanzig Meter unter ihm wie eine träge dunkelblaue Masse gegen die Felsen schwappte. Es herrschte nur wenig Seegang, trotzdem entstanden an den Klippen gefährliche Strudel, die seine Fertigkeiten als Schwimmer auf eine harte Probe stellen würden. Sofern er den Sprung aus dieser Höhe unbeschadet überstand.

Er ging ein paar Meter weiter nach links, wo das Wasser dunkler wirkte als direkt vor dem Höhleneingang und somit die Gefahr geringer war, auf einen unterirdischen Felsen zu prallen. Dann sagte er: »SPY an RENEGADE. Ich bin auf Position.«

Bevor Nick aufgebrochen war, hatte Ben sein Interface aktiviert und eine kurze Mitteilung an Direktor Faber geschickt. Dann hatten sie ihre CBPIs gekoppelt, um miteinander kommunizieren zu können. Sobald Nick den Tunnel in der Höhle erreicht hatte, würde er das vereinbarte Signal geben und das Ablenkungsmanöver starten, um Becca und Ben genug Zeit zu verschaffen, durch den Gang bis in die Labore einzudringen. Marta und Allende sollten währenddessen in der Hütte warten und im Zweifel den Tunneleingang mit dem Regal versperren, falls die Goharer versuchten, auf diesem Weg zu entkommen.

»RENEGADE an SPY, habe verstanden. Wir halten uns bereit und warten auf das vereinbarte Zeichen«, antwortete Ben.

Nick zog sich die Schuhe aus und sah hinab in die Tiefe. Verflixt, das war ganz schön hoch ...

Aber er konnte jetzt keinen Rückzieher mehr machen. Seiner Erfahrung nach war es bei solch riskanten Manövern das Beste, nicht lange darüber nachzudenken. Also holte er noch einmal tief Luft – und sprang.

Er versuchte, so senkrecht wie möglich in das Wasser einzutauchen. Trotzdem traf ihn die Wasseroberfläche wie ein Faustschlag, der ihm für einen Sekundenbruchteil die Sinne raubte. Kalte, bleierne Schwärze umfing ihn. Er wurde herumgeschleudert und verlor die Orientierung. Panisch ruderte er mit den Armen, wusste nicht mehr, wo oben und unten war und wohin er schwimmen musste, um an die Oberfläche zu gelangen. Seine gesamte Welt schien plötzlich nur noch aus Wasser zu bestehen. Sein Körper verlangte nach Luft, seine Lungen krampften sich zusammen in dem Versuch, Sauerstoff ins Innere zu pumpen.

Nick zwang sich, mit dem wilden Gestrampel aufzuhören,

auch wenn er damit gegen jeden Überlebensinstinkt handelte, mit dem sein Körper versuchte, an die Wasseroberfläche zu gelangen. Er musste all seinen Willen aufbringen, um nicht den Mund zu öffnen und einzuatmen. Weiße Punkte tanzten vor seinen geschlossenen Augenlidern. Nicht mehr lange, und er hatte den Kampf gegen das Wasser verloren.

Er riss die Augen auf. Das Salz brannte, und er sah nichts weiter als verschwommenes dunkles Grau. Doch in einer Richtung wurde das Grau heller. Wie von Sinnen schwamm er auf den hellen Streifen zu, mobilisierte seine letzten Kräfte, ignorierte die Punkte, die immer schneller und größer vor seinen Augen tanzten. Endlich durchbrachen seine Hände die Wasseroberfläche. Mit letzter Kraft hob Nick den Kopf aus dem Wasser, sog gierig die Luft ein, verschluckte sich, hustete und keuchte und atmete wieder und wieder, bis das Brennen in seinen Lungen nachließ.

Nick sah sich um. Er war nur wenige Meter von den Klippen entfernt, und die Strömung trieb ihn unbarmherzig auf die Felsen zu. Nick wappnete sich für den Aufprall an der Felswand, der erstaunlich glimpflich verlief, und arbeitete sich dann an den Felsen entlang auf den Höhleneingang zu. Zum Glück traf er weder auf scharfe Kanten noch auf unterirdische Riffe, sodass er sich beinahe fühlte, als würde er sich am Rand eines riesigen Schwimmbeckens entlanghangeln. Nur die Wassertemperatur hätte ein wenig höher sein dürfen.

Schon bald umfassten seine Hände die Felskante, hinter

der sich die Höhle öffnete. Von den rhythmischen Wellenbewegungen vor und zurück getrieben, spähte Nick in die dunkle Öffnung hinein. Die Höhle war nicht besonders groß, vielleicht zwanzig Meter tief und zehn Meter breit, und wurde fast vollständig von zwei Booten ausgefüllt – einem kleinen Motorboot, mit dem vermutlich Allendes Mitarbeiter auf die Insel gelangten, und einem großen, schnittigen Speedboot. An der gegenüberliegenden Felswand verlief ein schmaler Steg, der zu einer mannshohen Öffnung im Gestein führte. Das musste der Durchgang sein, der die Höhle mit dem Labor verband.

Nick zog sich wieder hinter die Kante zurück. »Bruno«, wisperte er leise, »kannst du ausmachen, wie viele Personen auf dem Schiff sind?«

»Zwei«, erwiderte Bruno. »Aber nur eine ist bewaffnet.«

Vorsichtig lugte Nick wieder in die Höhle hinein. In diesem Augenblick erhob sich eine Gestalt an Deck des Speedbootes. Sie hatte ihm den Rücken zugewandt und schien den Gang zum Labor im Auge zu behalten. Das war seine Chance.

Nick prägte sich die Entfernung bis zu dem Boot noch einmal genau ein. Er musste im Blindflug tauchen, ohne Sauerstoff, ohne Licht und ohne aufzutauchen. In der Höhle war es so dunkel, dass der Mann an Bord ihn kaum sehen würde, solange er unter Wasser blieb. Aber Hören konnte er ihn sehr wohl.

Nick pumpte seine Lungen so voll wie möglich, dann tauchte er unter und stieß sich von der Felswand ab. Mit kraft- und sauerstoffsparenden Bewegungen ließ er sich in die Höhle hineingleiten. Nach einigen langen, raumgreifenden Tauchzügen verlangten seine Lungen erneut trotzig nach Luft. Sie hatten ihm die Aktion von vor ein paar Minuten noch nicht verziehen. Doch dieses Mal zwang Nick sich von Anfang an, Ruhe zu bewahren, kämpfte den Impuls nieder, aufzutauchen und Luft zu holen, und zwei Tauchzüge später stießen seine Hände gegen den glatten Rumpf des Bootes.

So langsam wie möglich, um keine unnötigen Geräusche zu verursachen, tauchte er auf. Er verharrte so lange schräg unterhalb des Bootes, bis er sicher war, dass der Goharer ihn nicht bemerkt hatte. Dann arbeitete er sich lautlos am Rumpf entlang bis zum Heck, wo eine Leiter ins Wasser ragte.

Seine Finger umschlossen die oberste Sprosse. Zentimeter für Zentimeter zog er sich aus dem Wasser, bis er über den Rand des Bootes aufs Deck sehen konnte. Der Mann, ein untersetzter, bulliger Typ, stand nur wenige Schritte entfernt und beobachtete nach wie vor den Durchgang in der Felswand. Auf einer Truhe am anderen Ende des Decks saß der zweite Mann. Im Zwielicht der Höhle konnte Nick nichts Genaues erkennen, doch seiner Haltung nach zu urteilen, schien er gefesselt zu sein.

Nick ließ sich hängen und stellte nacheinander beide Füße auf die zweite Sprosse von oben. Dann zog er sich vorsichtig wieder aus dem Wasser, atmete noch einmal tief durch und drückte sich mit aller Kraft ab.

Seine nasse Kleidung hemmte den Sprung etwas, trotzdem landete er mit einem schwungvollen Satz an Deck. Erschrocken fuhr der Goharer herum und zog seine Waffe. Doch Nick war schneller. Er hatte die Bewegung vorausgesehen und trat dem Mann in einer raschen Kombination aus Frontkick und Backkick zuerst die Waffe aus der Hand und dann so heftig in die Magengrube, dass ihm sämtliche Luft aus den Lungen wich, er wie ein Klappmesser zusammenklappte und in die Knie ging. Ein Platschen verriet Nick, dass die Waffe ins Wasser gefallen war. Mist, die hätte er gut gebrauchen können. Mit einem geübten Handkantenschlag setzte er den Goharer endgültig außer Gefecht. Rasch nahm er eine Angel aus einer Halterung an der Bordwand, trennte die Schnur ab und fesselte dem bewusstlosen Mann Arme und Beine. Dann lief er hinüber zu dem zweiten Mann auf der Truhe.

Wie vermutet, war er gefesselt und geknebelt, und der Dreitagebart und die dunklen Ringe unter den Augen ließen darauf schließen, dass er sich bereits seit Längerem in der Gewalt der Goharer befand. Nick glaubte zu wissen, wen er vor sich hatte. Mit einem Ruck riss er das Klebeband vom Mund des Mannes, was dieser mit einem erleichterten »Obrigado! Muito obrigado« kommentierte. Dann streckte er ihm die gefesselten Hände entgegen. »Por favor?«

»Ricardo Fuentes?«, fragte Nick, ohne Anstalten zu machen, die Fesseln zu lösen.

»Sim, exatamente«, bestätigte der Mann und nickte.

Wortlos pappte Nick ihm den Klebestreifen wieder auf

den Mund, drehte sich um und ließ den vollkommen verdutzten Mann auf der Truhe sitzen. Fuentes konnte er gerade beim besten Willen nicht gebrauchen. Um den würde er sich kümmern, sobald die Goharer außer Gefecht gesetzt waren. Außerdem hatte Nick keine Zeit mehr zu verlieren.

»RENEGADE an SPY«, meldete sich in dem Moment Bens Stimme in seinem Ohr. »Wo steckst du? Ist alles in Ordnung bei dir?«

»Alles okay. Ich bin so gut wie drin. Einen Gegner hab ich bereits ausgeschaltet. Fuentes ist auf dem Boot, aber den lass ich vorsichtshalber noch gefesselt.«

»Gut. Wir halten uns bereit.«

Nick sprang auf den schmalen Steg und lief bis zu dem Durchgang im Fels. Dahinter führten zunächst einige Stufen nach oben, die in einen schwach beleuchteten Gang mündeten, ganz ähnlich dem, der von der Hütte aus in das Labor führte.

Nick huschte den steinernen Tunnel entlang, bis er auf eine Metalltür stieß. Neben der Tür war ein Kartenscanner angebracht, genau wie an dem Regal in der Hütte. Doch Nick benötigte Allendes Chipkarte nicht, die der Professor ihm mitgegeben hatte. Der Scanner war halb von der Wand gerissen, es hingen diverse Kabel heraus, und die Tür stand offen. Vorsichtig spähte er hindurch.

Er blickte in einen leeren, höchstens fünf Quadratmeter großen Raum, der als Schleuse diente, um die Labore vor der feuchten Meeresluft zu schützen. Allende hatte ihm davon erzählt. Genau gegenüber befand sich eine weitere Tür. Durch ein Sichtfenster konnte man in einen großen, hell erleuchteten Raum sehen, mit weißen Wänden, Linoleumböden und modernen taghellen Lampen, die von der kuppelartigen Decke herabhingen. Genau in der Mitte des Raumes führten zwei Stufen zu einer kreisrunden leeren Fläche hinauf, etwa acht Meter im Durchmesser, die von einem futuristischen Ring aus LED-Lampen beleuchtet wurde. Kreisförmig um dieses Podest angeordnet befanden sich Monitore, Paneele, Steuerungselemente, Schaltfelder und mehrere Computerarbeitsplätze. Rechts von der Tür erkannte Nick einige mannshohe elektromagnetische Spulen und Metallkästen, die durch Kabel miteinander verbunden waren, und an der gegenüberliegenden Wand befand sich eine ganz ähnliche Tür wie die, vor der er stand. Sie öffnete sich ebenfalls in eine Schleuse, die wiederum in den Gang zur Hütte führte. Diese Tür musste er für Ben und Becca frei halten.

Nick vermochte durch das Sichtfenster zwar nicht jedes Detail zu überblicken, trotzdem konnte er sich zusammenreimen, was vor sich ging.

Die Frau, die bei der Verfolgungsjagd mit den Tuk Tuks am Steuer gesessen hatte, stand an einem Aktenschrank und stopfte stapelweise Unterlagen in eine Tasche. Ihr Kompagnon saß an einem der Schreibtische und tippte auf der Tastatur eines Computers herum. Außerdem blitzte es immer wieder grell auf, was darauf hindeutete, dass der dritte Spion irgendwo außerhalb von Nicks Sichtfeld die Apparaturen fotografierte. Von Allendes Mitarbeitern war nichts zu sehen. Vermutlich lagen sie gefesselt in irgendeiner Ecke.

Der Professor hatte ihm die Details des Sicherheitssystems erklärt. Eigentlich hätte der stille Alarm bereits mit dem Öffnen der ersten Schleusentür ausgelöst werden sollen. Da diese offen gestanden hatte, hatte er die Schleuse unbemerkt betreten können. Doch sobald er die zweite Tür öffnete, würden im Inneren diverse Lämpchen aufblinken.

Nick lächelte zufrieden. Wunderbar. Denn genau das hatte er vor.

34

»SPY an RENEGADE. Ich bin auf Position. Es kann losgehen.«

»Alles klar. Der Gang ist laut Allende knapp dreißig Meter lang. Wenn du uns zehn Sekunden Zeit verschaffst, sind wir drin.«

»Ich verschaffe euch zwanzig. Falls die Beine doch noch etwas schlapp sind.«

»Frecher Kerl. Pass auf dich auf.«

Nick musste grinsen. Langsam begann ihm die Sache Spaß zu machen. Er warf einen letzten Blick durch das Sichtfenster. Los ging's. Er öffnete die Tür und schritt auf das Podest in der Mitte des Raumes zu.

Mehrere rote Lämpchen, die in regelmäßigen Abständen entlang der Wände angebracht waren, blinkten auf. Der Mann am Computer schreckte hoch und sah sich verwirrt um. Die Frau hingegen entdeckte ihn sofort. Mit grimmiger Miene ließ sie einen Stapel mit Akten fallen, zog ihre Waffe und kam lauernd auf ihn zu, wie eine Katze kurz vor dem Sprung.

Der Mann folgte ihr. Und hinter einem Metallschrank tauchte nun auch der dritte Goharer auf. Nick erkannte ihn sofort. Es war der breitschultrige, vollbärtige Typ, der vor Martas Boot Wache gehalten hatte.

Alle drei blieben in einigem Abstand und mit gezogener Waffe vor ihm stehen und schienen abzuwarten, was er vorhatte. Offenbar machten sie nicht mehr den Fehler, ihn zu unterschätzen. Recht so.

»Qualitätskontrolle!«, rief er laut und sprang die zwei Stufen auf das kreisrunde Podest hinauf. »Ich möchte sicherstellen, dass Sie sämtliche Unterlagen einpacken. Dann müssen wir es nämlich nicht mehr tun.«

Die Frau knurrte etwas Unverständliches und hob ihre Waffe. Die Männer taten es ihr gleich.

»Aber nicht doch. Gewalt ist keine Lösung. Nicht immer jedenfalls«, sagte Nick und hob beschwichtigend die Hände. »Wir können über alles reden. Darüber, dass Sie vorhatten, sich an fremdem Eigentum zu bereichern zum Beispiel.« Die Mienen der drei Spione verfinsterten sich von Sekunde zu Sekunde, und sie kamen lauernd näher. Jetzt wäre ein guter Zeitpunkt, dass Ben und Becca auftauchten, dachte Nick. Solange musste er wohl oder übel improvisieren. Ein Nahkampf gegen drei bewaffnete Gegner kam jedenfalls nicht infrage. »Oder wie Sie mit den beiden armen Männern dort umgegangen sind«, plauderte er weiter und deutete auf Allendes Mitarbeiter, die wie vermutet in einer Ecke auf dem Boden lagen, gefesselt und bewusstlos. »Das ist wirklich nicht die feine englische Art.« Bruno war bestimmt stolz auf ihn. Die Goharer hingegen ließen sich nicht von seinem naiven Schauspiel beeindrucken. Sie hatten die Stufen zum Podest erreicht und kamen langsam zu ihm herauf, wachsam und doch zunehmend triumphierend. Ben, wo bleibst du?, dachte Nick nervös.

Er wollte sich gerade nach einem geeigneten Fluchtweg umsehen, als er hinter dem Sichtfenster der zweiten Schleusentür eine Bewegung wahrnahm. Die Tür sprang auf, doch niemand kam hindurch. Für einen kurzen Moment schien die Luft zu verwischen, wie ein staubiger, flüchtiger Windhauch. Und dann geschah plötzlich alles gleichzeitig.

Wie aus dem Nichts tauchte Becca vor dem vollbärtigen Hünen auf und schlug ihm die Waffe aus der Hand, die in hohem Bogen Richtung Höhlenausgang flog. Im gleichen Moment lief Ben durch die Schleusentür, rannte von hinten auf den zweiten Mann zu und versuchte, ihn ebenfalls zu entwaffnen. (Nick fragte sich, warum er nicht wie Becca gesprungen war; aber wahrscheinlich fehlte ihm nach der Gefangenschaft schlicht die Kraft dazu.)

Womit jedoch niemand gerechnet hatte, war die unglaubliche Reaktionsschnelligkeit der Frau. Blitzartig drehte sie sich zu Becca um und griff sie an. Die Mossad-Agentin hatte nun alle Hände voll damit zu tun, sich gleich gegen zwei Angreifer zur Wehr zu setzen.

Nick sah sich nach der Waffe des Hünen um. Sie lag genau vor der offenen Schleusentür. Er rannte darauf zu und bückte sich, um sie aufzuheben. Doch eine Hand kam ihm zuvor. Verdutzt schaute Nick auf – und direkt in das grimmige Gesicht von Ricardo Fuentes. Er musste sich irgendwie selbst befreit haben und ihm gefolgt sein.

Fuentes richtete die Waffe auf ihn und bedeutete ihm aufzustehen. Nick schalt sich einen Idioten. Er hätte Fuentes befreien und als Verbündeten im Kampf gegen die Goharer gewinnen sollen. Doch diese Chance war vertan. Wie es schien, half Fuentes niemandem, sondern verfolgte ausschließlich seine eigenen Interessen.

Er packte Nick, drückte ihm die Mündung der Waffe an die Schläfe und schob ihn weiter in das Labor hinein.

»*Alto!*«, rief er laut, doch die Kämpfenden beachteten – oder vielmehr: bemerkten – ihn nicht. Fuentes hob die Waffe Richtung Decke und feuerte einen Schuss ab, der in dem kuppelartigen Raum widerhallte. Jetzt hatte er die volle Aufmerksamkeit.

»*Alto!*«, rief er noch einmal und presste die Waffe wieder gegen Nicks Schläfe. »Aufhören! Sofort! Oder die nächste Kugel steckt im Kopf des Jungen.«

Die Goharer, Becca und Ben starrten vom Podest aus zu Fuentes hinunter. Während der Gesichtsausdruck der arabischen Spione irgendwo zwischen Verblüffung und Hohn schwankte, spiegelte sich auf Beccas und Bens Gesichtern das blanke Entsetzen. Aus Beccas Körper wich sämtliche Spannung, und Ben ließ augenblicklich die Waffe sinken, die er soeben von seinem Gegner erobert hatte.

»Ihr werdet mir alle Unterlagen aushändigen, die ihr gefunden habt. Sofort!«, befahl Fuentes.

Die Frau lachte auf. »Glaubst du, mich interessiert Junge?«, fragte sie in einem groben, abgehackten Akzent. »Und dich wir brauchen auch nicht mehr. Du hast Aufgabe erfüllt.« Sie war die Einzige der Spione, die noch im Besitz ihrer Waffe war. Und diese richtete sie nun auf Fuentes.

Nick spürte, wie die Mündung an seiner Schläfe zu zittern begann. Fuentes schien fieberhaft nach einem Ausweg zu suchen. So fieberhaft, dass er die zwei Gestalten nicht bemerkte, die hinter der Gruppe aus Ben, Becca und den Spionen durch die offene Schleusentür huschten. Allende und Marta! Warum blieben sie nicht in der Hütte, in Sicherheit?

Von allen außer Nick unbemerkt schlichen sie an ein Schaltpult, wo Allende hastig einige Regler bediente und etwas in ein Zahlenfeld tippte. Mehrere Lämpchen blinkten auf, und auf einmal war das leise Brummen eines Generators zu hören.

Das Geräusch ließ die Gruppe auf dem Podest herumfahren. Ben und Becca entdeckten die beiden als Erste. Als auch die Goharer die Neuankömmlinge bemerkt hatten, war es bereits zu spät. Allende gab Marta ein Zeichen, woraufhin sie einen Hebel umlegte und rief: »Ben, Becca, runter da!«

Die beiden zögerten keine Sekunde und hechteten vom Podest. Im gleichen Augenblick betätigte Allende einen kleinen grünen Knopf. Ein leises Summen ertönte, das rasch zu einem durchdringenden, Nick nur allzu vertrauten Sirren anschwoll. Dann brach das Geräusch so plötzlich ab, wie es begonnen hatte. Die Luft über dem leeren Podest waberte noch ein wenig wie heiße Luft in der Wüste. Die Goharer waren verschwunden.

Fuentes ließ die Waffe sinken und starrte vollkommen verdattert auf die Stelle, an der die Frau und die zwei Männer noch vor einer Sekunde gestanden hatten. »Wo ... wo sind ...? Was ist passiert?«

Nick nahm Fuentes sanft den Revolver aus der Hand. »Das«, sagte er lakonisch, »war die nukleare Waffe, die Sie den Iranern verkaufen wollten.«

Ben sah anerkennend zu Allende. »Faszinierend«, sagte er. »Brandgefährlich, aber außerordentlich faszinierend.«

Allende strahlte. »Danke, Señor Nader«, erwiderte er stolz, als hätte er gerade der Jury eines Forschungswettbewerbs seine Erfindung präsentiert. Doch sein Blick wurde sofort wieder ernst. »Wir sollten sie zurückholen«, fuhr er fort. »Bevor sie sich zu weit vom Kraftfeld wegbewegen.«

Ben sah zu Becca und Nick. »Bereit?«

Nick betrachtete Fuentes, der mit leerem Blick auf das Podest starrte. Um den musste er sich vorerst keine Sorgen machen. »Bereit«, antwortete er.

Becca nickte grimmig. »Ich auch.«

Allende gab Marta ein Zeichen, woraufhin diese den Hebel zurück nach oben legte. Allende drückte erneut auf den grünen Knopf, das Sirren ertönte, die Luft waberte, und plötzlich standen die Goharer wieder vor ihnen. Sofort machten sich Ben, Becca und Nick zum Angriff bereit. Doch als sie sahen, in welchem Zustand sich die drei befanden, entspannten sie sich wieder.

Die Verblüffung von Fuentes war nichts im Gegensatz zu dem Ausdruck vollkommener Verwirrung, der sich auf den Gesichtern der goharischen Spione widerspiegelte. Der Hüne zitterte am ganzen Leib und schlug panisch um sich.

Als er bemerkte, dass er sich zurück im Labor befand, sackte er in sich zusammen und gab jegliche Gegenwehr auf. Der zweite Mann hatte alle Hände voll zu tun, sich einer riesigen haarigen Spinne zu entledigen, die es sich auf seiner Schulter bequem gemacht hatte. Und auch die sonst so kampfeslustige Frau ließ sich von Becca widerstandslos die Waffe abnehmen. Nick fiel auf, wie nass die drei waren. Die Haare klebten ihnen am Kopf, und von Ärmeln und Hosenbeinen tropfte es so unablässig, dass sich zu ihren Füßen bereits kleine Wasserlachen gebildet hatten.

»Wo um alles in der Welt haben wir die drei denn hingeschickt, Professor?«, fragte Marta.

»Meinen groben Berechnungen zufolge müssten sie irgendwo im Regenwald des Kongobeckens herausgekommen sein. Auf die Schnelle konnte ich das leider nicht genauer eingrenzen.«

»Da bekommt der Spruch ›Vom Regen in die Traufe‹ gleich eine ganz neue Bedeutung«, erwiderte Marta mit einem zufriedenen Grinsen.

»Nur dass die Traufe in diesem Fall eine circa zehn Quadratmeter große Gefängniszelle sein wird«, fügte Becca hinzu, während sie einem Goharer nach dem anderen die Hände auf den Rücken fesselte.

Ben trat zu Nick und legte ihm einen Arm auf die Schulter. »Alles in Ordnung?«, fragte er.

»Alles bestens«, erwiderte Nick. »Nur an meinen Klippenspringerkünsten sollte ich bei Gelegenheit noch feilen.«

»Das war ganz hervorragende Arbeit, SPY. Von Anfang

bis Ende. Ich bin stolz auf dich.« Er lächelte Nick zu, dann ging er weiter zu Fuentes, wechselte kurz ein paar Worte mit ihm und zog ihn mit sich in Richtung Ausgang.

»Jep, hat Spaß gemacht«, meldete sich eine Stimme in seinem Ohr. »Und es würde noch viel mehr Spaß machen, wenn ich nicht ständig auf Standby geschaltet worden wäre.«

»Ständig?«, entgegnete Nick amüsiert. »Höchstens in den ersten paar Tagen.«

»Na und? Die bloße Tatsache, dass ich einfach ausgeschaltet werde wie ein lästiger Apparat, zeigt ja wohl schon, wie wenig Wertschätzung ich von dir erfahre.«

»Ach, Bruno, in der Zeit ist doch gar nichts passiert. Wir haben faul an Deck rumgesessen und uns den Wind um die Nase wehen lassen.«

»Eben. Vielleicht möchte ich auch einfach mal faul herumsitzen und mir den Wind um die Nase wehen lassen. Ich habe ebenfalls ein bisschen Urlaub verdient.«

»Ähm ... du bist ein Computerprogramm.«

»Siehst du? Keinerlei Wertschätzung, ich sag's ja. Ich werde mal mit Trinity darüber reden. Ich bin sicher, dass es ihr ähnlich ergeht. Vielleicht gründen wir eine Gewerkschaft. Für feste Arbeitszeiten, Urlaubstage ...«

»... und Krankengeld?«

»Hervorragende Idee.«

Nick musste sich stark zusammenreißen, um nicht zu lachen. »Da wirst du bei Trinity schlechte Karten haben. Ihr Emotionschip ist eine Generation älter als deiner. Der gibt solche rebellischen Gedanken nicht her.«

»Zu schade. Aber wer weiß, wenn ich hartnäckig genug bin, krieg ich sie bestimmt geknackt. Oder besser: gehackt.«

»Na, das sollte dir ja nicht sonderlich schwerfallen«, erwiderte Nick schmunzelnd. »Viel Erfolg.«

Becca, die gerade den letzten Knoten in die Handfesseln der leise vor sich hin fluchenden Frau gebunden hatte, drehte sich zu ihm um. Als sich ihre Blicke begegneten, lächelte sie. Nick ging zu ihr und umarmte sie. Zu seiner Überraschung wehrte sich Becca nicht, sondern schmiegte sich an ihn und lehnte den Kopf an seine Schulter. Nach einer halben Ewigkeit, die Nick immer noch viel zu kurz vorkam, lösten sie sich wieder voneinander und nickten sich entschlossen zu. Dann trieben sie die Goharer zusammen und eskortierten sie durch den langen Tunnel nach draußen.

35

Nick saß auf den Klippen und blickte auf das Meer hinaus. Hier oben wehte der Wind stärker als unten in der Senke, und er schauderte ein wenig in seinen immer noch feuchten Klamotten. Doch das störte ihn nicht. Die Sonne, die sich schon merklich Richtung Horizont senkte, tauchte alles in ein goldenes Licht und hatte noch genug Kraft, um ihn aufzuwärmen.

Neben ihm reckte Becca ihr Gesicht der Sonne entgegen und atmete tief die salzige Luft ein. Ihre Hand ruhte in seiner. Es war der perfekte Moment, und am liebsten hätte er ihn bis in alle Ewigkeit festgehalten.

Am Ufer bei den kleinen Buchten lagen fünf handlich verschnürte menschliche Päckchen, die auf ihre Abholung warteten. Nachdem Direktor Faber von Ben und Nick über die Ereignisse informiert worden war, hatte dieser sich sofort mit seinem Kollegen vom SIRP in Verbindung gesetzt. Der wiederum hatte versprochen, so rasch wie möglich mehrere Einheiten per Hubschrauber auf die Insel zu schicken, um die Goharer und Fuentes in Gewahrsam zu nehmen. Auch wenn Mossad und BND die Operation durchgeführt hatten, waren die Verbrechen doch auf portugiesischem Grund und

Boden geschehen. Somit fiel auch die Strafverfolgung in das Aufgabengebiet der Portugiesen.

»Der arme Professor«, sagte Becca und schaute einem Schiff hinterher, das sich als kleines Rechteck am Horizont entlangschob. »So hat er sich das Ende seiner Forschung sicher nicht vorgestellt.«

»Stimmt«, bestätigte Nick. »Nach allem, was heute passiert ist, wird er wohl untertauchen müssen, bis Gras über die Sache gewachsen ist. Und das wird dauern.«

»Dann hat er endlich genug Zeit, sich der Erfindung eines *Perpetuum mobiles* zu widmen«, scherzte Becca.

»Eines was?«

»Einer Maschine, die sich nur durch die von ihr selbst erzeugte Energie bewegt. Er hat mal in einer seiner Vorlesungen davon gesprochen. Die Wissenschaft ist sich einig, dass es unmöglich ist, einen solchen Apparat zu bauen. Allende meinte, er bräuchte nur ausreichend Muße, dann würde er allen das Gegenteil beweisen.«

»Na bitte«, erwiderte Nick trocken. »Die hat er jetzt reichlich.«

Becca seufzte. »Sieht ganz so aus. Für die Medien sind die Ereignisse ein gefundenes Fressen. In den sozialen Netzwerken geht bereits der Hashtag *#Lissabonexperiment* viral.« Sie kicherte. »Genauso beliebt ist allerdings auch *#WurmlochLissabon*. Manche Schlauberger behaupten, dass in unserer Galaxie spontan auftretende Wurmlöcher den Sprung durch Zeit und Raum möglich machen.«

»Dann hat Allende alles erreicht, was er wollte. Die

Familienehre ist gerettet, und sein Name bleibt aus dem Spiel.« Nachdenklich sah Nick auf die tief stehende Sonne hinaus, die sich bereits orange zu verfärben begann. »Findest du es nicht auch seltsam, dass niemand je die wahren Hintergründe erfahren wird? Ich meine, wir reden hier von einer der spektakulärsten Erfindungen der letzten hundert Jahre, und keiner außer uns weiß davon.«

»Einige wissenschaftliche Fortschritte sind einfach noch eine Nummer zu groß für die Menschheit.« Becca klemmte sich eine Haarsträhne hinter das Ohr, die der Wind ihr immer wieder ins Gesicht wehte. Im Licht der untergehenden Sonne leuchtete ihr Haar wie Feuer. »Ich stelle mir gern vor, dass wir in den letzten Tagen einen Blick auf die Zukunft geworfen haben. Früher oder später wird ein Wissenschaftler die gleiche Entdeckung machen wie Allende. Und ohne Zweifel wird die Teleportation irgendwann das Leben auf der Erde komplett verändern. Aber hoffentlich findet man dann auch einen Weg, verantwortungsvoll mit dieser Technologie umzugehen. Ich glaube, dass es für alles einen richtigen Zeitpunkt gibt. Aber für die Teleportation ist er noch nicht gekommen. Allende war seiner Zeit voraus.«

»Besser hätte ich es nicht ausdrücken können«, sagte Nick anerkennend. »Und zum Glück sind sich in dem Punkt inzwischen *alle* Beteiligten einig.«

Er blickte sich zur Hütte um, die unter ihnen in der Senke der kleinen Insel lag. In diesem Moment kam Allende aus der Tür heraus, ging gemessenen Schrittes an dem Helikopter vorbei, in dem seine Mitarbeiter auf ihn warteten, und hinunter zur Bucht, wo Ben auf einem Felsen saß und ihm entgegenblickte.

»Es ist so weit«, sagte Nick.

Sie drehten sich um und beobachteten, wie sich der Professor neben Ben setzte. Er schien noch ein letztes Mal in sich zu gehen, dann wandte er sich zu Ben um und nickte. Ben reichte ihm einen Fernzünder. Allende nahm ihn entgegen und ließ seinen Blick noch einmal zur Hütte und über den Hügel bis zu ihnen schweifen. Dann drückte er auf den Knopf.

Ein lautes Grollen ertönte. Die Erde unter Nick und Becca erzitterte, und eine gewaltige Staubwolke schoss aus der Höhle in den Felsen. Kurz darauf staubte es auch aus der Hütte, die schließlich mit lautem Krachen in sich zusammenfiel. Allende beobachtete es mit versteinerter Miene, doch Nick konnte beinahe spüren, wie sehr sich der Professor zusammenreißen musste, um die Fassung zu bewahren. Nach einer Weile hörte die Erde auf zu beben und der Staub legte sich.

Nick griff nach Beccas Hand. Als sich ihre Blicke trafen, schienen ihre Augen seine eigenen Gefühle zu spiegeln. Erschöpfung, Erleichterung – und Zufriedenheit. Das Lissabon-Experiment war soeben unter Tausenden Tonnen Gestein begraben worden.

EPILOG

Fast unhörbar schoben sich die Glastüren auseinander und ließen sie hinaus. Nick und Marta liefen die wenigen Stufen vor dem unscheinbaren Gebäude hinunter, in dem der Hauptsitz des SIRP untergebracht war, und traten auf die dunkle Straße hinaus. Ben hatte es übernommen, den leitenden Beamten mit der Geschichte zu versorgen, die sie sich zurechtgelegt hatten – verwässert genug, um von Allende abzulenken, mit gerade so vielen Details, dass sie glaubwürdig wirkte, und mit ausreichend Beweisen, um den Goharern und Fuentes zu einer gerechten Strafe zu verhelfen. Becca erstattete gerade mit einer ähnlichen Version dem Mossad Bericht. Nick und Marta waren entlassen worden, sollten sich aber für Rückfragen zur Verfügung halten.

Aus dem Schatten eines parkenden Lasters kamen drei Männer in weißen Uniformen auf Nick und Marta zu und blieben im schwachen Schein einer Straßenlaterne stehen. Der mittlere, dessen linke Brust über und über mit Orden behängt war, trat vor. »Nick Nader?«, fragte er.

»Ja?«, erwiderte Nick überrascht.

»Guten Tag. Ich bin Commander Brown, von der US Navy. Hättest du einen Augenblick Zeit für mich?«

»Worum geht es denn?«

»Könnten wir das ... unter vier Augen besprechen?«, fragte der Commander mit einem Seitenblick auf Marta.

»Aah, die Herren von der Navy. Ich kann mir überhaupt nicht vorstellen, worum es bei dem Gespräch gehen könnte«, frotzelte Marta. Das Gesicht des Commanders verzog sich, als hätte er in eine saure Zitrone gebissen.

»Keine Sorge, ich mach mich vom Acker«, fügte sie hinzu. »Ich bin auf meinem Boot, falls du mich suchst.« Sie zwinkerte Nick zu, dann schlenderte sie die verlassene Straße entlang Richtung Hafen.

»Was kann ich für Sie tun?«, fragte Nick, obwohl er sich genau wie Marta denken konnte, was die Navy hierherführte.

»Gibt es irgendeinen Ort, wo wir das in Ruhe besprechen können?«, fragte Brown.

Nick sah sich demonstrativ um. Die kleine Nebenstraße, in der sie sich befanden, war menschenleer. »Für meine Begriffe ist es hier ziemlich ruhig, finden Sie nicht?«

Der Commander seufzte. »Na schön. Uns kam zu Ohren, dass ihr eine äußerst beeindruckende Entdeckung gemacht habt. Dazu möchte ich zunächst gratulieren.« Als Nick nicht reagierte, sondern lediglich eine Augenbraue hochzog, fuhr er fort: »Wir würden gern mehr über die Sache erfahren.«

Wow, dachte Nick, ganz schön frech. »Mit ›Entdeckung‹ meinen Sie nicht zufällig die Möglichkeit zur Teleportation?«, entgegnete er. »Eine Technologie, auf die die Navy bereits in den Vierzigerjahren gestoßen ist? Und die sie beschlossen haben zu vertuschen, anstatt für ihre Fehler geradezustehen. Meinen Sie das?«

Der Commander druckste ein wenig herum. Mit einer solchen Antwort hatte er offensichtlich nicht gerechnet. »Nun ja ... ja, genau. Diese Technologie meine ich. Ich gebe zu, wir haben damals Fehler gemacht und das Ganze etwas ... nun ja ... ungeschickt gehandhabt. Wir haben jahrzehntelang versucht, die Technologie weiterzuentwickeln und das Experiment unter sicheren Bedingungen zu wiederholen. Aber es ist uns trotz größter Bemühungen nicht gelungen. Trotzdem glauben wir, dass eine Auswertung der heutigen Ereignisse am besten von unseren Experten durchgeführt wird. Immerhin haben wir den Grundstein zur Erforschung der« – er senkte unwillkürlich die Stimme – »*Teleportation* gelegt.«

»Würden Sie ein offizielles Statement darüber abgeben?«, erkundigte sich Nick.

»Worüber?«, fragte der Commander irritiert.

»Dass das Philadelphia-Experiment keineswegs ein Hirngespinst eines einzelnen Mannes war, sondern tatsächlich passiert ist.«

»Ich ... nun ja ...«

»Und würden Sie«, unterbrach Nick ihn, »sich offiziell bei den Angehörigen der Opfer von damals entschuldigen für das Leid, das ihnen zugefügt wurde? Und, wenn wir schon mal dabei sind, am besten auch bei der gesamten Öffentlichkeit, dass sie von der Navy all die Jahre lang für dumm verkauft wurde?«

»Wir ...«, stammelte der Commander. Dann straffte er mit

einem Mal die Schultern und räusperte sich vernehmlich. Offenbar war ihm gerade aufgefallen, dass er sich von einem Jugendlichen vorführen ließ. »Nein«, antwortete er bestimmt, »das werden wir nicht. So bedauerlich dieser Vorfall war, was passiert ist, ist passiert. Selbstverständlich werden wir anerkennen, dass ein Forscher einer anderen Nationalität den Durchbruch in der Entdeckung der Teleportation geschafft hat. Aber die USA sind und bleiben die stärkste Weltmacht. Wir haben die größten militärischen Ressourcen, den effizientesten Geheimdienst, die am weitesten ausgebaute wissenschaftliche Infrastruktur. Wir sind eindeutig diejenigen, bei denen diese bahnbrechende Technologie am besten aufgehoben ist.«

»Tja«, sagte Nick mit gespieltem Bedauern. »Das ist wirklich Pech. Leider haben wir das Labor mit sämtlichen Gerätschaften und Unterlagen gesprengt.«

Der Commander schnaubte. »Das wissen wir bereits, für wie dumm hältst du uns? Aber wir hätten gern die Kopien, die ihr vorher von den Daten gemacht habt. Das Ganze soll natürlich nicht zu eurem Schaden sein. Ich bin autorisiert, eine Summe im hohen siebenstelligen Bereich für die Daten anzubieten.«

»Wirklich sehr verlockend«, sagte Nick und tat so, als würde er sich das Angebot ernsthaft überlegen. Dann schüttelte er den Kopf. »Aber leider unmöglich. Es existieren keine Kopien. Sämtliche Forschungsdaten sind unwiederbringlich zerstört. Wenn Sie so scharf auf die Technologie sind, werden Sie sie selbst entwickeln müssen.«

Der Commander sah ihn fassungslos an. Bevor er etwas darauf erwidern konnte, öffneten sich die Glastüren des SIRP-Gebäudes und eine schlanke Gestalt trat heraus. Als sie den Lichtkegel einer Straßenlaterne passierte, erkannte man ein Mädchen mit roten Locken.

»Entschuldigen Sie mich bitte«, sagte Nick zu dem immer noch sprachlosen Commander. »Manchmal gibt es Wichtigeres im Leben als neuartige Technologien und wer darüber bestimmen darf.«

Damit wandte er sich um und ging Becca entgegen, die mit einem breiten Lächeln auf ihn zukam. Teleportation hin, das Wohl der Welt her – für den Rest des Urlaubs hatte er Besseres zu tun.